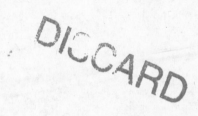

BRIDGET ASHER vive en la península de Florida con su esposo, que es un hombre encantador, amable y sincero hasta la médula, y quien nunca le ha dado motivos para indagar acerca de sus anteriores amores.

Las amantes de mi marido es su primera novela, y ha sido traducida a 16 idiomas.

Título original: *My Husband's Sweethearts*
Traducción: Victoria Morera
1.ª edición: enero, 2013

© Bridget Asher, 2008
© Ediciones B, S. A., 2013
   para el sello B de Bolsillo
   Consell de Cent, 425-427 - 08009 Barcelona (España)
   www.edicionesb.com

Printed in Spain
ISBN: 978-84-9872-744-9
Depósito legal: B. 10.375-2012

Impreso por NOVOPRINT
           Energía, 53
           08740 Sant Andreu de la Barca - Barcelona

Las amantes de mi marido

BRIDGET ASHER

Para Davi, mi amor

1

No intentes definir el amor a menos que quieras recibir una lección sobre la inutilidad

Paso a toda prisa por delante de los mostradores de las compañías aéreas, camino del control de seguridad, mientras le explico a Lindsay, mi ayudante, el amor y las múltiples formas en que se va a pique. En medio de un hervidero de viajeros (jubilados en bermudas, gatos en cajas con agujeros de ventilación, ejecutivos estirados...), suelto un grandilocuente discurso sobre el amor con una dosis generosa de principios racionales. A lo largo de la vida, me he enamorado de sinvergüenzas encantadores. He adorado a los hombres equivocados por las razones equivocadas. Me declaro culpable. He sufrido las consecuencias de tener un corazón indisciplinado y de pasar por demasiadas rachas prolongadas de un ofuscamiento que me lleva a juzgar mal a los hombres. He cometido errores de base en la zona del control. Por ejemplo, no tuve ningún control sobre el hecho de enamorarme de Artie Shoreman, que es dieciocho años mayor que yo. No tuve ningún control sobre el hecho de seguir enamorada de él incluso después de descubrir, de sopetón, que tuvo tres líos durante los cuatro años que estuvimos casados. Dos de las mujeres eran amantes

9

suyas de antes de que nos casáramos, pero con quienes había mantenido el contacto. Bueno, digamos, más bien, que se aferró a esos contactos como si fueran regalos de despedida de su soltería. *Souvenirs* vivientes. Artie no quería llamarlos «líos» porque eran resultado del momento. No eran premeditados. Artie me salió con expresiones tipo «aventura» o «devaneo». Su tercera relación la calificó de «accidental».

Tampoco tengo ningún control sobre el hecho de estar enfadada porque Artie se haya puesto tan enfermo (tan moribundo) en medio de todo esto, ni sobre el hecho de que me irrite su talento para el melodrama. No tengo ningún control sobre el impulso irrefrenable de escaquearme de una conferencia sobre la intrincada normativa de la Comisión de Valores para volver a casa con él ahora mismo. Y todo porque mi madre me ha dicho, en una de esas llamadas a medianoche que me hace para dar malas noticias, que su estado de salud es grave. No tengo ningún control sobre el hecho de que sigo furiosa con Artie por ser un desaprensivo cuando supongo que sería de esperar que su estado me enterneciera. Al menos un poco.

Le comento a Lindsay que dejé a Artie poco después de descubrir lo de sus líos y que, hace seis meses, esa decisión fue la más acertada. Le cuento que me enteré de los tres líos de golpe, como en un concurso televisivo de pesadilla.

Lindsay es una mujer menuda. Las mangas de las chaquetas siempre le quedan un poco largas, como si utilizara ropa heredada de su hermana mayor y aún no hubiera crecido tanto como ella. Su cabello, rubio y sedoso, siempre ondea alrededor de ella, como si estuviera atrapada, permanentemente, en un anuncio de champú. Usa unas gafas pequeñas que resbalan por el caballete de una nariz tan estrecha y perfecta que me pregunto cómo puede respirar por ella. Es como si la hubieran diseñado como elemento decorativo sin tener en cuenta su funcionalidad. Ella, desde luego, conoce ya toda mi historia. Lindsay asiente con total conformidad. Y yo prosigo.

Le cuento que la decisión de apuntarme a un viaje de negocios tras otro, volcada durante meses en un cliente y después en otro, de asistir a todos los congresos posibles, de vivir entre habitaciones de hotel y apartamentos alquilados por períodos cortos, no ha sido tan mala. Se suponía que esto me proporcionaría el tiempo y el espacio necesarios para recomponer mi corazón. La idea era que, cuando volviera a ver a Artie, estuviera preparada, pero no lo estoy.

—Al amor no se lo puede mangonear. Ni siquiera una democracia con buenas intenciones puede dirigirlo —le aseguro a Lindsay.

En este caso, mi definición de democracia consiste en pedir la opinión a las dos únicas personas en las que he depositado mi confianza: Lindsay, mi ansiosa ayudante, quien en este momento corre a mi lado por la terminal del aeropuerto JFK, y mi histérica madre, quien tiene mi número de teléfono en modo de marcación rápida en su móvil.

—El amor no entiende de trueques —le digo a Lindsay—. No regatea contigo como el turco de los bolsos Gucci de imitación.

Mi madre insiste en que le compre un bolso de imitación de la marca Gucci cada vez que viajo a Nueva York por negocios. En este momento, mi equipaje de mano está hasta los topes de Guccis falsos.

—El amor no es lógico —insisto de nuevo—. Es inmune a la lógica.

En mi caso, mi marido es un sinvergüenza y un mentiroso, por lo que yo debería seguir adelante con mi vida o perdonarlo, opción que, según he oído, algunas mujeres eligen en una situación como la mía.

—Claro, Lucy —dice Lindsay—. ¡Desde luego!

La seguridad que detecto en el tono de voz de Lindsay me inquieta. Normalmente, ella es excesivamente positiva y, a veces, su apoyo de empleada de sueldo elevado me empuja a hacer, exactamente, lo contrario de lo que me dice. Intento continuar con mi discurso.

—Sin embargo —digo—, tengo que ser fiel a mis errores; incluso a los que he heredado de mi madre.

Mi madre, la reina de los juicios equivocados sobre los hombres. Una imagen fugaz de ella vestida con un chándal de terciopelo, sonriéndome con una mezcla de orgullo esperanzado y lástima, me viene a la mente.

—Tengo que ser fiel a mis errores porque ellos me han convertido en lo que soy. Y, con el tiempo, he conseguido gustarme a mí misma. Salvo cuando me da por pedir acompañamientos elaborados en los restaurantes japoneses. Reconozco que, en esos casos, soy absolutamente insoportable.

—Desde luego —corrobora Lindsay un poco demasiado deprisa.

De repente, me detengo en mitad del aeropuerto. El ordenador portátil que llevo colgado del hombro se balancea adelante y atrás, y las ruedecitas de mi pequeña maleta dejan de rodar de golpe. (Sólo he cogido lo imprescindible. Lindsay me enviará el resto de las cosas más adelante.)

—No estoy preparada para verlo —digo.

—Artie te necesita —aseveró mi madre durante la conversación telefónica que mantuvimos la noche pasada—. Después de todo, todavía es tu marido. Y es de muy mala educación abandonar a un marido moribundo, Lucy.

Fue la primera vez que oí decir a alguien que Artie iba a morir; en voz alta y con total naturalidad. Hasta entonces, su enfermedad había sido grave, desde luego, pero Artie todavía es joven; sólo tiene cincuenta años. Procede de una larga estirpe de hombres que murieron jóvenes, pero esto no significa nada. Sobre todo con los avances de la medicina actual.

—Sólo está haciendo teatro —le contesté a mi madre intentando volver al guión anterior, aquel en que nos reíamos de los desesperados intentos de Artie de recuperarme.

—Pero ¿y si no está fingiendo? —replicó ella—. Es aquí donde tienes que estar. El hecho de que, en estos momentos, estés fuera es... bueno, es mal karma. En tu próxima vida, te reencarnarás en una cucaracha.

—¿Desde cuándo hablas de karma? —le pregunté.

—Estoy saliendo con un budista —respondió mi madre—. ¿No te lo había dicho?

Lindsay me ha cogido del codo.

—¿Te encuentras bien?

—Mi madre está saliendo con un budista —le digo como si con ello le explicara lo mal que está todo. Los ojos se me llenan de lágrimas y los letreros del aeropuerto se vuelven borrosos—. Toma. —Le paso mi bolso—. Ahora mismo, me siento incapaz de encontrar mi carnet de identidad.

Lindsay me conduce a un rincón donde hay varios teléfonos y un ascensor, y se pone a hurgar en mi bolso. Ahora mismo, yo no podría hacerlo, porque sé lo que hay dentro: todas las tarjetas que he ido sacando de los sobrecitos que estaban sujetos con pinzas pequeñas de plástico verde a los ramos de flores que Artie me envía a diario por un servicio de mensajería. Artie me ha localizado siempre, fuera cual fuera el hotel o el apartamento en que estuviera alojada a lo largo y ancho de Estados Unidos. ¿Cómo sabía dónde me encontraba? ¿Quién le informaba de mi itinerario?, ¿mi madre? Siempre sospeché de ella, pero nunca le pedí que dejara de hacerlo. En el fondo, me gusta que Artie sepa dónde estoy. En el fondo, necesito sus flores, aunque una parte de mí las odie. Y también a él.

—Me alegro de que las conserves —señala Lindsay.

Ella ha estado en mis habitaciones de los hoteles y ha visto las flores que he ido acumulando y que presentan distintos grados de marchitamiento. Lindsay me da mi carnet de identidad.

—Desearía no haberlas conservado. Estoy convencida de que se trata de un signo de debilidad —le confieso.

Ella coge una tarjeta.

—Siempre me he preguntado... bueno, ya sabes, qué te dice en todas esas tarjetas —comenta Lindsay.

De repente, no quiero incorporarme a la cola de seguridad junto a un montón de desconocidos. La cola es larga, pero todavía dispongo de mucho tiempo. Demasiado. De hecho, sé que al otro lado me sentiré inquieta, enjaulada, como uno de esos gatos en sus transportines. No quiero estar sola.

—Vamos, léela.

—¿Estás segura?

Lindsay arquea sus finas cejas.

Reflexiono un poco más sobre su petición. En realidad, no quiero oír lo que dicen las notas de amor de Artie. Un parte de mí desea arrebatarle mi bolso a Lindsay, decirle «lo siento, he cambiado de parecer» y ponerme a la cola. Pero otra parte de mí quiere que Lindsay lea las tarjetas para ver si ella las considera tan manipuladoras como yo. De hecho, creo que esto es lo que necesito en estos momentos, un poco de compañerismo.

—Sí —le digo.

Lindsay lee en voz alta:

—«Número cuarenta y siete: por tu sugerencia de que tendría que haber un sofá en todos los comedores para que las personas pudieran tumbarse mientras hacen la digestión sin perderse la interesante tertulia del resto de los comensales.»

Lindsay me mira, intrigada.

—Me gusta tumbarme después de comer. Como los egipcios o no sé quién. Tener un sofá en el comedor me parece una buena idea.

—¿Tú tienes uno?

—Artie me regaló uno por nuestro primer aniversario.

No quiero pensar en esto ahora, pero está ahí, en mi mente: un sofá antiguo retapizado con una tela blanca estampada con unas amapolas rojas y cuyas molduras de madera oscura hacen juego con el mobiliario del comedor. El día que nos lo trajeron, hicimos el amor en él, ocasionando que los cojines cayesen al suelo y los viejos muelles se quejaran.

Lindsay saca otra tarjeta y lee:

—«Número cincuenta y dos: por cómo puede dibujarse una imagen aproximada de Elvis uniendo las pecas de tu pecho.»

Un grupo de azafatas pasa por nuestro lado en lo que parece una formación en V de una bandada de gansos migratorios. Algunas de las ex novias de Artie eran azafatas. Artie amasó su fortuna con el restaurante italiano que abrió antes de cumplir treinta años (a pesar de que no hay ni rastro de sangre italiana en sus venas). Con el tiempo, creó una cadena nacional de restauración. Viajaba mucho. Conoció a montones de azafatas. Las observo caminar entre el frufrú de sus medias de nailon y el traqueteo de las ruedecitas de sus maletas, y, por un instante, el estómago se me encoge.

—De hecho, en una ocasión Artie lo hizo; unió mis pecas y dejó constancia de ello. Todavía conservamos las fotografías.

Espero a que Lindsay manifieste su justa indignación, pero no parece que esto vaya a suceder. De hecho, me doy cuenta de que se sonríe levemente.

Lindsay saca una tercera tarjeta.

—«Número cincuenta y cinco: por tu miedo a perdonar de una vez por todas a tu padre, porque crees que, si lo haces, desaparecería definitivamente de tu vida, aunque hace años que murió.»

Lindsay vuelve a arquear las cejas mientras me mira.

—Artie sabe escuchar. Se acuerda de todo. ¿Qué puedo decir? Pero esto no significa que tenga que perdonar su traición y volver a su lado.

Ésta es una de las razones por las que odio a Artie. Es total y absolutamente único, muy suyo. Sin embargo, cuando le pregunté por qué me engañaba, me salió con una excusa vieja y gastada. Se enamora con mucha frecuencia. Creyó que eso dejaría de pasar cuando nos casáramos, pero no fue así. Me confesó que se enamoraba de las mujeres continuamente, cada día, todos los días. Que lo adora todo en las mujeres: su contoneo al andar, su estilizado cuello... Incluso adora sus imperfecciones. Y este sentimiento lo domina por completo. Ellas se confían a él. Es un hecho. Por lo visto, de repente una mujer se lo cuenta todo a Artie y, al minuto siguiente, se está desabotonando la blusa. Artie me dijo que se odiaba —claro— y que no quería hacerme daño. Por otro lado, ama a todas las mujeres con las que ha mantenido una relación, aunque a todas de una forma diferente y por razones distintas. Pero no quería pasar su vida con ellas. Él quería pasarla conmigo. Sí, odio a Artie por traicionarme, pero todavía lo odio más por incluirme en un cliché tan bochornoso.

Me sentí demasiado destrozada para responderle, demasiado enfadada para hacer otra cosa que marcharme.

—¿Crees que se pondrá bien? —me pregunta Lindsay refiriéndose a su salud.

—Lo sé —le digo—. Lo sé. Una buena persona regresaría con él y lo perdonaría porque está muy enfermo. Una buena persona, probablemente, se habría quedado a su lado y habría intentado resolver la situación cara a cara, de una u otra forma, pero no huyendo por todo el país como he hecho yo.

Me estoy poniendo sentimental. Me tomo un momento para apretarme los ojos con las manos y tragarme las lágrimas. Pero se me corre el rímel. ¿Por qué narices me habré maquillado? Entonces me doy cuenta de que me he vestido de una forma totalmente inadecuada. Me he puesto la ropa de trabajo: pantalones de color tostado, zapatos caros y chaqueta. ¿En qué estaría yo pensando? Recuerdo que me vestí mientras hacía las maletas a toda prisa. Actuaba de una forma mecánica, dando tumbos por la habitación, rodeada de flores medio marchitas. Soy auditora. En realidad, soy socia de una auditoría. Y esto es lo que parezco, incluso ahora que no debería. Creedme, soy consciente de lo irónico que es que mi trabajo consista en saber cuándo alguien está cometiendo una estafa y que, al mismo tiempo, tardara tanto tiempo en enterarme de las infidelidades de Artie.

—Se supone que estoy íntimamente familiarizada con el fraude. Es lo que hago para ganarme la vida, Lindsay. ¿Cómo pude estar tan ciega?

—Bueno, tampoco se puede decir que él manejara muy bien su riesgo de detección. —Lindsay sonríe intentando animarme. Hace poco, asistió a una conferencia sobre el riesgo de detección y, en este momento, está orgullosa de sí misma—. Lo solucionarás, Lucy. Tú lo solucionas todo. ¡Es lo que haces mejor!

—En el trabajo —replico—. Pero no se puede decir que mi vida personal sea un buen ejemplo de esto. Son dos mundos completamente distintos.

Lindsay mira alrededor, al parecer un poco confusa. Lleva la confusión pintada en la cara, como publicitándola, como si fuera la primera vez que alguien le dice que existen dos mundos diferentes. Se produce un momento de incertidumbre. La he estado preparando para que escale puestos dentro de la empresa. Mientras estoy fuera, ella me sustituirá y tendrá que esforzarse por ser más dura si quiere salir airosa. Ya le he recomendado que intente ocultar sus emociones. Ahora mismo le soltaría un pequeño sermón al respecto, pero en estos momentos yo no soy precisamente un modelo de disciplina emocional.

—Tú crees que debería perdonarlo, ¿no? Crees que debería regresar a casa y arreglar las cosas con Artie, ¿no?

No sabe qué contestarme. Mira a uno y otro lado, y, al final, lo reconoce y asiente.

—¿Porque se lo merece o porque está enfermo?

Lindsay se remueve, inquieta.

—No estoy segura de que sea una buena razón, pero... en fin, yo nunca he tenido un novio que supiera darme más de tres o quizá cuatro motivos por los que me quisiera. No es que les haya pedido nunca una lista ni nada parecido, pero... ya sabes a qué me refiero. En cambio, Artie te quiere de esa manera.

«Artie me quiere de esa manera.» En este instante, esta afirmación me parece cierta, como si Lindsay prescindiera de todo lo que yo considero indicios de manipulación y los percibiese como una simple manifestación de su amor... por mí. Esta forma de verlo, en toda su simplicidad, me deja aturdida. No sé qué responder.

—Estoy convencida de que te desenvolverás muy bien mientras estoy fuera —le digo—. Sé que puedes hacerlo.

La he pillado desprevenida. Lindsay se ruboriza, otra cosa que debería evitar, aunque, en este caso, me alegro de que no lo haga. Entonces realiza una leve inclinación.

—Gracias por tu voto de confianza. —Me tiende el bolso y echa un vistazo a mi equipaje—. ¿Tienes todo lo que necesitas?

—Estaré bien.

—De acuerdo.

Se vuelve y se incorpora a la multitud. Al alejarse, es la viva imagen de la profesionalidad, con la barbilla levantada y moviendo los brazos adelante y atrás con determinación. Me siento orgullosa de ella.

Justo entonces, el ascensor emite un tintineo y me acuerdo de la tarjeta número cincuenta y siete de Artie, la que ha llegado esta mañana y me tiene de los nervios: «Por lo mucho que te gusta el timbre del ascensor y porque, en una ocasión, me dijiste que para ti era como una pequeña nota de esperanza que indicaba que las cosas iban a cambiar y que, por fin, ibas a llegar a algún lugar y empezar de nuevo.»

El único problema es que, a mí, los ascensores no me gustan. Siempre me han parecido ataúdes móviles y, para colmo, el timbre me suena como un toque de difuntos espeluznantemente alegre. Los ascensores siempre me han provocado claustrofobia. Por otro lado, no me atrae especialmente el cambio, como, por ejemplo, el que implica descubrir que tu marido te está engañando. Además, a pesar de todos mis viajes recientes, nunca he tenido la sensación de que por fin había llegado a otro lugar y podía empezar de nuevo. «¿Una pequeña nota de esperanza?», yo nunca he dicho cosa parecida. El número cincuenta y siete no es mío. Pertenece a otra mujer. El número cincuenta y siete pertenece a otra mujer, al igual que mi vida, mi vida laboral y mi vida personal, en estos momentos.

Una mujer mayor sentada en una silla de ruedas sale del ascensor empujada por un hombre joven. ¿Su hijo quizá? Pasan junto a mí y las puertas de acero inoxidable del ascensor se cierran. Veo un reflejo borroso de mí misma y siento que soy esa otra mujer. Por inapropiada que parezca, esta vida es mía.

2

Los desconocidos felices sacan
lo peor de cualquiera

Nada más entrar en el avión, le hago una seña a la azafata que nos da la bienvenida al vuelo. Lleva los labios pintados de un color tan extremadamente rojo y tan brillante que ella me da mala espina, sobre todo de cerca.

—Necesito un *gin-tonic* con bastante urgencia —le susurro—. Estoy aquí mismo, en el cuatro A.

Ella sonríe y me guiña el ojo.

Yo ya había decidido beber durante todo el vuelo incluso antes de ver a la mujer que irá sentada a mi lado. Tiene la edad de mi madre, luce un bronceado reciente y parece atolondrada y excesivamente sonriente. Intento no mirarla a los ojos.

Yo solía ser una persona agradable. Juro que lo era. Solía decir «disculpe» y «no, usted primero». Solía sonreír a los desconocidos y bromear con los compañeros de asiento entusiastas. Pero ahora no. No, gracias. No estoy interesada en la alegría de los demás. Me ofende. Cuando veo a esta mujer, se me pasa por la cabeza fingir que soy extranjera. Podría decirle, con toda mi dulzura: «¡Mí no hablar su idioma!», pero me da en la nariz que ella es el tipo de persona que se pasa por el forro las diferencias culturales como ésa y que se empeñará en jugar a las adivinanzas, en hacer dibujitos, en conectar de verdad. Pese a su pinta de mojigata, parece excesivamente amistosa. Además, ya me he identificado como norteamericana (una norteamericana desesperada) ante la azafata y, como ella tiene el alcohol, me conviene cuidar esa relación.

Mientras me esfuerzo por embutir en el compartimento superior mi maleta, que raya en el límite del tamaño permitido para el equipaje de mano, la mujer suelta:

—¡Es mi primera vez!

No estoy segura de cómo tomármelo. La frase me suena a algo demasiado personal.

—¿Disculpe? —le pregunto simulando que no la he oído con claridad y confiando en que un ligero obstáculo en la comunicación le dé tiempo para recapacitar y cambiar de opinión antes de revelar ciertas cosas a los desconocidos en los aviones.

—¡Que es mi primera vez! ¡En primera clase! —grita ella creyendo, quizá, que soy un poco sorda.

—Felicidades —le contesto, aunque no estoy segura de que sea ésta la respuesta adecuada.

¿Cuál sería, si no? ¿«Bravo»? Permanezco de pie en el pasillo, esperando a que se levante, pero parece que no piensa renunciar a su asiento, ni siquiera durante un segundo, como si temiera que alguien le arrebatara su privilegio. Tendré que sortearla para llegar al asiento de la ventanilla. Decido abrirme camino pasándole el culo por delante de la cara. Quizás un poco de agresión pasiva sea lo que requiere la situación.

Ella no se da por aludida.

—Mi hijo me compró el billete —comenta—. «¿Quién necesita un asiento de primera clase para viajar de Nueva York a Filadelfia?», le pregunté yo. Pero mi hijo no me escucha. Es una celebridad.

Estoy convencida de que espera que yo diga: «Ah, ¿sí? ¿Y

a qué se dedica su hijo?» Pero me hago la longuis. Me enderezo para comprobar si la azafata ha captado la desesperación en mi voz y me está preparando la bebida. No la veo y esto me inquieta. Miro por la ventanilla a los empleados de tierra y me dan envidia por sus auriculares, que les impiden oír otra cosa que el zumbido de los motores.

La mujer me está mirando. Lo noto y caigo en la cuenta, de inmediato, de que es el tipo de mujer que tanto critica mi madre, de esas que no se maquillan, no se tiñen el pelo ni van al gimnasio. Mi madre la llamaría una «desertora», suponiendo que la mujer hubiera hecho estas cosas alguna vez, lo que puede ser verdad o no. Según mi madre, las desertoras han abandonado la lucha. «¿Qué lucha?», le pregunté en una ocasión. «La lucha contra aparentar la propia edad.» Mi madre siempre va arreglada; con frecuencia lleva un conjunto de chándal de terciopelo —yo lo llamo «el chándal de vestir»—, un peinado de peluquería y mucho maquillaje. Ahora se maquilla tanto que más que estar atractiva su objetivo es desorientar a los demás, pues se siente a salvo detrás de sus potingues. Sinceramente, no sé si ésta es una lucha en la que me interese participar. Casi siento ternura por la mujer que está a mi lado, porque a ella no parece importarle mucho lo que los demás piensen de ella. Más que abandonar la lucha, se diría que está por encima de ella. Pero mi ternura no dura demasiado.

—¿Eres una de esas mujeres ejecutivas enérgicas de las que hablan? —pregunta ella.

«¿Quiénes hablan?», me pregunto yo. Entonces me inclino hacia la mujer con aire de complicidad.

—Lo que no soy es un hombre ejecutivo —le confieso.

Ella se lo toma como un chiste, se reclina en su asiento y ríe hacia las boquillas de aire que tiene sobre la cabeza. Sin embargo, se recupera con rapidez y formula otra pregunta:

—Seguro que formas parte de una de esas parejas de gama alta que tienen un bebé al que enseñan a escuchar a Mozart.

He oído hablar de esos bebés prodigio de parejas de gama alta. ¿Tengo razón?

Su tono es el de un presentador de concurso televisivo.

—Lo siento —le contesto—, no tengo hijos. No tengo ningún bebé, ni prodigio ni de ningún otro tipo.

Ésta es una vieja herida. Artie y yo habíamos empezado a hablar de la posibilidad de tener una familia. Incluso habíamos pensado cómo redistribuir las habitaciones de modo que reserváramos una para los niños. También habíamos adquirido la costumbre de interrumpir nuestras conversaciones para decir: «¡Espera, ése sería un buen nombre para un niño!» Los nombres siempre eran ridículos: Voraz, Cotillón, ¿por qué Nathaniel y no Neandertal? De acuerdo con la tendencia popular de ponerles a los niños nombres de lugares (London, Paris, Montana), nosotros estábamos elaborando una lista propia: Düsseldorf, Amberes, Hackensack. Artie acababa de vender un puñado de acciones de su cadena de restaurantes italianos y había contratado a un joven agresivo, un magnate en ciernes, para que lo liberase de parte de las tensiones laborales. Nuestras vidas estaban entrando en un período de calma y estábamos intentando tener hijos. Yo odiaba la palabra «intentar», porque me sugería la imagen de dos cuerpos frotándose en vano el uno contra el otro. La palabra «intentar» parece connotar una incompetencia sexual, cosa que no fue nunca uno de los problemas de Artie. Y, entonces, sólo dos meses más tarde, intercepté un mensaje de correo electrónico de una mujer cuyo nombre en clave era «Pájaro de Primavera». ¡Pájaro de Primavera! No me parecía justo que Artie me engañara con una mujer que se hacía llamar Pájaro de Primavera. Me tropecé con la buena de Pájaro de Primavera cuando buscaba la información de un viaje que Artie iba a realizar y la confundí con su agencia de viajes. En el mensaje aquella mujer le preguntaba a Artie si tenía bien la espalda después de «dormir en aquel futón lleno de bultos» y le decía que lo quería y lo echaba muchísimo de menos.

«Muchísimo.»

Entonces acudí a la secretaria del socio de Artie. La del propio Artie es una mujer severa y estirada que nunca me revelaría nada. Sin embargo, Miranda, la secretaria de su socio, es una cotilla legendaria. La invité a comer a su restaurante favorito, un bufet libre de comida china, con la excusa de pedirle consejo y fingiendo saber mucho más de lo que en realidad sabía. Entre bocados de pollo agridulce y empanadillas fritas, me soltó la noticia de que Artie se veía con alguien. Ella misma se había tropezado con uno o dos correos electrónicos y me corroboró el seudónimo de Pájaro de Primavera, pero, aparte de esto, no sabía gran cosa. Mi galletita de la suerte decía: «Visitarás el Nilo.» ¿Qué demonios significaba esto? ¿Era una especie de metáfora?

Cuando llegué a casa, le pedí explicaciones a Artie, que se estaba duchando. Él salió de la ducha y me contó la verdad. Toda la verdad, no sólo lo de la mujer que Miranda había mencionado, sino que también me confesó lo de las otras dos aventuras. «Devaneos.» Me dijo que me contaría todo lo que yo quisiera saber. La verdad al desnudo.

—Haré lo que sea por compensarte.

Pero yo no quería conocer los detalles. Artie se sentó en el borde de la cama con una toalla alrededor de la cintura y algo de champú todavía en el pelo.

En este momento, sentada al lado de la mujer, en primera clase y con la vista clavada en la mesita plegada que tengo frente a mí, desprecio a Artie tanto como lo despreciaba entonces. ¿Que por qué lo desprecio? No tanto por su infidelidad, aunque a veces ésta me abruma, como por su torpeza. ¿Cómo puede haber sido tan poco cuidadoso con nuestro matrimonio, conmigo?

—Bueno —reflexiona la desertora en voz alta—, «gama alta» no es la expresión correcta. No exactamente. Creo que se emplea más bien para los móviles de última generación.

¿Cómo os llaman? ¿Parejas triunfadoras? ¿Es así como os llaman? ¿A qué se dedica tu marido?

Por fin, la azafata se acerca por el pasillo con mi bebida en la mano. Sonríe. Se inclina y me la da.

—¿Que a qué se dedica mi marido? —repito yo—. Bueno, las azafatas siempre han sido sus favoritas.

—Ah... bueno... —titubea la mujer mayor—. ¡No me refería a esto!

La azafata no se muestra en absoluto sorprendida, sólo tuerce sus labios de pez en una sonrisa triste e irónica, como diciendo: «¿Crees que llevo una vida fácil?»

Me encojo de hombros.

He logrado poner punto final a la conversación sin tener que recurrir al armamento pesado, la frase «soy una auditora», que suele dejar callados enseguida a quienes me rodean. La mujer mayor abre un libro que ha forrado con una tela para ocultar la tapa. ¿Estará leyendo una de esas novelas rosa con sexo y violencia? No me interesa su libro con forro de tela.

Vuelvo la cabeza hacia la ventanilla ovalada. Jugueteo con la persiana de plástico y se me hace un nudo en la garganta. Sé que estoy a punto de echarme a llorar. No me gusta la inestabilidad emocional. Intento distraerme tomando nota mentalmente de a qué socio llamaré para hablar de cómo sacar adelante el trabajo durante mi inevitable ausencia, quién dirigirá mi equipo directivo o quién estrechará la mano de mis clientes. Decidí ser auditora porque me parecía un empleo sólido. Me sentí atraída por sus pulcras listas de números, por cómo pueden mangonearse esos números y por su falta total de emotividad. Auditora. El tipo de trabajo que mi padre nunca habría podido desempeñar. Él era un «emprendedor», pero nunca analizó en detalle lo que esto significaba. Él fue, en muchos sentidos, el primer sinvergüenza encantador del que me enamoré. En mi época universitaria, yo también pasé por una época en la que fui una sinvergüenza encantadora, pero no soportaba hacer daño a los demás. Me aferré al papel de auditora para mantenerme estable. Los auditores no lloran. No se ponen sentimentales por tus decisiones fiscales. Estudian las cifras minuciosamente. Calculan y determinan si esos números son fieles a la realidad o están amañados. Opté por ser auditora porque sabía que esta profesión me llevaría de una sala mal ventilada a otra con colegas auditores, hombres en su mayoría, y todos completamente distintos de mi padre. Fantaseaba con que me enamoraría de un colega auditor y llevaría una vida perfectamente ordenada y emocionalmente estable. El trabajo de auditora me endurecería, me convertiría en una persona centrada. Y quizá la cosa funcionó durante un tiempo. Quizá. Pero entonces conocí a Artie.

Dejo de luchar por contener el llanto y simplemente permito que las lágrimas me resbalen por las mejillas. Hurgo en mi bolso, entre las tarjetas de Artie, saco un pañuelo de papel y me sueno la nariz. Me bebo el *gin-tonic* de un solo trago y pido otro antes del despegue.

3

Entre el amor y el odio sólo hay
una línea borrosa

Soy consciente de que, con cada espiración, lleno el taxi de vapores de ginebra. Me disculparía ante el conductor, pero oigo la voz de mi madre diciéndome que no debo pedir perdón a los empleados del sector servicios. «¡Eso es tan de la clase media...!» El hecho de que, durante mi infancia, nosotros también formáramos parte de la clase media no parece tener importancia. De todos modos, decido no disculparme porque no quiero que el taxista se sienta incómodo.

Disculparse por estar borracho es algo que uno nunca debería tener que hacer mientras está borracho. Pues ésta es una de las ventajas de estar borracho, ¿no?, que no te importa que los demás sepan que estás borracho. Pero el hecho de que sienta el impulso de disculparme es una prueba de que se me está pasando la borrachera. Por desgracia. Me como unas cuantas cerezas cubiertas de chocolate que compré en el aeropuerto y decido entablar una conversación intrascendente con el taxista.

—¿Tienes algún *hobby*? —le pregunto.

Me he topado con taxistas que eran adictos al juego, su-

pervivientes de genocidios brutales, padres de catorce hijos...
A veces les hago preguntas, y a veces no.

—Doy clases de tenis —contesta él—. Antes, para mí, no era un *hobby*, pero supongo que ahora sí que lo es.

—¿Eras bueno?

—He disputado unas cuantas eliminatorias con los mejores. —Me mira por el espejo retrovisor—. Pero no tenía lo que hay que tener para subir de categoría. Y no me lo tomé nada bien.

Ahora lo veo más como a un profesional del tenis. Está moreno y tiene el antebrazo derecho superdesarrollado, como Popeye.

—¿No te lo tomaste bien?

—Me di a la bebida, como diría mi abuela.

Esto me alarma. Está conduciendo.

Debe de notar mi nerviosismo, porque enseguida añade:

—Estoy en rehabilitación.

—¡Ah!

Ahora me siento culpable por estar borracha, como cuando Artie y yo les llevamos una botella de vino a unos vecinos nuevos y entonces nos enteramos de que él era un alcohólico que estaba intentando dejar la bebida. Estoy segura de que el taxista se ha percatado de que hoy he bebido lo mío. Tengo ganas de justificarme, pero me contengo. Hablar más implicaría exhalar más vapores de ginebra. Ésta es mi lógica etílica en este momento. En un ataque de paranoia, me pregunto si me convertiré en una alcohólica. ¿Es así como me desmoronaré? ¿Seré capaz de seguir hasta el final el programa de Alcohólicos Anónimos? empiezo a preocuparme por mi estado físico y entonces se me escapa un eructo. El olor me resulta tan repulsivo que sé que el alcoholismo no es lo mío. No soy lo bastante descarada. Y esto supone un gran alivio para mí.

—¿Juegas? —me pregunta el taxista.

Yo lo miro, confusa.

—Al tenis —me aclara.

Ah, vaya. Me encojo de hombros y le hago el gesto de «sólo un poco» juntando los dedos índice y pulgar y entrecerrando los ojos.

El taxi avanza por las calles de mi barrio, entre las cuidadas zonas de césped de Main Line. Yo nunca he encajado de verdad en este lugar. Se organizan barbacoas, cócteles e incontables reuniones de ventas en las que las mujeres se juntan en casa de una de ellas para beber vino, comer chocolate y profesar una adoración morbosa por las velas, las cestas de mimbre o los juguetes educativos. En cierta ocasión, asistí a una reunión en la que se vendían juguetitos sexuales, pero, curiosamente, una dosis suficiente de conversación entre señoras encopetadas de Main Line es capaz de conseguir que hasta los vibradores nacarados parezcan tan aburridos como las velas con aroma a vainilla.

Aun así, tenía amigas, pero no del tipo que yo habría querido. De hecho, cuando las cosas empezaron a ir mal, me alegré de largarme antes de que empezaran a telefonearme escandalizadas para expresarme sus condolencias. No quería su sincera compasión y menos aún su falsa compasión, cuyo objetivo era sonsacarme una primicia emocional que, a continuación, se convertiría en la comidilla del vecindario. Estaba enfadada con Artie. Por su traición, pero también por mi orgullo herido. Yo era la tonta. Y no me hacía ninguna gracia que él me hubiera endilgado ese papel. Me preguntaba qué les había dicho a sus ligues sobre mí. Yo existía en aquellas relaciones, pero estaba ausente, sin poder defenderme. ¿Qué imagen tenían ellas de mí? ¿La de un obstáculo, una bruja, una tarada mental? Las alternativas para una esposa engañada son limitadas. Y ninguna es buena.

Doblamos una esquina y sé que, si levanto la vista, veré la casa. No estoy preparada del todo. Artie y yo la compramos a medias. Él quería pagarla toda él, pero yo insistí en participar. Era mi primera casa y quería sentir que era realmente mía. Mi madre piensa que me comporté como una loca al largarme hecha una furia, dejando allí a Artie. Mi madre tiene ciertas normas sobre cómo se debe encarar un divorcio. Me dijo: «Cuando te propongas divorciarte, lo más importante es que te quedes en la casa... Y tampoco está de más esconder algunos de los objetos valiosos. Al fin y al cabo, si no los encuentras, ¿cómo vas a repartirlos? Conviértete en una okupa. Yo siempre me quedo, y no me muevo hasta que la casa pasa a ser mía.» Yo le repliqué que no quería la casa ni tampoco esconder los objetos valiosos, pero ella me hizo callar, como a una blasfema. «¡No digas esas cosas! Yo te he educado mucho mejor que todo esto», me reprendió, como si mi reticencia a ser una okupa en mi propia casa fuera una falta de educación similar a no mandar notas de agradecimiento o ponerse zapatos blancos después del Día del Trabajo.

Hace casi seis meses que me fui y no sé qué tipo de cambio espectacular esperaba encontrarme, pero cuando el taxista aparca frente a la casa, me sorprende incluso el hecho de reconocerla. ¿Acaso creía que empezaría a deteriorarse en cuanto me marchara? Por lo visto, Artie sí que se deterioró de inmediato. Le detectaron la infección cardíaca sólo unas semanas después de que yo me fuera. Que se lo diagnosticaran justo en ese momento me resultó sospechoso desde el principio. Yo siempre pensé que se trataba de una farsa, de un intento desesperado de despertar mi compasión, pero ahora es más bien como si su enfermedad fuera culpa mía. Me inclino hacia delante para pagarle al taxista y, aunque somos unos desconocidos, siento la imperiosa necesidad de decirle: «Artie me rompió el corazón. Yo no le rompí el suyo.» Pero me contengo.

El taxista/ex aspirante a campeón de tenis/alcohólico en rehabilitación me da su tarjeta, que lleva una raqueta de tenis grabada en relieve.

—Si alguna vez quieres practicar tu saque… —me dice guiñándome el ojo.

Mi saque… ¿Mi taxista/ex aspirante a campeón de tenis/alcohólico en rehabilitación me está echando los tejos? Creo que sí. Cojo la tarjeta y hago caso omiso de su guiño.

—Gracias.

Después del adulterio de Artie, he sido tan hosca, tan dura, que ningún hombre ha flirteado conmigo. Para nada. ¿Acaso ahora parezco vulnerable? ¿Estoy perdiendo mi hosquedad justo cuando más la necesito? ¿O es sólo que estoy borracha a media tarde? Le doy una propina escasa. No quiero que me malinterprete.

Se ofrece a llevarme la maleta.

—No, no. Puedo yo sola.

Soy una de esas bebedoras que se pone rígida para compensar la flojera. Artie me llamaba «borracha de andares estirados». Con mis andares estirados cojo mi maleta, camino hasta la casa, y me siento aliviada al oír que el taxi se aleja sin despedirse con un bocinazo.

Alguien ha estado cuidando el jardín, arrancando las malas hierbas y podando las plantas. Sospecho que ha sido mi madre. Ella tiene impulsos de este tipo. Siempre los ha tenido. Tomo nota, mentalmente, de pedirle que deje de hacerlo. Atravieso el umbral. Huele a mi casa, a una mezcla de un producto de limpieza de olor agradable, loción para después del afeitado de Artie, jabón, ajo y leña húmeda de la chimenea vacía. Por un instante, me alegra estar en casa.

La fotografía de nuestra boda, en la que salimos Artie y yo en un viejo Cadillac descapotable, sigue en la repisa de la chimenea. Echo una ojeada al montón de cartas que hay encima de la cómoda. Entro en la cocina, en el comedor… Ahí está el sofá, el que Artie mandó retapizar para nuestro aniversario, el del estampado de amapolas. Una punzada repentina me atraviesa el corazón. Cierro los ojos y salgo del comedor.

Oigo el sonido de un televisor encendido en el saloncito. Recorro el pasillo y veo a una enfermera joven con una de esas batas estampadas con dibujos infantiles realizados con lápices de colores. Está dormida en el sillón reclinable de Artie. ¿Tenía que ser una enfermera joven? ¿No podía haber sido una enfermera vieja y arrugada? ¿Tenía que ser tan rubia? Seguramente la eligió al azar un ordenador, pero, aun así, me parece una elección sumamente insultante.

Dejo a la enfermera dormitando y subo las escaleras mientras contemplo las fotografías colgadas en la pared. Aquí es donde, normalmente, uno colocaría los retratos familiares, pero éstas son fotografías con pretensiones artísticas que saqué antes de conocer a Artie, durante mi etapa de fotógrafa bohemia: la de un perro que asoma la cabeza por el techo corredizo de un coche que va a gran velocidad; la de una niña con un vestido de volantes montada en un poni, en una feria, pero llorando como una histérica; la de un Hare Krishna hablando por un móvil... Éstos son mis momentos cuasiartísticos. Y, ahora mismo, me alegro de que no sean las típicas imágenes de familia. No soportaría la falsedad de la versión comercial de lo que es una familia feliz. Y me alegro de que no sean fotos antiguas de nuestros padres y abuelos. Tanto los de Artie como los míos eran sinvergüenzas de uno u otro tipo. Nos habría resultado demasiado complicado decidir a qué grupo familiar incluir. Por ejemplo, ¿cuál de los maridos de mi madre merecía aparecer en una fotografía artística con ella? ¿Mi padre, que nos abandonó? ¿Su cuarto marido, que era, con mucho, el más cariñoso de todos, pero que, mientras intentaba orientar una antena vieja y voluminosa, se cayó del tejado porque, según mi madre, «tenía el trágico defecto de ser demasiado tacaño para contratar la televisión por cable»? ¿O el último del que se ha divorciado, porque es del que ha sacado la mayor tajada?

¿Cómo elegir? No, me alegro de ver mis viejas obras de arte. Cuando me fui, no les presté atención, pero ahora me parecen... bueno, divertidas y tristes a la vez, que es lo que pretendí en su momento, cuando tenía pretensiones de este tipo.

Sin embargo, en lo alto de las escaleras hay una fotografía nueva; una que sacó Artie, no yo. La reconozco enseguida. Es un retrato mío mirándome las pecas del pecho —nada que ver con un desnudo obsceno— unidas con unas líneas que forman la silueta de Elvis cantando en plan melancólico. Aparto la mirada y me echo a reír con la barbilla levantada. Ahora sé que Artie esperaba que yo regresara. Ha colgado esta fotografía para adularme y llenarme de nostalgia, y mi corazón reacciona como él esperaba. No puedo evitarlo. Echo de menos aquel momento tan íntimo de nuestra vida en común, cuando estábamos tan unidos. Pero no me permito recrearme en esta sensación. No estoy de humor para manipulaciones. Subo con determinación los últimos peldaños.

Avanzo en silencio por el pasillo, hacia la puerta entreabierta de nuestro dormitorio. La última vez que vi a Artie, estaba al otro lado del control de seguridad del aeropuerto, mirándome fijamente, con unos ojos como platos, los brazos extendidos y paralizado, como haciéndome una pregunta importante. Yo debía interpretarlo como una súplica de perdón, supongo.

Apoyo la mano en la puerta del dormitorio. Tengo miedo de abrirla. Hace tanto tiempo que Artie vive en mi mente que no logro imaginarme su cuerpo, su voz, sus manos... De repente me asalta el miedo de que su aspecto sea tan enfermizo que no pueda soportarlo. He asimilado la idea de la enfermedad de Artie, pero no estoy segura de estar preparada para enfrentarme con esa realidad. No obstante, sé que tengo que estarlo.

Entreabro la puerta y veo a Artie tumbado en la cama, con la mirada fija en el techo. Parece más viejo. ¿Será porque guardo esa imagen juvenil suya en mi mente, una imagen que una parte de mí se niega a actualizar porque, probablemente, también tendría que actualizar la mía propia? ¿O es que la enfermedad lo ha avejentado? Todavía está guapo. ¿He mencionado que Artie es guapo? No es guapo al estilo convencional, no. De joven, le propinaron un puñetazo —sí, por una cuestión de faldas— y tiene la nariz torcida. Pero también tiene una sonrisa maravillosa y cierto aire juvenil, un dinamismo que irradia una gran energía vital. Aunque, probablemente, este rasgo suyo es el que, por otro lado, hace que le atraigan otras mujeres. Tiene la espalda ancha —es de una masculinidad corpulenta—, pero se siente incómodo con ello, de modo que camina con los hombros caídos. Al final del día es cuando ofrece mejor aspecto, relajado por los efectos de una copa, cuando la luz se atenúa y todo queda envuelto en sombras. Tiene el cabello espeso, moreno y algo canoso; un gesto brusco y muy característico con que se lo aparta de la frente; y los ojos azules, unos ojos oscuros, dulces y sexys, de párpados caídos.

¿Y ahora? Ahora. Artie se está muriendo en nuestra cama, porque, después de todo, sigue siendo la cama de los dos, y, aunque lo odio, en este momento lo único que deseo es tumbarme a su lado y apoyar la cabeza en su pecho mientras nos contamos todo lo que no hemos compartido últimamente —lo de mi ayudante superpositiva, lo de la señora del avión—, como si nos dijéramos: «Todo se arreglará. Todo saldrá bien.»

—¿Qué estás mirando ahí arriba? —le pregunto.

Él vuelve la cabeza hacia mí y se queda contemplándome. Me dedica una sonrisa encantadora, un poco engreída, pero dulce y afectuosa. Es como si hubiera previsto que yo regresaría hoy y se hubiera hecho un poco tarde, pero él no hubiera perdido la fe y, entonces, al aparecer yo hubiera confirmado su predicción. Artie sonríe como si hubiera ganado una apuesta entre tíos.

—Lucy —dice—. Eres tú.

—Pues sí, aquí estoy.

—¿Sabes? Tenía planeado conseguirlo de otra forma.

—¿Conseguir qué?

—Que volvieras —responde arrugando las comisuras de los ojos—. Me refiero a que morirme no era precisamente lo que tenía pensado. Carece de encanto, la verdad.

No sé qué decir. No quiero hablar de la muerte.

—¿Cuál era tu otro plan? —le pregunto.

—Reformarme. Hacer penitencia. Quería enmendarme y convertirme en un hombre nuevo —asegura, inclinando la cabeza—. Incluso había pensado en alquilar un caballo blanco.

—Lo del caballo blanco no creo que me hubiera hecho mucha gracia.

A Artie siempre le han encantado los gestos grandilocuentes. En más de una ocasión, mis galletas de la suerte chinas contenían notas íntimas que Artie había embutido en ellas sin que me diera cuenta. Una vez, le encargó a un poeta ganador del premio Pulitzer que me escribiera un poema por mi cumpleaños. En otra ocasión, totalmente alucinada, le comenté a una anfitriona bastante hortera lo mucho que admiraba su collar, una pieza chillona y chabacana al estilo Liberace, y, en mi siguiente cumpleaños, allí estaba el collar, dentro de un estuche enorme forrado de terciopelo. Me encantaba que Artie quisiera sorprenderme, pero lo que más me gustaba eran los momentos relajados e imprevistos, como cuando cocinábamos galletas juntos y acabábamos cubiertos de azúcar o cuando discutíamos sobre algún principio físico o sobre la construcción de los acueductos en la antigua Roma, temas sobre los que ninguno de los dos tenía ni idea. Cuando más he adorado a Artie es cuando él no intentaba ser adorable.

—Bueno, puede que lo del caballo blanco fuera una pequeña fantasía mía —admite Artie—. Me imaginaba una escena en el desierto, ya sabes, tipo Lawrence de Arabia. Pero los desiertos son difíciles de encontrar por aquí. Además, no creo que me favorezca mucho el delineador de ojos. Básicamente, lo que tenía planeado era eludir la muerte.

—¡Ah, engañarla! Muy típico de ti.

—No empecemos tan deprisa con eso, ¿de acuerdo?

Percibo el cansancio en su voz. Al fin y al cabo, se está muriendo. Enseguida se agota. Se produce un silencio. No tengo nada más que decir. Entonces, Artie añade:

—Mi corazón se ha vuelto contra mí. Creí que te gustaría la ironía de que mi corazón esté mal.

Me quedo callada. Los ojos se me llenan de lágrimas y dejo que vaguen por la habitación como en una tienda de regalos. Voy cogiendo curiosidades y frascos de perfume del tocador y los observo distraída. Son míos, pero tengo la impresión de que pertenecen a otra persona; a la vida de otra persona.

—Antes yo te parecía divertido —comenta Artie.

—¡Es que eras divertido!

—Deberías reírle los chistes a un hombre moribundo. Es una cuestión de buena educación.

—No me interesa la buena educación —replico.

—Entonces, ¿qué te interesa?

¿Que qué me interesa? Contemplo los zapatos que llevo puestos. Pagué demasiado por ellos. En este mismo instante, noto que están pasando de moda. Aquí estoy, con esos zapatos, en mi dormitorio, porque mi madre me dijo que regresara a casa. Pero eso no es todo. No soy sólo una hija obediente que no sabe qué hacer y que, por lo tanto, hace lo que le dicen. También soy la hija de mi padre, el padre que nos abandonó, a mi madre y a mí, por otra mujer. Juré que nunca repetiría los errores de mi madre, pero ¿acaso no lo he hecho? Artie, el hombre mayor. Artie, el sinvergüenza. ¿Cómo iba a saber yo que me engañaría? ¿Me sentí inconscientemente atraída hacia él porque sabía que lo haría? ¿Mi subconsciente me tomó el pelo? ¿Me obligó a casarme con mi padre? ¿Estaré representando alguna rebuscada escena freudiana y ahora tengo que revivir la muerte de mi padre? ¿Se supone que debo cuidar de Artie?

—¿Tienes una enfermera durante las veinticuatro horas del día? —pregunto.

—El hecho de que haya alguien más en la casa me hace sentir mejor. Pero no pasan aquí toda la noche. Ahora está Marie y, dentro de poco, me dará el último aviso, como en los bares. El seguro no lo cubre todo, pero ahora que estás aquí...

—Nos quedamos con la enfermera —le digo—. Yo dormiré abajo, en la habitación de invitados.

—Podrías hacer tú de enfermera —declara Artie con una expresión pícara y triste a la vez.

Es incontenible. Siento que el corazón se me hincha con una especie de marea interior y apoyo una mano en la cómoda para mantener el equilibrio. Éste es Artie, el hombre al que quiero contra toda lógica. Estoy aquí porque lo quiero, quiero al arrogante e infiel Artie del corazón roto.

No puedo mirarlo a los ojos. Consigo centrar mi atención en la mesilla de noche. Está cubierta de frascos de píldoras. Artie se está muriendo. Seré yo quien lo entregue al encargado de la funeraria, a la muerte. Sola. Aunque están todas esas otras mujeres que siguen adelante con sus vidas, yo soy su esposa, lo que, de repente, me parece totalmente injusto.

—Me gustaría saber dónde están todas ahora, Artie. ¿Dónde están?

—¿Quiénes?

—Tus otras mujeres. Estaban ahí en los buenos tiempos —declaro—. ¿Dónde están ahora? —Me siento en una silla al lado de la cama. Clavo la vista en Artie, y nuestras miradas se encuentran por primera vez. Sus ojos azules están llorosos y, por lo tanto, más oscuros—. ¿Se supone que tengo que pasar por esto yo sola?

—La pregunta es: ¿vas a pasar por esto? —inquiere él.

—Lo único que digo es que no me parece justo tener que hacerlo sola. Yo no he dicho que vaya o no a hacerlo.

Artie alarga el brazo e intenta tocarme la cara. «No, no,

Artie Shoreman. No tan deprisa.» Aparto la cabeza con brusquedad, me pongo de pie y echo a andar de un lado a otro de la habitación. Noto que él me observa mientras cojo una fotografía de los dos en la popa del ferry que va a la isla de Martha's Vineyard. De repente, recuerdo que paseamos de la mano por las calles flanqueadas por casas pintorescas de Oak Bluffs, que contemplamos los acantilados de Gay Head y que Artie rezó por nuestro futuro juntos, un futuro bendecido por abundante grasa de ballena, en la vieja iglesia de balleneros de Edgartown. Me fijo en sus brazos, que me rodean en la fotografía, y recuerdo aquel preciso momento: la calidez de su cuerpo pegado al mío, el viento frío en mis brazos, y la arrugada viejecita que nos sacó la fotografía con una sonrisa de condescendencia. Ahora sé por qué sonreía. «Ya verás cómo te engaña y luego se te muere.» Me vuelvo hacia Artie. Está mirando de nuevo al techo.

—Llámalas —dice Artie—. Llámalas y diles que vengan.

—¿A quiénes?

—A mis amores. Telefonéalas —sugiere Artie—. No deberías estar sola en esto.

—¿A tus «amores»? —Detesto este pequeño eufemismo—. ¿Bromeas? —pregunto con incredulidad.

—No —responde él—. No bromeo. Quizá resulte bueno para todos. Tal vez alguna de ellas incluso sea de ayuda. —Me mira y sonríe levemente—. Puede que algunas de ellas me odien tanto que te liberen de la carga de odiarme.

—¿Y qué les digo? «Hola, soy la esposa de Artie Shoreman. Artie se está muriendo. Por favor, llama para pedir turno junto a su lecho de muerte.»

—Me parece bien. Diles eso. A lo mejor todavía puedo llevar a cabo mi viejo plan para recuperarte —dice Artie.

—¿Te refieres a alquilar un caballo blanco en el desierto?

—Todavía podría reformarme, hacer penitencia y enmendar mis errores. —Con esfuerzo, se apoya en el codo y saca una libretita de direcciones del cajón de la mesilla de noche. Me la tiende—. Toma, está llena de personas a las que tendría que resarcir por algo.

Cuando intento coger la libreta, él se aferra a ella por un instante, como las personas que titubean antes de entregarme sus chapuceros documentos de contabilidad para una auditoría. Parece agotado. Tal vez mi presencia lo ha debilitado. Ahora tiene una expresión completamente seria, afligida. Sus arrugas son más profundas que cuando me fui, y su pelo quizás ha encanecido un poco más. Noto un profundo dolor dentro de mí.

—También me gustaría ver a mi hijo —declara Artie.

—Tú no tienes ningún hijo —le recuerdo.

Él suelta la libreta, que cae en mis manos.

—Quería decírtelo. Lo tuve cuando sólo era un chaval de veinte años. Su madre y yo nunca nos casamos. Ahora ya es un adulto. Se apellida Bessom. Está en la B.

De repente, me percato del calor que hace en la habitación y que aumenta en mi interior. Sé que no soy capaz de matar a Artie Shoreman en su lecho de muerte (aunque seguro que algunas mujeres han matado a sus maridos antes), pero, después de oír este maravilloso bombazo, no me importaría acortarle la vida un par de semanas con una paliza. ¿No podría habérmelo contado con el ramo de flores número treinta y cuatro? «Te quiero tanto que has hecho que olvide decirte que tengo un hijo con otra mujer.» Cojo la fotografía de los dos en Martha's Vineyard y, antes de darme cuenta, la lanzo al otro lado de la habitación. Una esquina del marco se estrella contra la pared y deja una profunda muesca. El cristal se hace añicos que se esparcen por el suelo. Contemplo mis manos vacías.

Nunca he sido de esas personas que arrojan cosas. Artie me mira boquiabierto, totalmente sorprendido.

—Ya sé que Bessom está en la B, Artie. ¡Por Dios, eres un

cerdo! ¡Un hijo! ¿Y me lo dices ahora, después de todo este tiempo? ¡Qué detalle!

Salgo de la habitación como una exhalación y casi tiro al suelo a la atractiva enfermera de Artie, que estaba escuchando al otro lado de la puerta. No sé quién se queda más pasmada, si ella o yo.

—¡Estás despedida! —le espeto—. Y diles a los de la agencia que, a partir de ahora, sólo queremos enfermeros. ¿Lo captas? Enfermeros feos. Cuanto más gordos y peludos, mejor.

4

No tienes por qué convertirte en una mujer como tu madre

Marie se marchó enseguida, disculpándose, y, al cabo de pocas horas, la agencia mandó a otra persona para el último turno del día. La persona es un hombre, aunque no tan gordo ni peludo como yo deseaba. Pero es enfermero, mayor y callado, y tiene uno de esos nombres masculinos que están de moda y empiezan con la letra T, como Tod.

Pasa por delante de la puerta de la cocina y me mira. Se da la vuelta y se va por donde ha venido. Me como unas cuantas galletas y él vuelve a aparecer. Se queda en el umbral de la puerta.

—Hay una mujer en su jardín. Creo que está arrancando malas hierbas. A oscuras —agrega, al parecer más sorprendido por la oscuridad que por lo de las malas hierbas.

A mí no me sorprende. Me levanto y me dirijo a la puerta principal. Efectivamente, hay una mujer mayor y bien vestida arrancando malas hierbas al pie de unos arbustos. Enciendo las luces exteriores.

La mujer se endereza sosteniendo en la mano los hierbajos, con todo y raíz. Es mi madre, claro está, vestida con uno de sus chándales de terciopelo, el azul, y lleva la cremallera abrochada sólo hasta la mitad, para enseñar escote.

—¡Lucy, querida! ¿Cómo estás? Tienes una pinta horrible. ¿Vuelves a fumar?

—Yo nunca he fumado. La fumadora eres tú —le digo a mi madre.

—A veces nos confundo. ¡Somos tan parecidas!

—No, no lo somos.

—He traído algo de cenar —dice ella dejando las raíces en un ordenado montoncito sobre el suelo.

Regresa a su coche y coge una cacerola que lleva en una bolsa de lona bordada con la frase: «¡Vivan las comidas en las que todos llevan un plato!»

—Esto, por ejemplo. Yo no tengo ninguna bolsa de lona y, mucho menos, una que diga: «¡Vivan las comidas en las que todos llevan un puto plato!»

—No digas tacos —me reconviene mi madre, sacudiendo la cabeza—. A algunas mujeres les parece sexy, pero no lo es.

Miro por la ventana trasera hacia la piscina mientras Joan, mi madre, se mueve atareada por la cocina. Coloca las fuentes sobre la isla, va y viene distribuyendo los platos, los cubiertos y sirviendo la comida. ¿He mencionado que ha traído a *Bogie*, su perro? *Bogie* es un perro salchicha muy bien dotado. Tan bien dotado que el cuarto marido de mi madre lo llamaba «el perro de las cinco patas». De todos modos, su quinta pata es un apéndice que deja mucho que desear. En primer lugar, como a *Bogie* lo operaron y no tiene testículos, su apéndice resulta bastante inútil. En segundo lugar, debido a la creciente inclinación del lomo de *Bogie* y a sus cortas patas, había empezado a arrastrar un poco su apéndice por el suelo, lo que no era tan malo cuando caminaba sobre alfombras peludas, pero la cosa se complicaba cuando andaba sobre grava, por ejemplo. Esto sí que suponía un problema. A la larga, su apéndice podía perder sensibilidad de tanto arrastrarlo. ¿Se puede vivir así realmente? Mi madre decidió que no, que de hecho resultaba embarazoso, así que, hace unos años, confeccionó una especie de protector para penes para nuestro querido y anciano *Bogie*. Ella lo llamó «pantalón tirolés sostenedor para perros». Artie y yo la corregimos enseguida: se trata de un suspensorio para perros. Con el fin de que la parte protectora más importante se mantenga en su lugar, el suspensorio para perros consta de un elaborado sistema de correas que rodean las patas traseras de *Bogie*, pasan por encima de sus cuartos delanteros y se abrochan en medio de su lomo. Supongo que este sistema estaría bien si mi madre no diseñase los suspensorios para perros como si de alta costura se tratase. En realidad, lo suyo es un talento oculto. Utiliza cintas anchas, lazos y colores siempre acordes con la época del año: anaranjados en otoño, rojos y verdes en invierno, azules como los huevos de los tordos americanos en primavera... Por lo tanto, siempre parece que *Bogie* va vestido para alguna gran ocasión. Es un perro guapo, casi cumple los requisitos de calidad de los perros de exposición, como se apresura a señalar mi madre a la menor oportunidad.

Así que aquí está *Bogie*, caminando con las patas muy abiertas alrededor de las piernas de mi madre con su elegante suspensorio. Siempre va con la cabeza bien alta, pero nunca consigue borrar esa expresión llorosa y preocupada de sus ojos que hace que su chulería parezca una frágil máscara que oculta unas inseguridades profundas. ¡Claro que es inseguro! ¿Cómo no iba a serlo?

—Últimamente, *Bogie* tiene buen aspecto —le digo a mi madre.

—Se le nota la edad —responde ella—. Como a todos, ¿no? —Se inclina y levanta una de las patitas de *Bogie* agitándola hacia mí, como si me saludara—. ¡Hola, Lucy! —exclama mi madre con un falsete que pretende ser la voz de *Bogie*—. Lo he traído porque te echaba de menos —explica mi madre.

—Yo también lo he echado de menos —digo yo.

En realidad, pocas veces me acuerdo de *Bogie*, aunque tengo que admitir que, cuando en las conversaciones surgen ciertos temas, como los objetos obscenos que se compran para las despedidas de solteros, no puedo evitar pensar en este perro, a quien Artie llama «el tristemente triste Marqués de Sade canino».

Mi madre sirve un par de copas y levanta la suya.

—¡Por Artie! ¡Mi muy querido Artie! ¡Para que salga de ésta! —exclama alegremente.

—Artie no va a salir de ésta. Tú misma me lo dijiste.

—Sí, pero esa información no sirve para brindar. Los brindis siempre son positivos.

—¿Y por qué estamos comiendo como si ya estuviera muerto? —pregunto yo.

Mi madre no me contesta.

La bolsa de «¡Vivan las comidas en las que todos llevan un plato!» me ha recordado una broma que solíamos hacer Artie y yo. Mi madre pasó por una etapa en la que bordaba, en almohadas, sábanas, camisas, tapices, guantes de cocina y salvamanteles, todos los proverbios conocidos y por conocer del tipo «Si amas a alguien, déjalo ir». Artie empezó a recordarle a mi madre los dichos que no había bordado para la posteridad; por ejemplo: «Una debería casarse con su primer marido por sus genes, con el segundo por su dinero y con el tercero (el cuarto, el quinto y demás) por amor.» «¿Dónde está la almohada con este dicho? —me preguntaba Artie—. ¿Dónde está la almohada que dice: "Nunca permitas que tu culo ceda a la gravedad"?» Artie adora a mi madre y, aunque ella estaba totalmente en contra de nuestro matrimonio, también lo adora.

Mi madre y yo bebemos un trago por lo del brindis y dejamos las copas en la mesa. Yo empiezo a comer.

—Sé que te ha hecho daño, pero tienes que perdonarlo —dice mi madre—. Él es así. Lo parieron de esa forma.

—Yo no creo que fuera un bebé adúltero —contesto yo.

—No seas tan literal. Es indecoroso. Ya sabes a qué me refiero.

—La verdad es que no estoy segura de saber a qué te refieres —replico.

—Ya sabes que nunca me entusiasmó la idea de que te casaras con Artie. Te dije que probablemente te dejaría viuda, aunque nunca pensé que sería tan pronto, pero escúchame: yo perdoné a mi marido, y eso me hizo mejor persona.

—¿A qué marido?

—A tu padre, claro. —Se calla por un momento mientras repasa su archivo mental de maridos—. Y al tercero.

—Ninguno de ellos se merecía que lo perdonaras.

Después de separarse de mi madre, mi padre se trasladó a la Costa Oeste, y su papel en nuestras vidas quedó reducido a una tarjeta de felicitación por mi cumpleaños y otra por Navidad con veinte pavos dentro. Murió de un aneurisma mientras segaba el césped.

Las chapas de identificación de *Bogie* tintinean mientras él se mordisquea una pata.

—Pero yo me convertí en mejor persona —insiste mi madre—. Y eso me permite dormir por las noches.

—Creí que tomabas somníferos para dormir.

—Que algo «me permita dormir por las noches» es una expresión, querida. De verdad, no deberías ser tan literal en todo. No te hace bien.

Estoy a punto de ponerme a discutir con ella, porque creo que tengo unas cuantas verdades que decir al respecto, pero entonces alguien llama a la puerta. Miro a mi madre. Ella me mira a mí. No esperamos a nadie.

El enfermero entra con paso enérgico en la cocina.

—Debe de ser el médico. Dijo que se pasaría por aquí.

—¿El médico? —pregunta mi madre con entusiasmo, atusándose el peinado.

—Por favor, no aproveches la ocasión para pescar a tu sexto marido.

—No seas impertinente.

El enfermero se dirige a la puerta principal, pero se detiene antes de abrirla. Mientras lo sigo por el pasillo, oigo que mi madre se ahueca el pelo y se alisa la ropa detrás de mí.

—¿Cómo está el budista? —tanteo, preguntándome si esa relación se habrá terminado.

Mi madre es absolutamente fiel a sus maridos y pretendientes, pero cuando se ha acabado, se ha acabado. Por ejemplo, ella nunca desaprovecharía la oportunidad de flirtear con el guapo empleado del depósito de cadáveres que empuja la camilla de su marido número diecinueve o con el apuesto pastor que oficia los funerales del número veintiuno.

—Se ha reencarnado —responde mi madre con cierto desinterés.

—¿En el novio de otra mujer?

Ella sigue acicalándose, lo que significa que sí.

—¿Tan pronto?

—Su karma le ajustará las cuentas.

Abro la puerta de la casa.

El médico, más o menos de la edad de mi madre, tiene el cabello gris y se le ve muy profesional.

—Pase —lo invito yo.

—¡Me alegro mucho de que haya venido!

Mi madre no puede disimular su embeleso. Él es su héroe. Me dan ganas de recordarle que Artie todavía se está muriendo, pero, al final, decido no interferir en algo tan bonito.

El médico ve a *Bogie*, quien se le acerca para olerle los zapatos. Me doy cuenta de que está a punto de preguntar por el suspensorio, pero algo le hace cambiar de idea. ¿Será su buen ojo con los pacientes? ¿El temor de que se trate de un problema médico? ¿Por qué añadir las enfermedades crónicas de un perro salchicha a su lista de obligaciones?

Acompaño al médico a la planta de arriba y me quedo observando junto a mi madre cómo examina a Artie haciéndole preguntas y contestando a las suyas en susurros.

Oigo el entrechocar de hielo contra cristal y veo a mi madre apurar un vaso de vodka.

—¿No quieres ser la mejor persona en esta situación? —me pregunta.

—No sé lo que eso implica —le respondo.

—A las duras y a las maduras. Hiciste una promesa. «En la salud y en la enfermedad», dijiste.

—Él tiene un hijo.

—¿De verdad? ¿Artie? ¿Estuvo casado antes? ¿O se trata de un... hijo ilegítimo?

Años atrás, mi madre me pidió que la ayudara a actualizar su vocabulario para no parecer vieja. Me dijo: «Avísame cuando diga algo pasado de moda. ¡Prométeme que lo harás!»

—La gente ya no utiliza la expresión «hijo ilegítimo» —le digo.

—¡Ah! —responde ella—. Ya lo sabía. Es sólo que... me siento tan... escandalizada.

No le explico que, además, hoy en día la gente se escandaliza rara vez. Nuestra sociedad está tan acostumbrada al escándalo que ya no se escandaliza.

—Lo tuvo cuando tenía veinte años. Él y la madre nunca se casaron.

Mi madre recupera la entereza y alarga la mano para cogerme del brazo.

—¿Estás bien? Lo siento mucho. ¿Qué edad tiene ahora?

—Ya es mayor. Tendrá treinta y tantos años. Artie quiere verlo antes de...

—Esto es superdramático. ¿Por qué no te lo contó antes? No me parece bien que se guarden estas cosas en secreto.

—A mí tampoco.

—¿Ves cómo nos parecemos mucho? —Levanta el vaso, se mete un cubito de hielo en la boca y esboza una sonrisa triste con la mitad de su maquillada cara—. Superarás todo esto.

Yo no estoy tan convencida. Me vuelvo para regresar a la planta baja. Mi madre me sigue chupando el cubito de hielo.

—Un hijo. ¡Ah, no, esto no me parece nada bien!

Más tarde, cuando el médico canoso se prepara para irse, mi madre ya ha dejado atrás su indignación hacia los hombres. Contempla al médico con adoración.

—Ya he acabado —declara él, más como un embalsamador que ha terminado de arreglar un cadáver que como alguien que cobra por devolver la salud a las personas.

Mi madre, en segundo plano, se arregla mientras sobrelleva como puede su colocón de vodka.

—¿Cree usted que sufre mucho dolor? —le pregunto al médico.

—Podemos controlar el dolor, pero la infección le ha dañado el corazón. Se está debilitando a ojos vistas. No le queda mucho tiempo.

—¿Cuánto le queda?

—Podría aguantar una o dos semanas más. Un mes a lo sumo. Lo siento.

Noto que la sangre me sube a las mejillas. Me entran ganas de abofetear al médico. ¿Un mes a lo sumo? Es como si estuviera apostando. Y tampoco quiero su compasión, este tipo de compasión que se ofrece con tanta facilidad. Sé que no estoy siendo razonable, que el doctor hace lo que puede. Bajo la vista al suelo, luego la poso de nuevo en él y, ahora que me tomo unos instantes para observarlo, creo que lo siente de verdad. Consigo darle las gracias.

Mi madre tampoco dice nada. Ahora centra su atención en

mí. Percibo el amor que irradia. Al menos de momento, yo soy el único foco de su preocupación.

El médico se va y nosotras permanecemos inmóviles. Resulta demasiado duro pensar que, ahora mismo, Artie está allí arriba, respirando, apartándose el pelo de la frente con su gesto típico, y que pronto se habrá ido.

Miro a mi madre.

—¡Oh, cariño! —exclama ella.

—Todavía estoy demasiado enfadada para ponerme triste.

Ésta no es la vida que esperaba llevar con Artie. Pero ¿qué vida era ésa? Ahora mismo, ni siquiera me acuerdo. Una buena vida. Hijos, niños en la piscina, fiestas de cumpleaños, Artie de entrenador en la liga infantil de béisbol... Él habría sido un buen entrenador de un equipo infantil. Vacaciones en la playa. Envejecer juntos vestidos con bermudas... Cosas sencillas.

Me asalta una oleada de rabia. A Artie y a mí nos han robado. La rabia se ve asfixiada por la impotencia.

—No importa que ahora estés enfadada —dice mi madre—. Es natural. El dolor de la pérdida ya llegará. Hay tiempo de sobra.

Observo a esta mujer menuda, con su ajustado chándal de terciopelo. Ella sabe de pérdidas.

—De acuerdo —le contesto. Ahora mismo, es todo lo que consigo decir—. De acuerdo.

5

¿Una mala decisión que cambia tu vida
a mejor es, a la larga, una buena decisión?
(O: ¿qué diferencia una decisión buena
de una mala? Unas tres copas)

Vuelvo a estar borracha. La culpa es de mi madre y de sus interminables brindis. Poco después de que el médico se marchara, ella me rodeó con un brazo y me guio por el pasillo hasta la cocina. Sirvió un par de copas y empezó con sus brindis. Brindó por la fortaleza de las mujeres. Brindó por las madres y las hijas. Brindó por Joanne Woodward y Paul Newman, porque le apetecía. Brindó por la rabia, la tristeza y la esperanza. Y ahora brinda por el amor.

—¡Por el amor! —exclama—. ¡Llega en cualquier situación, donde menos lo esperamos!

No recuerdo ninguna ocasión en mi vida en la que me emborrachara dos veces en un solo día. ¿En la universidad? ¿El último año de instituto, durante las vacaciones de Pascua?

Mi madre se echa a dormir en el sofá del comedor, el regalo de aniversario de Artie. Todavía me cuesta incluso mirarlo. Mi madre se habrá ido antes de que amanezca.

De algún modo llego al dormitorio de los invitados, en la planta baja, y decido instalarme. Abro la maleta y la pongo con esfuerzo encima de la cama. Descubro que debería haberla puesto en la cama primero y abrirla después, porque, al levantarla, la inclino un poco y la ropa se cae al suelo. Allí están mis pantalones de pijama con cordón para ajustar la cintura y una camiseta estampada de Martha's Vineyard. Todavía estoy bebiendo a sorbos mi última copa. Empiezo a apretujar de cualquier manera la ropa en los cajones y después, con gran dificultad, intento cerrarlos. Empujo con tanta fuerza que casi me quedo sin aliento. Entonces me doy por vencida y dejo los cajones así, abiertos y atiborrados.

Después veo mi bolso, que está en el otro extremo de la habitación. Parece un objeto inocente, pero sé que contiene todos aquellos mensajes de amor. La serie al completo, del número uno al cincuenta y siete.

Recojo el bolso, saco un puñado de tarjetas, abro el cajón de la mesita de noche y las empujo hasta el fondo. Repito la operación con otro montón de tarjetas, y después con otro, hasta que todas están ahí, amontonadas, en completo desorden, arrugadas. La tarjeta del taxista/ex aspirante a campeón de tenis/alcohólico en rehabilitación también está ahí. Podría telefonearle. Podría aceptar su oferta de mejorar mi saque. Por un momento, esto me parece la venganza perfecta, pero el taxista/ex aspirante a campeón de tenis/alcohólico en rehabilitación ni siquiera me gusta. Rompo la tarjeta en pedazos mientras pienso que este tipo de venganza no es lo que quiero. Sin embargo, al mismo tiempo, sé que quiero algún tipo de venganza, por horrible que parezca la idea.

Entonces una voz me sobresalta.

—Ya he terminado por hoy.

Es el enfermero.

Abro la puerta del dormitorio con la copa todavía en la mano. Lo veo a la luz del pasillo. A lo lejos se oyen los suaves ronquidos de mi madre.

—¿Artie está durmiendo? —pregunto.

—Profundamente.

—Gracias por todo —le digo.

Entonces caigo en la cuenta de que me siento agradecida de verdad. Estoy rebosante de gratitud, de esa gratitud que de repente te invade cuando estás borracha.

—No creo que yo pudiera hacerlo...

El enfermero dice:

—Yo sólo estoy aquí para atender a sus necesidades físicas, para que usted pueda concentrarse en las cosas importantes, como sus necesidades emocionales.

Me parece una división del trabajo injusta. Esto me irrita. Me pongo tensa.

—¿Es ése mi trabajo? ¿Se supone que soy la encargada de las necesidades emocionales de Artie Shoreman?

Todd (llamémosle Todd) dice:

—No lo sé. Me refiero a que... no necesariamente. Yo sólo decía que...

—No se preocupe —le contesto. Sé que estoy borracha; todavía me queda algo de conciencia de mí misma.

—Buenas noches, señora Shoreman. —Y se dirige a toda prisa a la puerta.

—Buenas noches —murmuro yo, pero es demasiado tarde. Ya no me oye.

Cierro la puerta y miro en torno a mí el nuevo caos que he creado (¡en un tiempo récord!): mi bolso está encima de la cama, y encima de la mesita de noche (repleta de los mensajes de amor de Artie) está la agenda de Artie (repleta de nombres de ex amantes de Artie y, entre ellas, las tres mujeres con las que me ha engañado, una que adora los ascensores, y la dirección y el número de teléfono del hijo que nunca me mencionó; en la B).

Cojo la libreta y la hojeo. Veo que, al lado de algunos nombres, hay unas pequeñas marcas rojas; sólo junto a los nombres de mujeres. Algunos están marcados con una X roja y, otras, con puntos. Se trata de un código. Artie tiene esta libreta desde hace siglos; los bordes de las páginas están desgastados, casi traslúcidos. Sé que la mayoría de esas mujeres entró en su vida mucho antes de que yo lo conociera; algunas de las relaciones incluso se remontan a la época del instituto. Ellas conocían a Artie y yo no. Tuvieron acceso a facetas de él que siempre serán desconocidas para mí. Esto me parece cruel. ¿Era él la misma persona en aquella época, de una forma profunda e inmutable? ¿Cambiamos de verdad alguna vez?

Me resulta bastante extraño leer sus nombres: Ellen, Heather, Cassandra. En cualquier caso, ¿quiénes son estas mujeres? Me percato de que me he imaginado a Pájaro de Primavera con todo detalle. Pájaro de Primavera, el nombre que me ha obsesionado durante tantos meses, aunque sólo se trate de un seudónimo. Es bajita y rubia. Y está llena de vida, aunque, cuando su alegría se desvanece, enseguida se pone a lloriquear. Pero todo esto es producto de mi imaginación. Como es lógico, no encontraré su seudónimo en la libreta. Sigo hojeándola. Leo los nombres conforme paso las páginas: Markie, Allison, Liz... No quiero leer ni uno más, aunque, por otro lado, no puedo parar. Siento un profundo dolor en el pecho.

Me oigo a mí misma decir:

—No quiero ser la encargada de las necesidades emocionales de Artie Shoreman.

Me siento en el borde de la cama. Bebo otro trago de mi copa y levanto la mirada hacia el techo, al otro lado del cual está Artie, profundamente dormido, muriéndose. De repente se me ocurre que él sabe que yo nunca telefonearía a uno de sus amores, que no quiero saber nada de las tres amantes que tuvo durante nuestro matrimonio, ni de las que tuvo en el pasado. Me levanto y camino por la habitación.

—Artie, hijo de puta, crees que no lo haré, ¿no? Crees que, simplemente, me ceñiré a mi papel en esta situación; que te perdonaré, seré una buena esposa y fingiré que no sucedió nada; que pasaré por esto sola; que dejaré que la experiencia haga de mí una mejor persona.

Abro la libreta por la A y deslizo el dedo hasta un nombre con un punto rojo al lado. Kathy Anderson. Tomo otro trago y marco su número en el teléfono. Se trata de una llamada a larga distancia; ella vive en otro estado, y es más de medianoche. Suenan dos timbrazos y salta el contestador. Se oye la voz de una mujer con una entonación tipo New Age. Le cojo manía enseguida. Después de oír la señal, sigo con lo planeado: «Artie Shoreman se está muriendo. Por favor, llámame para pedir hora junto a su lecho de muerte.»

Cuelgo el teléfono de golpe. Y me siento extrañamente bien. Marco el siguiente número señalado en rojo. En esta ocasión, una mujer responde a la llamada. Es evidente que la he despertado.

—Artie Shoreman se está muriendo. ¿Cuándo puedes venir para hacerte cargo de tu turno junto a su lecho de muerte?

—¿Artie Shoreman? Dile que, por lo que a mí respecta, se puede pudrir en el infierno.

Su nombre tiene una marca roja al lado, una X trazada casi con violencia, así que el código era bastante fácil de descifrar; incluso por alguien tan borracho como yo.

—Es comprensible —respondo yo—. ¿Qué tal el próximo jueves?

—¿Cómo?

—¿Te gustan los ascensores?

Se corta la comunicación.

Sonrío. No tiene sentido, pero no puedo dejar de sonreír. Paso a la B. Aquí está: John Bessom. No hay ninguna marca roja, sólo un número, una dirección y el nombre de un establecimiento: Bessom's Bedding Boutique, una tienda de camas. Deslizo la yema de los dedos por encima de las letras mientras me pregunto cómo será el hijo de Artie, y cómo sería nuestro hijo si hubiéramos tenido uno. ¿Se parecerá a Artie? ¿Será el

54

propietario de Bessom's Bedding Boutique? ¿O es su madre la propietaria? El nombre de ella también figura en la libreta: Rita Bessom. ¿Artie le propuso matrimonio?

Esto es demasiado. Paso la página de los Bessom y voy directamente al final de la libreta. Encuentro otro punto rojo. Se trata de un punto grande. Es evidente que Artie dejó que la punta de su rotulador rojo permaneciera en este lugar durante un buen rato mientras su imaginación volaba. Descuelgo el auricular y marco el número mientras contemplo el cielo nocturno y la luna llena.

Responde un contestador. Oigo la voz de una mujer joven y hastiada.

—Soy Elspa. Ya sabes lo que tienes que hacer.

Entonces me doy cuenta de que no sé qué hacer. No tengo ni idea de lo que estoy haciendo. Al principio no digo nada, sólo escucho el ruido mortecino de fondo al otro lado de la línea.

—Artie Shoreman se está muriendo —digo al fin—. Por favor, llámame para programar tu turno junto a su lecho de muerte. —Hago una pausa—. Artie se muere.

6

El perdón no lleva un Rolex de imitación

Mientras me sirvo un café, con resaca y hecha una mierda, un enfermero nuevo está preparando una bandeja con comida ligera y un montón de pastillas en vasitos de papel del tamaño de los que te dan en los restaurantes con crema para el café. Esto me recuerda los vasitos de crema que solía beberme y apilar en los restaurantes de moda cuando iba con mi madre y sus distintos maridos. Yo creo que lo hacía no sólo porque me encantaba la crema líquida, sino porque esto ponía de los nervios a mi madre. De hecho, la tarjeta número cuarenta y dos de Artie hace referencia a cómo, de vez en cuando, todavía abro esos vasitos de crema en los restaurantes y los vacío de un trago, como si de chupitos de tequila se tratara, un acto que se le antoja encantadoramente original y desinhibido por mi parte. Las manos del enfermero son enormes, y me maravilla la destreza con que maneja esos vasitos diminutos.

Advierto que le ha preparado a Artie el almuerzo, lo que me parece totalmente fuera de lugar, hasta que miro el reloj, que me indica que es mediodía. El fornido enfermero coge la bandeja, y los platos tintinean muy fuerte, tanto que me recuerdan lo mucho que bebí ayer por la noche. Me pregunto a cuántos amores de Artie telefoneé. (En este preciso momento, me doy cuenta de que he adoptado el término «amores». Incluso mientras oigo la palabra en mi cabeza, la pronuncio con desdén. ¡Es un término despectivo, no una expresión de cariño!) ¿Telefoneé a media docena? ¿A una docena? ¿A más? A todo esto, ¿por qué las telefoneé? No lo recuerdo. ¿Se trataba de un reto? Eso me pareció. ¿Quería poner a Artie en evidencia? ¿De verdad me encargó una de las mujeres que le dijera a Artie que se pudriera en el infierno?

El enfermero corpulento levanta la vista hacia mí. Yo lo estaba mirando con fijeza. Sé que, en realidad, está haciendo mi trabajo. Debería ser yo quien le subiera la bandeja a Artie.

—Yo se la llevaré, si le parece bien —declaro.

—Por supuesto —dice el enfermero corpulento—. Él ya sabe cómo tiene que tomarse las pastillas.

—¿Ha telefoneado alguien esta mañana? —le pregunto.

Él asiente con la cabeza.

—De hecho, nos han colgado el teléfono un montón de veces —dice—. Quizá tres. —Echa un vistazo a un papel pegado a la nevera con un imán—. Una mujer ha llamado y ha dejado un recado. —Entonces cita literalmente—: «Dígale a Artie que lo siento, pero que no puedo perdonarlo.»

—¿Ha dicho cómo se llamaba?

—Se lo he preguntado, pero ella me ha respondido: «¿De verdad importa cómo me llamo?» Yo le he contestado que creía que sí, pero ella ha colgado sin más.

—Lo siento —digo, sabiendo que, en parte, es culpa mía.

Dejo mi café en la bandeja y subo las escaleras preguntándome qué le diré exactamente a Artie.

Así que ninguna de las mujeres a quienes telefoneé se ha ofrecido voluntaria para pasar un rato junto a su lecho de muerte, y una de ellas desea que se pudra en el infierno.

La puerta del dormitorio chirría, y Artie abre los ojos. Aun así, está demasiado débil para incorporarse. Me mira con sus avispados ojos azules y sonríe, pero no se mueve.

—¿Qué ha pasado con Marie?

—Dijo que no eras su tipo.

—¿Cómo? ¿O sea que le gustan los vivos? Si se va a poner tan exigente...

—¡Mujeres! ¡Tienen unas expectativas tan altas! —exclamo con una exasperación fingida y una buena dosis de ira—. ¿Puedes sentarte?

Dejo la bandeja mientras él se incorpora. Coloco unas cuantas almohadas entre su espalda y la cabecera de la cama, extiendo las patitas de la bandeja y la deposito sobre su regazo. Él contempla asqueado los vasitos de papel y coge el tenedor con gesto cansino.

—¿Desde cuándo eres lo bastante ordenado para crear un sistema de marcas rojas? —le pregunto.

—Tengo buena mano para hacer de secretario.

—Tener buena mano con las secretarias es otra cosa.

No estoy siendo demasiado justa. Hasta donde yo sé, Artie nunca se ha liado con una de sus secretarias.

Pero él se da por aludido. Juguetea con el tenedor y la compota de manzana.

—¿Así que has estado hojeando mi libreta?

Yo asiento con un movimiento de la cabeza.

—¿Has encontrado a Bessom?

—He visto sus datos.

—¿Lo telefonearás?

—¿Por qué no lo haces tú?

—¿Crees que lo abandoné?

—No tengo ni idea.

—Ella nunca quiso que lo viera. Y sus padres tampoco. «Sólo mándanos los cheques», me dijeron. A lo largo de los años, les he escrito varias veces pidiéndoles que me dejaran verlo, y cuando John cumplió dieciocho años le mandé una carta personal en la que le explicaba mi versión de los hechos, pero él nunca me contestó. Ha adoptado la respuesta estándar de la familia: no responder. Es mi hijo, pero como si no lo fuera.

Artie cierra los ojos y apoya la cabeza en una de las almohadas.

—¿Por qué no me lo habías contado? —le pregunto.

—No lo sé. —Artie sacude la cabeza—. No quería que creyeras que soy como tu padre, uno de esos hombres sin sentimientos, un especialista en poner tierra por medio. Porque no lo soy. Le habría dado a ese chico todo el cariño del mundo... si me lo hubieran permitido.

—Yo no habría creído que eras como mi padre —replico—. No te habría metido en el mismo saco.

—No quería arriesgarme. Sé cuánto daño te hizo tu padre y no quería que me incluyeras en la misma categoría que a él: la de un mal padre. Eso me habría roto el corazón.

Ya no sé qué pensar. Artie ha mantenido vidas secretas. Tiene distintos compartimentos: su pasado, sus amores, sus penas y equivocaciones.

—No le he telefoneado a él, pero sí a otras personas.

—¿Ah, sí? —Artie arquea las cejas.

—No me conoces tan bien como crees. De hecho, a veces me confundes con otras mujeres.

Artie me mira. Sus ojos delatan su cansancio. Todavía no ha probado bocado.

—Sea como sea, te quiero.

Esto no me parece justo. Sé que debería tomarme su declaración como lo haría Lindsay, mi ayudante, como algo puro, en absoluto manipulador, como una declaración de amor, pero no puedo. No puedo confiar en Artie. Doy vueltas a la habitación, caminando a lo largo de las paredes.

—Ninguna de ellas vendrá. ¡Ah, dos de ellas te dejaron mensajes, pero dudo que quieras oírlos!

—Antes de que lo averiguaras, derrochabas sentimientos. ¡Estabas tan llena de vida! ¿Te acuerdas?

Me acuerdo, vagamente, a duras penas.

—No mucho —contesto.

Tengo la sensación de que me han robado a esa persona. A veces, más que echar de menos a Artie y a mí, a nuestra relación, añoro a la persona que yo era. Y también extraño a aquel Artie, al que me ponía de los nervios por pequeñeces como seguir conduciendo cuando el piloto de reserva de la gasolina estaba encendido, volver a guardar en la nevera el envase de zumo de naranja vacío o abrazarme cuando yo estaba de un humor de perros. ¡Qué motivos tan ridículos para enfadarme! Los echo de menos.

Artie tose. Es una tos ronca, que procede de un lugar muy profundo. Cuando remite, le digo:

—Sólo estamos tú y yo. Estamos juntos en esto.

—Esto es lo que yo quería —dice él.

—¿Desde cuándo? —pregunto en un acto reflejo, sin poder evitarlo.

Artie separa la bandeja de su pecho y se aparta el pelo de la frente.

—¿Crees que algún día podrás perdonarme? Tu madre estuvo aquí el otro día y me dijo que yo merecía el perdón, que ya era así cuando vine al mundo.

—Los consejos de mi madre sobre los hombres son muy poco de fiar. No se puede decir que tenga un buen historial.

—Yo te perdonaría —asevera Artie.

—Pues yo no querría que me perdonaras.

De repente, noto que estoy agotada por el peso de todas estas emociones. Me siento en el borde de la cama. Quizá sí que quiero perdonar a Artie... si perdonarlo significa poder olvidarlo todo. Me vuelvo hacia él.

Él alarga la mano y me toca una peca del pecho. Después otra, y luego otra. Sé que está buscando a Elvis. Éste es el lenguaje íntimo y silencioso de los recuerdos que flotan entre nosotros. Sobran las palabras. Quiero decirle que no le está permitido morirse, que se lo prohíbo.

Entonces se queda totalmente inmóvil. Me mira fijamente.

—Yo te perdonaré.

—¿Por qué?

—Cuando me muera, te arrepentirás de muchas cosas, y quiero que sepas que te perdono.

Me pongo de pie. Me ha pillado desprevenida. Casi le suelto: «¡Qué gran generosidad, Artie me perdona!» Pero hay algo mucho más inquietante en todo esto. Artie está planificando su muerte. Con la vista puesta en el futuro, intenta poner sus asuntos en orden, y sé que hace lo correcto. De repente, se me ocurre pensar en todas las cosas que echaré en falta de él, no sólo sus gestos grandilocuentes y su increíble encanto, sino también las cosas que siempre he considerado irritantes, como su forma de sorber el café o los resoplidos que da cuando se sienta, como si estuviera realizando un gran esfuerzo, o su costumbre de sacar las aceitunas de los Martinis con los dedos, o el modo en que camina de un lado a otro mientras se cepilla los dientes. Yo lo llamaba «el cepillador nómada». Y sé que descubriré un montón de cosas de las que arrepentirme. Incluso puede que entonces desee haber sido mejor persona.

Los ojos se me llenan de lágrimas y salgo de la habitación. Doblo deprisa la esquina para enfilar el pasillo y me mareo. Apoyo una mano en la pared para recuperar el equilibrio y, después, me inclino y dejo que mi frente se refresque en contacto con el yeso.

Alguien llama a la puerta principal. Los golpes resuenan por toda la casa. Pero no puedo moverme, todavía no. Deduzco que se trata de mi madre, quien, con su energía habitual, ya ha acabado su lista de tareas del día y viene para comprobar que estoy despierta y en marcha y que he desayunado. «Estoy bien —le diré—. ¡Mírame! ¡Aguantando el tipo! ¡Como nueva!» Me gustaría ser capaz de fingir que estoy bien durante un rato, para evitar más análisis introspectivos, aunque sólo fuera durante un ratito. Bajo las escaleras corriendo, simulando vivacidad, y abro la puerta de par en par.

—¡Estoy bien! —exclamo con alegría.

Pero no es mi madre, sino una joven con el pelo teñido de color lila intenso y cortado a lo elfo. Lleva montones de *piercings* a lo largo de las orejas, un diamante diminuto en la nariz y un aro en el labio inferior que le obliga a lucir un mohín permanente. Viste una camiseta negra sin mangas de un concierto de un grupo que jamás he oído nombrar: Pelotas Fuera. Al menos, creo que es un grupo. Tiene una guirnalda de flores tatuada alrededor del bíceps, un bíceps musculoso, y lleva al hombro lo que parece ser un macuto como el que usan los soldados.

—Soy Elspa —dice—. He venido a hacerme cargo de mi turno.

7

A veces, la esperanza llama a la puerta,
entra en casa y deja en el suelo su macuto.
Como si fuera a quedarse una temporada

—¿Has venido a hacerte cargo de tu turno? —repito.

Por extraño que parezca, los *piercings* de Elspa, su tatuaje
y el color de su cabello me recuerdan a mi madre, con todo el
maquillaje que se pone para desorientar a sus interlocutores.
Sin embargo, esos accesorios no me distraen durante mucho
tiempo. Resulta evidente que Elspa es muy guapa, de una belleza impresionante. Tiene los labios carnosos, los ojos de color
castaño oscuro, las pestañas espesas, la nariz pequeña y unos
pómulos muy bonitos. No lleva nada de maquillaje. Todavía
estoy tan descolocada por la conversación con Artie, por el
hecho de que la visita no sea mi madre y por todo lo demás,
que me siento totalmente confundida.

—¿Te envía la agencia de enfermería? —consigo decir.

No estoy protegiendo la entrada. La puerta está abierta de
par en par porque esperaba que entrara mi madre como Pedro
por su casa. De hecho, estoy a un lado de la puerta, casi inci-
tando a Elspa a entrar. Casi. Y esto es todo lo que ella necesita.
Pasa junto a mí, con todo y macuto, y entra en el vestíbulo. Da
la sensación de tener mucha prisa. Se la ve nerviosa o, para ser

más exactos, alterada. Recorre la habitación con la mirada, ansiosamente.

—No, no soy de la agencia de enfermería.

—Es un alivio, la verdad.

Elspa no hace caso de mi comentario. Me mira directamente a los ojos.

—Tú me llamaste.

—¿Yo te llamé?

—He venido para hacerme cargo de mi turno junto al lecho de muerte de Artie. Es lo que dijiste que querías, ¿no?

—¡Ah, sí! ¿Y el macuto?

Lo del macuto me inquieta un poco, parece dar a entender que ella pretende quedarse una temporada. ¿Es uno de los amores de Artie? Es más joven de lo que esperaba. Tendrá unos veintiséis años, como mucho.

—He venido en coche desde Nueva Jersey lo antes que he podido. Esta mañana tenía una clase, pero he salido para aquí en cuanto ha acabado. Ya he quedado con el catedrático en que haré un examen de recuperación —dice, como si esto lo explicara todo. Es demasiado mayor para ser una estudiante universitaria. Deja el macuto en el suelo—. ¿Dónde está?

—No puedes quedarte aquí.

¿Es Elspa uno de los amores que Artie mantuvo durante nuestro matrimonio, una de sus canas al aire, de sus devaneos? ¿Es posible que sea lo bastante mayor para haberlo conocido antes de que nos casáramos? Veamos: cuando me fui, Artie y yo llevábamos casados cuatro años y sólo habíamos salido durante un año antes de casarnos; una relación relámpago, vista en retrospectiva. ¿Salió él con una chica de veintiún años antes de conocerme?

—Dormiré en el sofá. No os daré problemas. ¿Está muy dolorido?

—Mira —le digo—, yo estaba borracha. Bromeaba. No creí que nadie me tomara en serio.

Elspa se da la vuelta, con los ojos muy abiertos. Parece una niña rebosante de ilusión.

—¿Cómo? —Entonces retoma en parte su actitud de hastío—. A ver, ¿Artie se está muriendo o no?

Tengo la sensación de que esta visita representa mucho para ella, de que hay mucho en juego. Me dan ganas de mentirle, de decirle que Artie está bien y que puede volver a su casa, pero no puedo. Creo que es posible que ella lo ame de verdad o que lo necesite; no sabría decir cuál de las dos alternativas es la correcta.

—Sí, se está muriendo.

—Entonces quiero ayudar en lo que pueda. Él se portó bien conmigo.

—¿Ah, sí?

—Me salvó la vida. —No lo dice como si hablara de un amante, sino de un santo.

El enfermero fornido pasa por nuestro lado y empieza a subir las escaleras. Elspa lo mira.

—¿Artie está ahí arriba?

Yo asiento con la cabeza.

—¿Puedo? —pregunta señalando las escaleras.

Su desesperación me deja pasmada.

—Adelante.

Y, de esta forma, Elspa, esa completa desconocida salvada por Artie Shoreman, el santo, corre escaleras arriba, subiendo los peldaños de dos en dos.

8

Todo el mundo vende algo, así que sé tu propio chulo

Estoy de pie en el vestíbulo, sin saber qué hacer. Levanto la vista hacia la parte alta de las escaleras. Elspa. ¿Qué tendrá que decirle a Artie? ¿Le he dado permiso para dormir en el sofá? Estoy cansada de no conocer los secretos de Artie, cansada de tropezar con las zonas acordonadas de su vida. Voy a la habitación de invitados y agarro su agenda de direcciones. A continuación, cojo mis llaves de la cómoda del vestíbulo y salgo de casa. Hay un Toyota viejo y herrumbroso aparcado en la calle.

Espero que ya no esté cuando yo regrese.

Mi coche está en el camino que lleva al garaje. Hace seis meses que no conduzco. Me acomodo en el asiento del conductor. Todo está regulado a la medida de Artie, y me alegro de que todavía no se haya muerto. De lo contrario, estoy segura de que me habría bajado del coche a toda prisa, pues me habría afectado que el asiento y los espejos estuvieran ajustados a su manera. Pero Artie no está muerto, y me tomo mi tiempo para adaptarlo todo a mí. Debería hacer lo mismo con otras cosas de la casa. Ahora estoy en condiciones de pensar en la muerte de Artie de forma racional. Puedo prepararme intelectualmente antes de que suceda; tomar precauciones, como lo haría antes de una nueva auditoría.

Bessom's Bedding Boutique está en la parte vieja de la ciudad, una zona que se supone que está en plena transformación y se está poniendo de moda. De cada cuatro tiendas, una está siendo reformada. Encuentro la bocacalle que estoy buscando, giro a la izquierda y aparco el coche. Bessom's Bedding Boutique. ¿Desde cuándo todo se ha convertido en una *boutique*? No soporto las aliteraciones. Es una manía mía: Kortes con Klase, Kubiertos para Kocina... ¡Por el amor de Dios, escribid las malditas palabras correctamente! Me acerco a la tienda y contemplo mi imagen en el escaparate lacado en blanco. Me sorprende encontrarme aquí. Tengo aspecto de cansada. Mis ojos están hinchados, y los párpados inferiores presentan un tono azulado. Tengo los labios agrietados. Estoy despeinada. Acomodo un mechón de pelo detrás de mi oreja, me humedezco los labios con la lengua y aparto la mirada con rapidez.

Abro la puerta de la tienda y oigo el arcaico campanilleo: ding-dong. La tienda parece un aparcamiento de camas, como si un hotel se hubiera derrumbado y las camas, todas muy bien hechas, hubieran acabado en el sótano, un sótano en plan fino, eso sí. Incluso hay varias piezas de arte de vanguardia y unas cuantas mesitas de noche elegantes, y las paredes están pintadas de uno de esos colores nuevos: ¿algo tipo lima? La moqueta cubre el suelo de pared a pared. La ropa de las camas es de buen gusto, y hay montones de cojines a juego. No veo a ningún otro cliente en la tienda, y no suena música ambiental. Lo único que oigo son los ruidos amortiguados de la calle, a mi espalda, y el tictac hueco de un reloj de pared plateado de estilo retro, de los sesenta. Es de esos relojes que parecen parte del material para un proyecto de ciencia de instituto sobre el sistema solar.

Quiero robar algo. Es mi primer impulso. No sé por qué.

Mi segundo impulso no se puede decir que sea mejor: me entran ganas de correr por encima de la hilera de camas. Me imagino saltando de una a otra hasta el fondo de la tienda.

Es entonces cuando me percato de que hay un bulto en la colcha de una elegante cama de cuatro postes situada hacia el fondo. Como no hay ningún otro vendedor a la vista, deduzco que debe de tratarse del estudiante universitario que está al mando. No estoy segura de si despertar a este vago o no, pero la verdad es que me siento un poco protectora de Bessom's Bedding Boutique, por ninguna razón en concreto.

Me acerco a la cama.

—Disculpe.

Es un hombre adulto, de unos treinta años. Me sorprende que no se levante de golpe para soltarme la perorata de vendedor que ocupa todos los rincones de su reducido subconsciente. En cambio, abre los ojos con lentitud, me mira y sonríe con aire indolente. Se despereza y se alisa el pelo rubio. Es un hombre atractivo, y no me cuesta imaginármelo sin camisa, descalzo y vestido con sólo unos pantalones de pijama. Sin duda John Bessom lo ha contratado para su equipo de vendedores por su aspecto, sin ser consciente de que duerme sobre la mercancía cuando el dueño no está. Decido que, cuando conozca a Bessom, le informaré acerca de este vendedor.

—Estoy buscando un colchón... firme y resistente. Ya me entiendes, un colchón bueno, sólido, fiable. ¿Sabes dónde puedo encontrar a John Bessom?

Él, un poco despeinado y sexy, me mira con ojos somnolientos.

—Nosotros no vendemos fiabilidad, firmeza, resistencia o solidez —responde con un medio bostezo.

—Pero vendéis colchones, ¿no?

Le sonrío y ladeo la cabeza. Me siento como si hubiera entrado en un juego de palabras cuyas reglas no conozco. Los juegos de palabras me gustan, y se me da bien jugar.

—No, en realidad no vendemos colchones. No exactamente.

—¿Y qué vendéis? —pregunto.

Sonríe de forma insinuante. He mordido el anzuelo. Acaba de despertarse de su siesta y ya está vendiendo, sólo que no como yo esperaba.

—Vendo muchas cosas. Para empezar, vendo descanso. Y también vendo sueños.

—Descanso y sueños —repito.

—Exacto.

Todavía no se ha levantado de la cama, sólo ha apoyado la cabeza en una mano, y ahora estoy convencida de que Bessom tomó una decisión fantástica al contratar a este muchacho. Me han dado ganas de comprar una cama. Entonces él dice:

—Vendo propiedades de alto *standing* y de rentabilidad garantizada para el amor.

Su comentario me deja de una pieza. Levanto un dedo. Repaso la conversación en mi mente y me doy cuenta de que ha pasado de decir «vendemos» a decir «vendo». Contemplo el cristal del escaparate, el letrero de Bessom's Bedding Boutique escrito al revés. Lo de «propiedades de alto *standing* y de rentabilidad garantizada para el amor» suena tan típico de Artie que, por un instante, me quedo paralizada. Este tío no se parece en nada a Artie, salvo, quizás, en una parte minúscula de la mandíbula, pero sin duda alguna ha heredado los genes seductores de su padre.

—¿Tú eres John Bessom?

—El mismo. ¿En qué puedo ayudarte hoy?

Lo observo por unos momentos más, buscando en él otros rasgos de Artie. Ladeo la cabeza. Una parte de mí esperaba encontrar al dueño de Bessom's Bedding Boutique, y otra parte, lo admito, esperaba a alguien con más pinta de hijo, que me hiciese pensar en piscinas para chiquillos, colonias de verano y la liga infantil de béisbol.

—¿Te encuentras bien?

—Estoy bien. —Miro alrededor—. Bueno, por desgracia sólo necesito un colchón.

—¿Quién podría vivir vendiendo sólo colchones, día sí y día también? —Se sienta y baja los pies al suelo. Lleva pantalones de gamuza—. Sería demasiado deprimente.

—Comprendo. Lo pillo —digo yo.

De repente, no estoy segura de qué estoy haciendo aquí. ¿Voy a comunicarle que su padre se muere? ¿Es éste mi lugar? Si él quisiera hablar con Artie, lo habría hecho hace años. Me dirijo hacia la puerta.

Entonces él se pone de pie.

—Oye —dice—, espera. Lo siento. He tenido una semana muy mala. Y un año incluso peor. Por eso me da por ahí. —Señala la cama—. Flirteo. Es un mecanismo de supervivencia. Estoy intentando dejar el hábito. Lo que quiero decir es que me encantaría venderte un colchón. Preferiría venderte algo un poco más abstracto, pero me conformo con un colchón.

Me pongo tensa, como si estuviera un poco borracha, como si mi severidad se estuviera erosionando, y adopto mi pose de andares estirados. Me refugio tras una fachada de dureza. Me pregunto si tengo el ceño fruncido. ¿Mi dureza y severidad me costarán unas cuantas arrugas? ¿Botox? En este momento no me queda más remedio que ser dura. Es lo único que puedo ofrecer.

—La próxima vez que necesite una abstracción, sabré adónde ir —declaro. Y salgo a la calle.

9

A veces un desconocido dice justo
lo que necesitas oír

Dejo el coche en el camino que conduce al garaje y veo que el Toyota herrumbroso sigue aparcado en la calle. Para colmo, está mal aparcado, torcido.

Entro en la casa y veo el macuto de Elspa; está en el suelo del vestíbulo, justo donde ella lo soltó. Mientras dejo las llaves en el cuenco de la cómoda, me siento como una extraña, una ladrona educada, alguien que allana una casa pero sólo para hurgar entre las galletas, comerse unos bombones y, quizá, prepararse un *gin-tonic*.

No sé qué hacer. Estoy de pie en el vestíbulo, completamente inmóvil. Echo una ojeada al interior del salón. Todo está tranquilo, en silencio. Encima de una repisa hay un florero espléndido que contiene un ramo enorme. Me acerco a la repisa y saco la tarjeta de la funda de plástico: «Número cincuenta y ocho: por cómo volviste a casa. Regresaste. Por la forma en que una parte de ti, una parte diminuta y muy escondida, puede que todavía me quiera.» No estoy segura de qué hacer con esto. Tiene razón. Una parte de mí todavía lo quiere, claro, y, a veces, ésa es la parte que se apodera de mí y me inunda el alma.

71

Quizá deba contárselo a Artie. Quizá sea algo que él debería saber.

Es entonces cuando oigo el canto.

Es un canto suave, agudo y cadencioso. Dejo caer los brazos a los lados, y la número cincuenta y ocho cae al suelo.

Sigo la voz escaleras arriba. Proviene del dormitorio. Abro la puerta. La cama de Artie está vacía y las sábanas están retiradas, como si él se hubiera curado milagrosamente y se hubiera ido a la oficina.

Pero el canto no procede del dormitorio, sino del baño. El enfermero está de pie junto a la puerta del lavabo. Parece un poco desconcertado, como si no estuviera seguro de cuál es su papel aquí. Yo le dirijo un gesto de la cabeza, y él me devuelve el saludo.

—Estoy esperándolo —dice el enfermero— para ayudarlo a entrar y salir de la bañera.

Pero esto no explica lo del canto. Atravieso el dormitorio hasta la puerta del baño, que está abierta lo justo para que pueda ver la espalda de Artie. Está sentado en la bañera, y la voz es la de Elspa, una voz preciosa, que surge de algún lugar muy profundo de su interior. Ella está allí, arrodillada junto a la bañera, cantando con suavidad. No reconozco la canción. Ella sumerge una esponja en el agua y la escurre sobre la espalda de Artie. No hay nada sexual en la situación. Nada de erotismo. Sólo ternura, como cuando una madre cuida de un hijo con fiebre alta. La imagen me corta la respiración. El momento es de una belleza sencilla. Todo pureza.

Siento una tensión en el pecho, un dolor agudo. Vuelvo a marearme y salgo de la habitación con paso vacilante. Bajo las escaleras y me dirijo al armario de los licores, en la cocina. La luz es demasiado brillante, demasiado intensa, y la habitación demasiado espaciosa y aireada. El techo es demasiado alto. Me siento minúscula. Mis manos se mueven con rapidez. El hielo cae en el vaso con un tintineo solitario.

Suena el teléfono y contesto la llamada. Lindsay me habla atropelladamente, tan deprisa que sólo distingo algunas palabras: alguien está en peligro de perder su empleo. ¿Danbury? ¿Y uno de nuestros clientes podría dejarnos? ¿Uno de los socios está histérico? No le encuentro ni pies ni cabeza a lo que dice.

—Todo saldrá bien —le aseguro—. Pero no te impliques emocionalmente. No te tomes las cosas a pecho. Ahora mismo no puedo hablar.

Pero ella sigue explayándose sobre Danbury, a quien han estado a punto de despedir, sobre la posibilidad de un pequeño ascenso y de nuevo sobre lo del socio.

—Ahora mismo no puedo hablar —le repito—. No te lo tomes como algo personal, Lindsay, pero te demostraré cómo se desconecta.

Cuelgo el auricular y me quedo allí plantada.

Elspa entra y saca una ensalada de la nevera. Esto me pilla desprevenida. No había visto esa ensalada antes.

—¿Quieres un poco? —me ofrece Elspa—. He preparado de sobra.

—No.

Ella coge un cuenco pequeño y se sirve ensalada.

—¡Artie está tan delgado...! No estaba preparada para verlo así.

Yo no digo una palabra.

—Pero su mente está intacta. Está todo ahí. El Artie de siempre.

—El Artie de siempre.

Ella habla mientras mastica.

—Me ha contado la historia sobre aquella vez que...

Levanto la mano.

—No quiero oír la historia.

Elspa se queda de piedra y luego sigue comiendo.

—De acuerdo.

Entonces caigo en la cuenta de que no me siento como una ladrona, sino todo lo contrario. Siento que me han robado.

—Ese momento de ahí arriba era mío.

—¿Perdona?

—Lo de bañarlo. Se supone que eso lo tengo que hacer yo, y tú me lo has robado.

—No pretendía...

—Olvídalo.

Elspa deja el tenedor en la mesa. Me mira. Sus ojos marrones tienen una expresión amable.

—Te engañó, ¿no? Por eso lo odias. ¿Con cuántas?

—Tuvo muchas novias antes de conocerme y yo no lo sabía, pero conservó a dos de ellas. Como *souvenirs*.

—No se le da bien despedirse.

—Es una forma bonita de expresarlo —opino, y me tomo un momento para reflexionar sobre lo poco que me gusta esta forma de ver las cosas—. Y, después, se echó una tercera. Yo descubrí lo de la tercera y, más tarde, lo de las otras dos. ¿Cuándo fue la última vez que estuviste con él?

Se trata de una pregunta justa, y la formulo con la osadía suficiente.

Pero ella no se muestra sorprendida y responde ciñéndose a los hechos.

—Antes de que te conociera a ti. Entré a trabajar en uno de sus restaurantes cuando era muy joven. —Todavía parece muy joven—. ¡Cielos, hace ya seis años que no huelo siempre a comida italiana! Artie fue un día a comprobar el buen funcionamiento del restaurante. Pero nuestra relación no fue de ese tipo. Lo que quiero decir es que en realidad no soy una de sus «ex novias» ni nada por el estilo. Artie era más como un padre para mí. Me ayudó a superar una época difícil.

Se interrumpe, como si algún recuerdo de entonces todavía le doliese.

No estoy segura de tragármelo.

—¿Más como un padre? —le pregunto.

—Hace ya mucho tiempo —contesta ella—. Sobreviví gracias a Artie.

Habla tan en serio que cuesta no creerla. Su rostro parece totalmente franco, como si ella fuera demasiado inocente para mentir.

De pronto, se le ilumina el semblante.

—Hoy me ha contado muchas historias sobre vosotros: cómo os conocisteis, vuestra boda... Es todo tan bonito... Pero la que más me gusta es la historia del pájaro y los ventanales.

—Me acuerdo de eso, vagamente.

—Tú salvaste al pájaro.

—Se estaba dando golpes contra las ventanas de la casita de invitados de un amigo. Fue poco después de conocernos. En muchos sentidos, Artie es un cobarde. Le dan miedo los pájaros cuando se quedan atrapados en el interior de una casa. Y también odia volar en avión. Yo lo único que hice fue abrir la ventana adecuada. Eso es todo.

Pero ahora revivo aquel momento en mi mente; en ese entonces, todo parecía maravilloso, perfecto. Artie se acercó a mí por detrás, me rodeó con sus brazos y el pájaro alzó el vuelo hacia los árboles.

—A veces eso es todo lo que hace falta: abrir la ventana adecuada —comenta Elspa.

Y Elspa me cae bien; justo en ese instante; así, sin más. Necesito a alguien como ella, alguien que no tenga miedo de alargar el momento.

—Mientras me contaba esta historia —prosigue— estaba tan lleno de vida que por unos instantes me he olvidado de que se estaba muriendo.

Me pregunto cómo Artie le salvó la vida exactamente. Me la imagino con su uniforme de camarera, una camisa roja y una chapa con su nombre, un delantal a cuadros y, en las manos, una bandeja cargada con bebidas. Me pregunto por qué habrá venido en realidad y por qué quiere tanto a Artie. Me acerco a la ensaladera, cojo un tomate *cherry* y me lo como. Tiene un sabor levemente ácido. Ella debe de creer que Artie merece ver a su hijo antes de morir, ¿no? Tiene razón. Porque aunque Artie haya hecho muchas cosas mal en su vida, debería tener la oportunidad de conocer a su hijo. ¿No es éste un derecho inalienable, inherente a la paternidad? Y, lo que es aún más importante, John Bessom, ese joven que está hecho un lío, merece conocer a su padre.

—Quiero que me hagas un favor —le pido a Elspa.

Ella me mira, expectante.

—Ah, ¿sí?

10

El amor se demuestra con obras...
pero, a veces, es abstracto, azul y obsceno

Mientras Elspa termina de comer, telefoneo a mi madre desde la habitación de invitados. Siento la necesidad de contárselo a alguien. Sin embargo, aunque le expongo mi plan —con todo detalle, por cierto—, ella sigue confundida. Vuelvo a empezar:

—Es muy sencillo: quiero que Artie conozca a su hijo, y que su hijo lo conozca a él. Pero quiero que sea Artie quien le diga que él es su padre y que se está muriendo. Esto es su responsabilidad, no la mía. Así que estaba pensando cómo podría reunirlos a los dos, y se me ha ocurrido este maravilloso plan.

—¿Se conocerán gracias a un colchón? —pregunta mi madre con voz débil.

—Por milésima vez, ¡sí! ¡Un colchón!

—Déjame ver si lo entiendo: tú no quieres ser la persona que convenza a John Bessom de nada. ¿Por qué?

—No te preocupes por eso. No es importante.

No quiero tener que explicarle que, si él vuelve a flirtear conmigo y después descubre que soy su madrastra, se produciría una situación... bueno, incómoda.

77

—De acuerdo. No me preocupo por eso —accede mi madre—. Entonces, harás que esa chica, que ha aparecido de repente y que quiere a Artie porque él le salvó la vida, convenza a John Bessom de que lleve en persona un colchón a tu casa.

—Exacto.

—Bueno, no acabo de pescar los detalles, pero parece un buen plan. Y me alegro de que hagas algo. Creo que es saludable para ti estar activa. Dentro de un rato, pasaré por ahí para asegurarme de que Artie se encuentre bien mientras tú estás fuera.

—Gracias.

Poco después, camino de la Bessom's Bedding Boutique, le indico a Elspa lo que tiene que decir. Le preparo un guión basado en la necesidad de John de vender cosas más importantes que los colchones. Ella mueve la cabeza en señal de conformidad.

—Comprendo. Está bien. De acuerdo.

Entonces la conversación se termina y ahí estamos, las dos solas, en un coche. Elspa se inclina hacia delante para juguetear con la radio.

—¿A qué te dedicas, Elspa?

—Soy artista.

—¡Ah, a Artie le gustan las artistas! —Le gustaban las fotografías que yo tomaba. Siempre me animaba a buscar tiempo para dedicarme a esta afición—. ¿Y a qué tipo de arte te dedicas?

—A la escultura.

—¿Qué esculpes?

—Sobre todo hombres. Partes de hombres. Les dejo escoger.

—¿Y Artie? No me digas qué parte eligió. ¿Es la parte en la que estoy pensando?

—Tenía mucho sentido del humor. Insistió. Pero todo surgió de mi imaginación. Es una escultura abstracta. Y azul.

—Abstracta y azul. ¡Vaya!

De repente me imagino una escultura del pene de Artie, azul y deformado. Me pregunto cómo será de abstracta. ¿Habrá surgido en su totalidad de la imaginación de Elspa?

—Algún día me gustaría verla —le digo.

No me importa si es o no producto de su imaginación. Se trata de algo íntimo y, aunque ella me ha dicho que estuvo con Artie antes de que él y yo nos conociéramos, y que no mantuvieron una relación de tipo sexual, me duele de todos modos. En esta etapa de mi vida, los celos están siempre a flor de piel. Yo no podría haberle cantado a Artie mientras lo bañaba. Estoy demasiado enfadada para hacer algo así. Mi enfado procede de un lugar tan profundo como el canto de Elspa.

—¿De verdad? —me pregunta.

—Sí, claro —respondo yo.

Se produce una pausa. No estoy segura de que Elspa sepa cómo interpretar el tono de mi voz. En realidad, ni yo misma estoy segura de cómo debería interpretarse.

—Está lloviendo.

Elspa señala el parabrisas, que está salpicado de agua, y las gotas, que resbalan hacia el techo. Yo no digo nada. Pongo en marcha los limpiaparabrisas. Las gomas chirrían y se deslizan a trompicones por el cristal. Tendré que cambiarlas por unas nuevas.

Llegamos a la tienda de Bessom justo cuando John se dispone a cerrar la puerta de la entrada. Está hablando con un hombre de traje oscuro que no tiene pinta de estar comprando ningún colchón. El hombre lleva un paraguas y tiene una actitud indiferente, fría, casi británica. John sostiene un periódico por encima de su cabeza. Es evidente que no se trata de una conversación agradable. John levanta la mano como tratando de decir: «No nos pasemos de la raya. Somos unos caballeros.»

Abro la ventanilla unos centímetros.

—Tenemos que solucionar esto, señor Bessom —dice el hombre de traje oscuro.

—Lo sé —responde John.

El hombre se marcha en una dirección, y John echa a andar en la contraria. La lluvia ha amainado un poco, y John sacude el periódico. Le doy un empujoncito a Elspa para que salga del coche. La observo mientras cruza la calle.

—Necesito un colchón —dice ella.

—Ya he cerrado.

—Se trata de una urgencia.

—¿Un colchón de urgencia? Escucha, el camión que utilizo para el transporte se ha estropeado y está a dos ciudades de aquí y...

—El colchón es para un padre —dice Elspa, tal como yo le he indicado—. Un padre moribundo. Su hijo va a ir a verlo antes de que muera, y el colchón tiene que ser bonito.

Me siento orgullosa de ella. Su profesor de teatro del instituto se sentiría orgulloso de ella.

—Lo siento, pero ya he cerrado.

—En realidad, no quiero que me vendas un colchón. Quiero que me vendas la paz de un moribundo. Quiero que me vendas una escena junto a un lecho de muerte. Quiero que me vendas la reconciliación entre un padre y un hijo antes de que el padre muera.

John le sonríe a Elspa y entonces mira por encima de su hombro hacia el interior del coche, donde estoy yo. Me reconoce, y leo en sus ojos que sabe que he preparado a esta joven para que le venda la moto. Me saluda con la mano, y yo disimulo jugueteando con el cenicero del coche.

—¿Un padre y un hijo? Las escenas de moribundos son mi debilidad. Para esto necesitarás un colchón muy bueno. Un colchón de primera.

Por suerte, deja de llover. John ha atado al techo del coche el colchón, envuelto en su funda de plástico, y él y Elspa lo sujetan desde ambos lados a través de las ventanillas. El colchón da sacudidas a causa del viento.

—Entonces, ¿te pasas el día durmiendo en la tienda? —pregunto yo.

—No estaba durmiendo, estaba posando.

—Pues a mí me pareció que dormías.

—Se me da muy bien posar.

—¿Posar te ayuda a vender muchos colchones? —pregunta Elspa.

—Él no vende colchones, vende descanso, sueños y sexo —la corrijo yo.

—Vale. ¿Te ayuda a vender mucho descanso, sueños y sexo? —pregunta Elspa.

—No, no demasiados, pero éste es sólo uno de mis negocios. Soy un empresario que diversifica su actividad con varios proyectos en marcha.

—¿Proyectos en marcha? —le pregunto.

Él no me contesta, sólo mira por la ventanilla y comprueba el estado del inestable colchón, de esa propiedad de «alto standing» para el descanso, los sueños y el sexo. Pasamos por un peaje y la cobradora nos lanza una mirada escéptica, como si hubiera visto más de un colchón salir volando del techo de un coche. Además, tiene un instinto territorial muy desarrollado, y su mirada dice: «¿Vais a meter esa cosa en mi autopista?» Pero no le hago ni caso. Mi plan parece estar funcionando.

Llegamos a mi barrio de las afueras e iniciamos el serpenteante recorrido por las calles mal iluminadas.

—Si no te importa que te lo pregunte, ¿quién se está muriendo?

Antes de que pueda inventarme algo, lo que, por alguna razón, es una reacción instintiva en mí, Elspa contesta:

—Su esposo.

—Lo siento —dice John—. Lo siento mucho.

Habla con voz entrecortada, lo que parece revelar que él también ha sufrido alguna pérdida. Todos sufrimos pérdidas.

Enfilo mi calle y veo que la casa parece un adorno navideño, con todas las luces encendidas, y que hay una ambulancia aparcada delante, con la luz roja girando en el techo. Una punzada y un estremecimiento recorren mi cuerpo. La puerta principal está abierta. La luz se derrama por el césped y por la espalda de mi madre, quien, con los brazos cruzados, observa el camino de entrada.

—Es demasiado pronto —susurro angustiada—. Todavía no. ¡No hemos terminado!

—¿Qué ocurre? —pregunta John.

—¡No, no, no, no! —exclama Elspa.

Justo antes de que lleguemos al camino que conduce al garaje, paro el coche y salgo a toda prisa. El coche sigue rodando y choca contra el bordillo de la acera. Cuando vuelvo a subir para aparcarlo, me doy un golpe en la cabeza. Dejo caer las llaves y busco una explicación en la cara de mi madre. Ella sólo sacude la cabeza.

—¡No sé qué ha sucedido! ¡He llamado a urgencias!

Empiezo a respirar agitadamente, como si estuviera a punto de hiperventilar. Camino haciendo eses hasta la casa y me detengo en el porche. Elspa me adelanta a todo correr.

Me vuelvo para mirar a John Bessom, que se queda junto al coche y el colchón, sin desatarlo. Siento lástima por él. No sabe dónde se ha metido, ni a qué ha llegado tarde. Paralizada aquí, en el porche, respiro a bocanadas grandes y dolorosas.

—Tú debes de ser su hijo. Lo siento mucho —le dice mi madre a John.

Yo doy un paso tambaleante hacia ellos; otro paso que llega demasiado tarde, pero entonces me doy cuenta de que es así como tiene que ser. En este momento, mi madre está tranquila. Ella lo hará bien. Coge a John de la mano y lo rodea maternalmente con un brazo. De repente, John parece un niño.

—Están intentando salvar a tu padre —dice mi madre—. Pero no sé...

John está confuso. Levanta la vista hacia la ventana iluminada del dormitorio.

—¿Mi padre? —pregunta—. ¿Arthur Shoreman?

—Sí —responde mi madre—. Artie.

Artie todavía no está muerto. Están intentando salvarlo. Cruzo el umbral y subo las escaleras a toda velocidad. «Arthur Shoreman —oigo que repite mi mente—. Arthur Shoreman.» No me gusta nada lo formal que suena, como un nombre en un formulario, en un certificado de defunción. Todavía no, me digo a mí misma. Todavía no.

Entro en el dormitorio. Artie está tumbado en la cama, con un sanitario a cada lado. Ellos hablan en clave, como suelen hacer. Hay varios aparatos. ¿Le están haciendo un electrocardiograma aquí? No alcanzo a ver la cara de Artie.

Su enfermero permanece a cierta distancia, contemplando el espectáculo.

Elspa está gritando.

—¿Por qué coño no hacen algo?

Presa del pánico, se desploma sobre la mesilla de noche, y todo lo que hay encima de ésta se desparrama por el suelo.

—¡Lleváosla de aquí! —grita uno de los sanitarios.

Yo la cojo de los brazos, tiro de ella hacia mí y la saco al pasillo. La abrazo y la mezo con suavidad. Ella se tranquiliza y se agarra a mí, sollozando.

—¡Si se muere, yo también me moriré! —exclama.

—No, no te morirás —replico.

—No podré superarlo —insiste ella.

No me cabe en la cabeza que Artie pueda estar muriéndose en este mismo instante, que quizá sólo sea su cuerpo lo que yace en la cama. No sé cuánto tiempo me paso abrazada a Elspa, pero me doy cuenta de que es la primera vez en mucho tiempo que he estado realmente ahí cuando alguien me ha necesitado.

Entonces oigo la voz de Artie.

—¡Eh, apartaos! —grita.

Y uno de los sanitarios contesta:

—¡Me alegro de oírlo!

Elspa me abraza con más fuerza.

—Artie ha vuelto —le susurro yo.

11

A veces resulta difícil entender lo que ocurre cuando tienes los ojos abiertos como platos

Lo que sucede a continuación es un poco surrealista.

Los sanitarios siguen revoloteando muy ajetreados alrededor de Artie, aunque ahora incluso bromean. Me imagino al hijo de Artie aún en la entrada, y deduzco que el colchón debe de seguir atado al techo del coche. Pese a que Artie está milagrosamente vivo, Elspa no deja de llorar. Me asomo al interior del dormitorio sin dejar de estrecharla con un brazo.

—¿Ha vuelto? —pregunto a los sanitarios—. ¿Está bien?

—En realidad no se había ido, señora —responde el sanitario de la espalda musculosa—. Ha sido una falsa alarma. La tensión. Una indigestión. Como usted ya sabrá, sus problemas cardíacos son graves, pero ahora está bien.

—¿Lo has oído? —Y repito, para que Elspa me oiga—: Ha sido una falsa alarma. La tensión. Una indigestión.

Artie vuelve la cabeza hacia mí. Tiene los ojos húmedos y sonríe con nerviosismo.

—¿Se ha ido? —pregunta.

—¿Cómo? —pregunto yo—. ¿Quién?

Supongo que se refiere a Elspa. Me parece una pregunta

extraña y empiezo a dudar que se haya recuperado del todo. Entonces él se estremece y cierra los párpados.

—¿Ha sido una falsa alarma? —pregunta una voz femenina que me resulta extrañamente familiar.

De repente, está junto a mí. Se trata de una mujer alta y elegante, de cincuenta y pocos años, con un vestido ajustado de color azul claro, que está fumando un cigarrillo. Su belleza denota inteligencia, con las cejas arqueadas y los pómulos altos. El pelo castaño oscuro le llega a los hombros, y lo lleva recogido en la nuca con una pinza plateada.

—¿Quién eres? —le pregunto.

—Soy Eleanor —responde ella, como si eso lo aclarara todo.

Yo simplemente la miro con fijeza, sacudiendo la cabeza. Me zumban los oídos. Artie ha estado a punto de morirse, pero por ahora vive.

—Tú me invitaste —explica la mujer con paciencia—. En esos momentos sólo quería que Artie se pudriera en el infierno, pero después decidí que sería mejor verlo antes de que palmara.

Se sacude algo de la falda. ¡Ah, sí, ahora reconozco la voz! Se trata de la mujer a la que telefoneé aquella noche que estaba borracha, la que me dio aquel mensaje tan bonito para Artie. Ha venido. Otro de los amores de Artie. Una entrada en escena encantadora.

—¿No sería maravilloso que Artie pudiera reconciliarse con su pasado, con todo su pasado, antes de morirse? —pregunta ella.

—No deberías fumar aquí —señala Elspa, recuperando, en parte, la compostura.

Eleanor le sonríe a Elspa, como si ésta acabara de decir algo sensato, pero sin importancia.

—Casi nunca fumo. Éste es un cigarrillo de emergencia. Sólo eso. —Entonces se vuelve hacia mí—. Creo que mi presencia puede haberlo alterado —confiesa con un suspiro… ¿de satisfacción?

—¿Eso crees? —ruge Artie desde la cama.

—Tu madre ha tenido que llamar a urgencias —declara Eleanor con calma—. Quizá también la haya alterado a ella.

—¿Has intentado matarlo o algo parecido? —le pregunto.

—¡Oh, no! —responde ella sonriendo con ironía. Entonces levanta la voz para que Artie la oiga bien—. Matar a Artie supondría asumir cierto protagonismo en su vida, y él no merece tanto respeto.

«Eleanor», me digo a mí misma.

Creo que me cae bien.

Le digo a Artie que vuelvo dentro de unos minutos. El enfermero me explica que lo preparará para pasar la noche. Bajo a toda prisa las escaleras seguida por Elspa y Eleanor. Me doy cuenta de que ésta cojea, camina con un ritmo irregular. Aun así, lleva tacones. Se trata de una cojera crónica, no de la que produce una ampolla o una torcedura de tobillo.

—¿Por qué no te sientas aquí un momento? —le indico a Eleanor, señalando las sillas de la mesa del desayuno—. Sírvete una copa.

—Prefiero estar sobria.

—Como quieras.

Eleanor se sienta con elegancia, cruzando las piernas.

Guío a Elspa al jardín trasero, junto a la piscina. Le pido que espere allí y le explico que regresaré a buscarla. Ella sigue sollozando intermitentemente, abrazándose a sí misma, con la espalda encorvada. No estoy segura de que sepa dónde está, ni de que escuche lo que le digo.

Paso de largo a Eleanor y vuelvo a cruzar la casa con la rapidez que acompaña a una leve urgencia, como cuando algo se quema en el horno o una fiesta se tuerce de repente. Puede que

Artie sea el invitado de honor, pero yo soy la anfitriona y tengo que atender a mis invitados, que tanto lo necesitan. Salgo por la puerta principal. Uno de los sanitarios está guardando su equipo. La casa de los vecinos de enfrente está iluminada. Los Biddle, Jill y Brad, están al otro lado de la ventana saediza, observándonos. El vecino de al lado, el señor Harshorn, es más atrevido. Está de pie en su jardín, con los brazos cruzados. Agita una mano para llamar mi atención, pero yo no le hago caso.

Mi madre sigue allí, al lado de John Bessom, pero ahora no hablan.

Cuando me acerco a ellos, me percato de que mi madre ha estado llorando. Se le ha corrido el maquillaje, convirtiéndola en una versión borrosa de lo que normalmente es, pero John permanece impasible.

—¿Soy yo el hijo en la escena junto al lecho de muerte? —pregunta John.

Mi madre lo mira primero a él y después me mira a mí, con la misma cara de compasión y pena.

—Uno de los sanitarios nos ha dicho que está vivo.

—Sí, está vivo. Ha sido una falsa alarma. —No estoy segura de si John está enfadado o no. No sé cómo interpretar su expresión—. Yo quería que Artie y tú hablarais. Se muere por ver...

Me callo de golpe.

—Siento mucho lo de tu esposo —interviene él, sacudiendo la cabeza—, pero yo no necesito conocer a Artie Shoreman.

—De acuerdo —contesto yo—. Lo comprendo.

Aunque la verdad es que no lo comprendo.

—Llamaré a un taxi y mañana enviaré a alguien para que recoja el colchón.

—No, yo te lo pago.

—¿Todavía lo quieres?

—No, pero no podemos devolvértelo. Lo hemos atado a

un coche. Ahora es mercancía defectuosa. Insisto en pagártelo.

—No puedo aceptar tu dinero. Mañana vendrá alguien y se lo llevará.

—Te telefonearé. Te mantendré informado del estado de Artie, si quieres...

—Estoy convencido de que es una buena persona.

Se encoge de hombros, se lleva una mano al bolsillo y casi sonríe. Por un incómodo momento nos quedamos muy quietos. John saca su móvil.

—Voy a llamar a un taxi. —Entonces titubea—. Artie Shoreman siempre se portó bien con nosotros desde el punto de vista económico, y se lo agradezco, pero no nos queda nada más que decirnos. No estaría bien que... Bueno, la verdad es que no sé qué decir.

Su tristeza resulta hermosa. Una ráfaga de viento hace ondear su camisa, su pelo.

—Yo tampoco sé qué decir —le aseguro.

—Me alegro de que fuera una falsa alarma. En el coche has dicho que no habíais terminado. No sé qué es lo que no habéis terminado, pero quizás ahora tengáis tiempo suficiente, Artie y tú.

Me había olvidado de que había dicho eso. No quería que Artie se muriera tan pronto; ¡todavía queda tanto por aclarar...!

—Tienes razón —digo yo—. Las cosas están complicadas entre nosotros. Y también hay tiempo para ti y para Artie, para que estéis juntos.

—En realidad, no lo conozco, aparte de como un nombre en un talón, y, ahora mismo, no siento la necesidad de conocerlo —dice John.

Entonces se dirige a la acera y abre el móvil, que se ilumina, despidiendo un resplandor azul sobre sus manos.

Mi madre me sigue de vuelta al porche.

—¿Te encuentras bien?

—¡Todo está bien! —exclamo yo, pero el tono de mi voz es excesivamente frío. Ni siquiera yo misma me lo creo. Antes de entrar, cojo a mi madre por el codo—. ¿Has dejado entrar en casa a una mujer que se llama Eleanor?

—No me tires de la lengua sobre Eleanor —dice mi madre como si la conociera de toda la vida—. Tiene que irse.

—¿De verdad?

Me viene a la cabeza su enfrentamiento con Artie. Todavía la oigo decir: «¿No sería maravilloso que Artie pudiera reconciliarse con su pasado, con todo su pasado, antes de morirse?» En su pregunta había algo amenazador, pero cierto al fin y al cabo.

Mientras cruzamos la puerta de la casa, mi madre dice:

—Yo me libraré de Eleanor, no te preocupes.

Entramos en la cocina, pero Eleanor se ha ido.

—Mira por dónde, ella sola ha encontrado la salida —comento yo.

Mi madre se dirige a la cristalera que comunica con el jardín trasero y señala algo.

—No ha caído esa breva.

Allí está Elspa, sentada en una tumbona, y frente a ella está Eleanor, que la escucha con atención. Parecen muy concentradas en la conversación. ¿Sobre qué versará la conversación? Yo diría que no tienen mucho en común. ¿Estarán hablando, por ejemplo, de la escultura abstracta y azul de la polla de Artie? Es posible. De todas maneras, ¿qué sé yo de Eleanor?

—¿Qué hacemos? —le pregunto a mi madre mientras miramos a través de la cristalera.

—No lo sé —responde ella mientras se sube con nerviosismo la cremallera de la chaqueta del chándal de terciopelo—. Temo que acabemos heredando a Elspa, con tatuajes, *piercings* y todo. Deberías averiguar si ella figura en el testamento de Artie.

Su idea me sobresalta, quizá porque parece bastante probable.

Salimos al porche embaldosado. Al otro lado de la piscina, que brilla debido a las luces empotradas bajo el agua, se extiende el césped bien cuidado.

—¿Elspa?

Ella no se vuelve.

Eleanor nos hace señas con la mano.

—Sentaos, sentaos —nos indica con una ternura apremiante—. Esto es importante. —Entonces se vuelve hacia Elspa—. Vamos, continúa.

Mi madre y yo nos miramos y, a continuación, nos acercamos lentamente. Nos sentamos donde Eleanor nos ha indicado. Es de esas personas a quienes uno obedece de una forma instintiva.

Elspa empieza a hablar.

—Echó abajo la puerta de mi apartamento para salvarme. Había un desfile y habían cortado el tráfico. Él me cogió en brazos y me llevó a un centro de urgencias con el brazo envuelto en una toalla ensangrentada. Recuerdo los globos que flotaban en el cielo, la respiración entrecortada de él, y su corazón, cuyos latidos notaba más que los míos. Y él no dejaba de repetir: «No cierres los ojos. No cierres los ojos.»

No sé qué decir, ni siquiera sé qué hacer con las manos. Miro a mi madre, sintiéndome como una niña, y quisiera saber cuál es la forma adecuada de reaccionar en una situación como ésta. ¿Qué tipo de situación es ésta, en realidad? ¿La de consolar a la jovencísima ex novia de mi marido la noche que él ha estado a punto de morir? Mi madre se inclina hacia delante. El pelo se le alborota hacia arriba a causa de la brisa. Quizá, por primera vez en la vida, envidio su maquillaje. Ella puede ocultar sus verdaderas emociones en algún lugar bajo las complejidades de color y de diseño.

—Estoy viva gracias a él —afirma Elspa—. Y, ahora, él se

muere. ¿Qué voy a hacer sin él? —Se está frotando la muñeca izquierda. Se levanta la manga y nos enseña las finas cicatrices—. Yo estaba completamente ida. Hice una auténtica chapuza.

Eleanor, antes tan fría y distante, le acaricia el hombro. Elspa baja su delicada barbilla hacia el pecho y aprieta los párpados.

Ni mi madre ni yo sabemos qué hacer. No estamos preparadas para tanta dulzura y sinceridad.

Es Eleanor la que se inclina hacia ella y le susurra:

—No cierres los ojos.

Elspa los abre poco a poco, levanta la cabeza, mira a Eleanor y después a mi madre y a mí. Aunque tiene el rostro arrasado en lágrimas, sonríe, sólo con las comisuras de los labios.

Vuelvo a estar en la puerta del dormitorio de Artie. Los sanitarios se han ido. El enfermero lo ha dejado todo recogido. Oigo su coche salir marcha atrás del camino del garaje. He dejado a Elspa, Eleanor y mi madre hablando en la oscuridad, fuera, junto a la piscina.

Artie se revuelve en la cama y levanta la vista hacia mí, como si hubiera reparado en mi presencia, o quizá sólo ha notado que había alguien en la habitación. Podría haber sido cualquiera de las mujeres que estamos en la casa. Supongo que no debo tomármelo como algo tan personal. Tiene los párpados caídos.

—Ha sido una falsa alarma —le digo.

La única luz en la habitación es el tenue brillo de la farola de la calle.

—Cuando te sugerí que telefonearas a mis amores, tendría que haberte aconsejado que te saltaras a Eleanor.

—No creíste que fuera a hacerlo.

Él me sonríe.

—Por una vez, te subestimé.

—Debo decir que Eleanor me cae bien. Es... complicada.

—Es un auténtico grano en el culo.

—Es lista.

—Ha venido para torturarme.

—Quizás eso es lo que más me gusta de ella. ¿Cuándo tuvisteis relaciones?

—¿Relaciones? Si fueras tu madre, tendría que decirte que la gente ya no utiliza esa expresión.

—¿Cuándo salisteis juntos?

—No lo sé. Poco antes de conocerte. No acabó bien.

—¿Por qué?

—Porque Eleanor es Eleanor.

—¿Y cuántos años tenía Elspa cuando salíais juntos?

—Elspa —susurra él con un leve suspiro—. Ella me necesitaba. No tuve elección.

Me gustaría formularle más preguntas, pero parece agotado. Artie cierra los ojos.

—Quiero que hables con Reyer. —Reyer es el contable de Artie—. Quiero que te lo explique todo. Hay cosas que deberías saber.

Artie y yo siempre hemos mantenido cuentas separadas. Cuando nos casamos cada uno tenía su profesión. Yo insistía en que lo pagáramos todo a medias, y nunca mezclamos nuestro dinero.

—Iba a pedirle a Reyer que hablara contigo después de mi muerte, pero he pensado que, de esta manera, al menos podré responder a tus preguntas.

—¿Habrá muchas preguntas? ¿Será un cuestionario formal? Espero que no, porque cobro mucho dinero por los cuestionarios formales.

Él no responde a mis bromas de auditora. Como la mayoría de la gente.

—¿Hablarás con él?

—Sí.

—Estoy cansado.

—Duérmete —le digo, apoyada en el marco de la puerta.

Su respiración enseguida se vuelve acompasada y profunda. «Todavía no hemos terminado —digo para mis adentros—. Nos queda algo de tiempo, pero no mucho.» La luz de la farola baña a Artie. Me acerco a la ventana y veo que Eleanor se dirige a su coche con una cojera veloz. Ha aparcado en la calle, un poco más arriba. Después de abrir la puerta del coche, levanta la vista. Está oscuro. Sé que no me ve y, aun así, tengo la sensación de que sabe que estoy aquí. Por alguna extraña razón, creo que puedo llegar a necesitarla. Ella mira hacia la ventana por un instante antes de entrar en el coche y marcharse.

Cierro las cortinas y me vuelvo hacia Artie. Las sábanas suben y bajan al ritmo de su respiración. Me tumbo en la cama con suavidad, para no despertarlo, y me acurruco junto a él. Observo el oscuro perfil de su cara.

Entonces él abre los ojos despacio, y yo me avergüenzo de que me haya pillado así, tan cerca. Me incorporo.

—No era una falsa alarma —dice en voz muy baja.

—Ah, ¿no?

—Ha sido un ensayo.

Artie no debería estar muriéndose. Es algo irreal, un malentendido, un error burocrático, algo que podría aclararse con unas cuantas llamadas telefónicas. Sé que no he hecho gran cosa en mi papel de esposa, pero, a pesar de todo, siento que soy yo quien debería estar al cargo de su muerte inminente. Me gustaría explicarle a alguien del Departamento de Muertes Prematuras que no firmé el formulario para dar mi consentimiento. Esto suena ridículo, lo sé, pero así es como funciona mi mente en estos momentos.

—¿Tienes miedo? —le pregunto.

Artie cierra los ojos y niega con la cabeza.

—Eso es decirlo de una manera muy suave.

No creí que fuera a ser tan sincero. Me pregunto si estará

94

quedando reducido a una versión más pura de sí mismo, como el jabón, que disminuye de volumen hasta que, al final, desaparece. Decido cambiar de tema.

—Salvamanteles —le digo— si es niño, y Espátula si es una niña. He seguido recopilando.

Me refiero a nuestro viejo juego de buscar los nombres más ridículos posibles para nuestros hijos imaginarios. Contarle a Artie que he seguido jugando a este juego es toda una confesión.

Él lo comprende. Me mira con ternura, con gentileza. Nuestros hijos, los que nunca tendremos. Los dos sabemos que, durante un breve espacio de tiempo, tuve la posibilidad de quedarme embarazada; dos meses que ahora parecen un momento tan frágil y fugaz de nuestra relación que es como si apenas hubieran existido. Fue entonces cuando me enteré de las infidelidades de Artie y me fui, pues me sentí incapaz de enfrentarme a nada real, ni al papeleo de un divorcio ni a otra conversación sincera con él acerca de la traición. Ahora nuestros bebés sólo serán imaginarios. Todavía pienso en ellos. Los echo de menos. Echo de menos al Artie que iba a ser papá. Ahora mismo me estoy adentrando en terreno peligroso, pero quiero darle algo a Artie después de haber estado a punto de perderlo.

—Calibrador —dice él—. Romboide. Para cualquiera de los dos sexos, en realidad. Y para uno de esos bebés que nacen con aspecto de viejo, Control. El bueno de Control Shoreman.

—Para el bebé anciano a mí me gusta Aguante —añado yo—. Sin embargo, ahora mismo mis dos preferidos son Chimenea e Ironía.

—Chimenea Ironía Shoreman —dice Artie—. Me gusta.

Me sonríe con tanto amor, con todo el peso de nuestra historia juntos, que, de repente, tengo miedo de haber cedido demasiado. Quiero que las cosas estén muy claras. Casi le digo que el hecho de que me haya tumbado de esa forma a su lado no significa que se lo haya perdonado todo.

Pero decido no decírselo. Ahora no. Artie tiene miedo. Puede que incluso esté aterrado. Le acaricio la mejilla con el dorso de la mano y acto seguido me levanto y me dirijo a la silla que está junto a la ventana.

—Descansa —le digo—. Cierra los ojos.

12

No siempre se puede eludir un problema
comiendo, pero si quieres intentarlo,
empieza con el chocolate

Es por la mañana. Una luz difusa se concentra en los bordes
de las cortinas del dormitorio, como si estos simples trozos de
tela estuviesen rodeados de un aura y hubieran alcanzado la
categoría de sagrados. Artie duerme abrazado a una almohada extra. Me pongo de pie y salgo deprisa de la habitación.
Aunque sé que es una estupidez, no quiero que nadie sepa que
he dormido aquí toda la noche; ni Artie, ni mi madre, ni Elspa. Sería una muestra demasiado evidente de ternura.

Tan pronto como bajo las escaleras, me doy cuenta de que
mi madre ha vuelto a dormir aquí esta noche. Huele a huevos
y bacón... ¿y a chocolate? A ella también le ha afectado la cua-
sipérdida de Artie y ahora le ha dado por cocinar, como si,
de acuerdo con alguna tradición anticuada, pudiéramos salir de
ésta comiendo.

Empiezo a cruzar el salón, me detengo y contemplo el
sofá. Elspa. No está aquí. Me pregunto si se habrá ido. Me sorprende el sentimiento de tristeza que me invade, la pena por
haberla perdido. Pero entonces veo su macuto en el rincón y,
encima, un juego de sábanas y mantas dobladas. No, todavía

anda por aquí. Mi madre se ocupa de alimentarnos. Mi madre está al mando.

Entro en el dormitorio de los invitados y me visto: unos tejanos y una camiseta. Me cepillo los dientes y me lavo la cara. Me miro en el espejo. Mi cara acusa la presión. Tengo una expresión de dolor. Se aprecian la tensión y la rigidez en mis mejillas y en mi cuello, y, al mismo tiempo, una flaccidez debida al cansancio bajo los ojos. Me pregunto si éste será el aspecto del desconsuelo.

Entro en la cocina, y ahí está ella, en todo su frenético esplendor. Mi madre. Está metiendo una bandeja de galletas crudas y blandas en el horno. Su chocolate deshecho casero hierve a fuego lento en el fogón, lo que significa que la cosa va en serio, que la situación se ha vuelto tan desesperada que quizá sólo el chocolate consiga llevarnos a buen puerto. Mi madre parece enterarse de que estoy aquí sin siquiera volverse hacia mí.

—He estado pensando en todo —dice—. Sé que las cosas se te vendrán encima muy deprisa, y quiero protegerte tanto como me sea posible. —Tras poner las galletas a buen recaudo dentro del horno, mi madre ajusta el termostato y se da la vuelta. Entonces me ve por primera vez—. Vale, escúchame. Yo ya he pasado por esto. Deberías resolver de antemano todas las cuestiones logísticas.

Veo que *Bogie* está despatarrado en el suelo. No lleva puesto el suspensorio y tiene el aire de un hombre que está de vacaciones.

—*Bogie* está desnudo —le comento a mi madre.

—Sabía que vendríamos a tu casa, y las baldosas del suelo de tu cocina son muy... bueno, deslizantes.

—Supongo que sí —admito.

—Escúchame —dice ella—. Hay varios asuntos logísticos que tienen que solucionarse con antelación. ¿Me oyes?

—Asuntos logísticos...

—Anoche llegué a la conclusión de que hay cosas prácticas de las que hay que ocuparse. —Suspira y continúa—: Una mujer de tu trabajo no deja de llamar. No le he contado nada, pero ella está muy...

—¿Ansiosa?

Me agacho y acaricio a *Bogie*. Tiene el pelaje muy fino y unos dientes torcidos y diminutos a los que parece que les acaben de sacar brillo.

—Sí. Deberías llamarla.

—Lindsay siempre está ansiosa.

—Y también ha llamado tu contable. Ayer estuvo hablando con Artie y se enteró de que habías regresado a la ciudad. Quiere discutir unos detalles contigo. Mejor pronto que tarde. Dice que pases por su despacho cuando puedas.

Ahora me acuerdo de que le prometí a Artie que iría a ver a Reyer, aunque no tengo ningunas ganas de hacer algo remotamente parecido a repasar cuentas.

—La lista de detalles es interminable —prosigue mi madre—. Más vale solucionarlos con antelación. ¿Artie te ha hablado de sus preferencias?

—No —le contesto. Entonces me doy cuenta de que Artie y yo hemos hablado muy poco de lo referente a la muerte, el entierro y todas esas cuestiones prácticas. Ahora mismo tampoco me siento especialmente interesada en hablar de ello—. No me veo capaz de pronunciar la palabra «entierro» delante de él.

Mi madre se me acerca. Me agarra por los hombros. Ella sabe lo que me espera. Ya ha enterrado a algún marido que otro. Sé que intenta transmitirme su propia fuerza. Entonces, por un instante, me cubre la mejilla con una mano. En otras circunstancias, sobre todo desde la ruptura, me habría incomodado este tipo de ternura, pero ahora me resulta agradable que me cuiden de esta forma.

—¿Dónde está Elspa? —pregunto.

—Todavía está un poco alterada. Me dijo que tenía planeado pasar algo de tiempo con Artie esta mañana.

—¿Y Eleanor? ¿Qué dijo al marcharse? ¿Va a volver?

—Hemos quedado a las cuatro y media para tomar un café e ir juntas a la peluquería.

¿Eleanor y mi madre, una al lado de la otra en el Starbucks y en la peluquería? Me cuesta imaginarlo. ¿Se convertirá Eleanor en una persona asidua en nuestras vidas? Mi madre se acerca a la encimera y retira el trozo de papel de cocina que cubre la fuente con bacón.

—¿Quieres comer algo?

—Gracias —le digo, negando con la cabeza.

—¿Gracias por qué?

Señalo con la mano hacia todo lo que me rodea, refiriéndome a todo.

—No es nada —dice mi madre—. Esto es lo que hacen las madres.

Encuentro a Elspa sentada en una silla que ha arrimado a la cama en que Artie aún duerme. Ella frota los pies descalzos contra la alfombra mientras contempla, a través de la ventana, los árboles lejanos, el cielo despejado y las hojas verdes de las copas. Canturrea en voz baja para sí.

—¿Elspa?

Se vuelve hacia mí y repara en lo que debe de ser la expresión de preocupación en mi cara.

—¿Te encuentras bien?

Ella dirige la vista de nuevo a la ventana.

—Estoy bien. Supongo que un poco triste. Intento imaginarme cómo me sentiré.

Recuerdo las marcas de cortes en su muñeca, las que me enseñó anoche, junto a la piscina. No sé si creerme que está bien y, al observarla, me siento cada vez más intranquila.

—Tenía pensado ir a ver al contable, pero, si quieres, puedo aplazarlo. Y podríamos comer juntas.

No sé hasta dónde sería capaz de llegar si esto la afectara demasiado. Recuerdo que ayer por la noche dijo que, si Artie moría, ella se iría con él a la tumba, que no podría superarlo.

—No, gracias, prefiero quedarme aquí, si te parece bien. Quisiera ayudar a Joan. Dentro de unos minutos estaré lista. Puedo echar una mano.

—De acuerdo —contesto—. Eso sería estupendo.

Pensándolo fríamente, dudo que ella vuelva a intentar suicidarse, pero no puedo evitar tomar precauciones. Antes de irme, recorro de manera casi inconsciente todos los lavabos, metiendo en una bolsa las cuchillas y los somníferos. Después, lo guardo todo en el armario de la habitación de invitados.

Mi madre y el enfermero, el que tiene pinta de Tod, están en la cocina, charlando y preparando la medicación y el desayuno de Artie. Mientras reparten las pastillas en distintos vasitos de papel, hablan sobre la fibra.

Salgo, camino hacia mi coche y veo que el colchón ya no está. Alguien ha venido a buscarlo, como prometió John Bessom.

13

No permitas que tu marido tenga su propio contable

Munster, Feinstein, Howell y Reyer es el típico despacho contable de categoría; los helechos son de verdad. De hecho, es una empresa de tanta categoría que lo único falso en todo el despacho es la recepcionista, aunque parece bien regada y podada. No recuerdo si es Feinstein o Howell quien tiene una aventura con ella. Munster murió, y Bill Reyer es un tipo legal, razón por la que Artie lo eligió, irónicamente. Yo nunca he estado aquí antes. Si sé todas estas cosas es porque Artie es un gran narrador. Tanto que incluso puede conseguir que una empresa contable parezca fascinante.

Le digo a la recepcionista quién soy y a quién he venido a ver.

—Siéntese, por favor —me responde ella amablemente.

Doy una ojeada a las revistas de papel satinado y al dispensador de agua. Me siento inquieta. Llamo a Lindsay por el móvil para ver cómo va todo.

Ella contesta con la voz entrecortada.

—¿Diga?

—¿Dónde estás? —le pregunto.

—¿Dónde estás tú? —me pregunta ella a su vez, recalcando mucho las palabras, con un dejo que no reconozco en ella.

No hago caso del tono, más que nada porque no estoy segura de lo que significa.

—En un despacho contable, de esos que dan grima —susurro yo.

Éste es el tipo de empresa contable que podría hacerme perder la razón. Lo sé, lo sé... para la mayoría de las personas, los números son los números, aquí y en cualquier lado, pero me da que este lugar tiene que ser trágicamente aburrido. Al menos en las auditorías siempre hay una cacería subyacente. Yo las prefiero.

—¿Todo va bien? —pregunta Lindsay, un poco más relajada.

—Sí, de momento.

—¡Pues entonces vete a la mierda!

—¿Cómo?

—Ya me has oído.

Esto me descoloca por completo. ¡Lindsay siempre ha sido tan servicial, tan extremadamente cortés! Me revuelvo un poco en la silla y bajo la voz intentando mantener un poco de privacidad.

—Ya te he oído, pero no estoy segura de saber qué es lo que ocurre.

—Me colgaste el teléfono y tuve que trabajar hombro con hombro con Danbury. Yo sola, y ya sabes el miedo que da. Es un gigante, con unas manos descomunales y una enorme cabeza cuadrada. No lo despidieron, pero estaba aquel asunto de la Comisión de Valores.

—Y... ¿cómo fue?

Se produce un silencio. Lindsay está pagando algo. La oigo intercambiar unas palabras con una dependienta.

—Bien —me contesta—. Fue bien.

—¡Bueno, entonces fantástico, Lindsay! Todo salió bien.

—¡Sin ninguna ayuda por tu parte!

—Exacto —le digo yo—, lo resolviste sin ninguna ayuda por mi parte. Perfecto.

—¡Oh! —exclama ella con otro tono de voz—. Y eso es bueno.

—Eso es bueno.

—Vale —me dice—, entonces no te vayas a la mierda.

—No te preocupes —le contesto—, no tienes por qué desmandarme a la mierda.

—¿Estás segura?

—Sí.

—También he conseguido un pequeño ascenso —me explica Lindsay.

—¡Estupendo!

—Es pequeño, pero me da un poco más de poder, lo que es importante mientras tú no estás.

—¡Es un paso adelante! ¡Te lo mereces!

Ahora la recepcionista está frente a mí.

—La acompañaré atrás —me dice.

Durante un segundo desconcertante, pienso que se refiere a que me va a llevar atrás en el tiempo. Va a devolverme a una época pasada y más feliz. ¡Qué más quisiera yo! La miro por unos instantes y después me despido de Lindsay y cierro el móvil con un golpe de muñeca.

—Sígame —dice la recepcionista.

Mis ojos suben y bajan con el volante del dobladillo de la falda increíblemente ajustada y corta de la recepcionista. Cuando llegamos al despacho de Bill Reyer, ella me pregunta si quiero un café, pero en un tono tan poco sincero que no puedo tomarme en serio su oferta.

—No gracias —le contesto.

Ella abre la puerta, y Bill se levanta de un salto para saludarme. Camina con aire asustadizo, como si le atemorizara la sombra de sus enormes libros de códigos fiscales. Me estrecha la mano.

—Me alegro mucho de conocerla por fin. Artie siempre me ha contado cosas maravillosas sobre usted.

—Ah, ¿sí?

—Sí, claro —asegura Reyer, pero su «claro» suena demasiado alegre, o defensivamente alegre, o distante.

Tose para recuperar su actitud circunspecta.

Se impone un silencio incómodo. Un silencio contable.

Reyer se dirige a su escritorio y me hace una seña para que me siente. La piel del sillón cruje.

—Sí, y siento que nos hayamos conocido en unas circunstancias tan difíciles. ¿Cómo está hoy Artie?

Lo dice como si acabara de leerlo en el capítulo «Cómo consolar a una futura viuda acongojada» extraído del libro *Cómo ser un contable agradable*. Su formalidad y su profesionalidad me resultan increíblemente tranquilizadoras. Estoy en una reunión de negocios. Me enderezo en la silla.

—Ayer nos dio un susto, pero hoy ya está bien —le digo—. Me gustaría ir directamente al grano, si no le importa.

—Hay cuentas separadas, lo que complica un poco las cosas, pero Artie ha dejado claro que todo deberá pasar a ser de usted. El certificado de defunción tardará unos nueve días, y la póliza de seguros...

—En realidad, no necesito el dinero, ya gano lo suficiente —lo interrumpo por ninguna razón en concreto.

—Bueno, de todas maneras, es suyo. Y puede usted hacer con él lo que crea oportuno. Salvo...

Rebusca entre los papeles. No me gusta la pausa, ni su forma de actuar. Caigo en la cuenta de que ésta es la parte que le horroriza. También ha buscado consejo en el capítulo «Cómo dar información delicada a las futuras viudas», pero no le ha servido de mucho. Ahora está preocupado, intentando ganar tiempo dándome la impresión de que no es muy ordenado.

¡Por favor! ¡Es un contable, y uno muy bueno, por si fuera poco! No necesita rebuscar entre los papeles; lo único que tiene que hacer es soltar la bomba.

—De hecho, él asumió ciertas responsabilidades financieras, aunque, desde el punto de vista legal, ya no tiene que cumplir con ellas necesariamente.

—¿Pagos?

—Bueno, tiene un fondo específico que utiliza para enviarle un cheque mensual a Rita Bessom, desde hace treinta años. Empezó a hacerlo cuando era realmente muy joven y, al principio, mandaba lo que podía, pero, como usted ya sabe, con el tiempo le ha sido posible incrementar esa cantidad.

Rita Bessom. La madre de John Bessom. ¿Artie le ha estado enviando cheques durante todos estos años? Intento visualizar a Rita Bessom cobrándolos y dando el dinero a su hijo ya crecido. O no. Quizás ella se queda con ese dinero. Rita Bessom. Intento imaginarme qué aspecto tiene, dónde vive...

—¿A Rita Bessom? ¿Todavía?

Él vuelve a toser, incómodo.

—¿Por qué no se los envía a su hijo? —le pregunto.

—Creo que, en una ocasión, intentó ponerse en contacto con el muchacho, John Bessom, pero éste no quiso saber nada de él. Bueno, ahora ya no es un muchacho. Quiero decir que en la actualidad debe de tener la misma edad que usted...

Entonces Reyer se percata de que ha dado un paso en falso, de que ha insinuado que Artie es tan mayor que podría ser mi padre. Y yo me doy cuenta de que John Bessom tiene la misma edad que yo. En cuanto me enteré de su existencia, lo clasifiqué en una categoría inocua, la categoría de hijo de Artie, y he intentado mantenerlo allí, como si cada dos por tres se retirara al despacho de Bessom's Bedding Boutique para jugar con sus soldaditos de plástico verde. El recordatorio de Reyer no me ayuda, pero él se recupera de su metedura de pata con rapidez.

106

—Artie cree que el apoyo que se le da a un hijo no termina cuando éste cumple los dieciocho años. Él quiere que continúe recibiendo esta ayuda.

—¿El dinero llega a manos de su hijo?

—Los cheques están a nombre de Rita. Ella los cobra. Eso es lo único que sabemos.

Me quedo sentada, asimilando toda esta información. ¿John no cree que tenga nada que decirle a Artie, pero en cambio acepta su dinero sin el menor reparo? ¿Durante todo este tiempo ha estado cobrando una pensión que le ha permitido abrir su negocio? ¿O su madre se apropia de todo? ¿Qué tipo de familia es ésa?

—Ya sabe usted que los bienes de Artie son cuantiosos.

—Por supuesto —contesto—. Fundó una cadena de restaurantes. Claro que son cuantiosos.

—Usted es auditora, ¿no?

Yo asiento con la cabeza.

—¿Quiere conocer todos los datos?

—No.

—¿Por qué? Muchas personas acuden a mí porque quieren que les detalle las cifras, aunque no tienen ni idea de lo que significan. Pero usted sí que lo sabría, con precisión. ¿Por qué no quiere conocerlas?

—Porque soy auditora.

Mi respuesta tiene sentido para mí, pero me doy cuenta de que Reyer no la entiende. Lo que quiero decir es que todo esto es demasiado, demasiado personal. ¿Acaso no hay médicos que prefieren no saber los pormenores de su enfermedad aun cuando ésta entra en su especialidad? Yo quiero que, para mí, Artie sea Artie. Con esto ya tengo bastante. No quiero que se convierta en su patrimonio.

—Supongo que tiene más cosas que contarme, aparte de las cifras —le digo. Reyer sigue notoriamente violentado—. ¿De qué se trata?

—Artie quiere que usted le entregue a John Bessom una suma en un pago único.

—¿Ha especificado el importe?

—No, no lo ha concretado. Quiere que usted lo decida para que se sienta cómoda con la suma.

—¿Quiere que la decida yo? ¿Para que me sienta cómoda? Pues no me siento cómoda, ni creo que pueda llegar a estarlo.

El contable vuelve a toser. Rebusca entre los papeles. No ha terminado.

—¿Todavía hay más? —le pregunto.

—Hay otro cheque mensual, que envía a una fundación artística. Él desea que esta donación se mantenga.

—¿Una fundación artística?

—Sí, la E. L. S. P. A. ¿La conoce usted?

Al principio, al oír el nombre de Elspa deletreado, me suena a agencia gubernamental. Tardo un momento en atar cabos. Y, entonces, los ato.

—La ELSPA —digo—. Sí, la conozco.

Contemplo la hilera de ventanas. ¿Es esto lo que Artie tenía miedo de contarme en persona para no liar las cosas? ¿Es esto lo que no se atrevía a decirme? Estupendo. Le ha estado enviando dinero a Elspa. Ahora que la conozco, comprendo por qué querría Artie hacer algo así. Me enfurece que me haya ocultado otro secreto. ¿Cuántos más habrá? Pero está bien. No pasa nada.

—Artie y sus obras benéficas —digo en tono cansado, pero entonces mi mente empieza a trabajar a toda velocidad.

¿Qué sabe Reyer? Probablemente, más de lo que aparenta. Ahora sí que quiero datos concretos, quiero detalles.

—Oiga, cuénteme lo que sabe. Sé que hay más. Sé que ELSPA no es una fundación sin ánimo de lucro. Estos pagos no son deducibles de impuestos. —Entonces se me ocurre la única pregunta exacta para la que necesito una respuesta—: ¿Cuándo empezaron los pagos?

—Artie me dijo que ella tenía que dar un giro a su vida. Él quería brindarle esa oportunidad, así que, con toda generosidad, abrió esta cuenta.

Bill Reyer se mira las manos. Entrelaza los dedos.

—¿Cuándo empezaron los pagos?

Se pone a revolver los papeles, pero yo sé que él lo sabe.

—Hummm... —murmura Reyer, como si esta parte de la conversación fuera tan irrelevante que ha perdido el hilo—. ¡Ah, aquí está! Hace dos años. En julio.

Sigue sin levantar la vista de sus manos.

—¿Los pagos empezaron a realizarse hace dos años? ¿Dos años?

¿Cuando Artie y Elspa se conocieron, cuando se iniciaron los pagos, Artie y yo ya éramos marido y mujer? Elspa me aseguró que su relación con Artie había terminado antes de que él y yo nos casáramos. ¿Es Elspa una de las tres amantes de Artie? Claro que, a estas alturas, ¿qué importa que haya habido tres mujeres, cuatro, o dieciocho? Artie me traicionó, y Elspa me ha mentido.

—Qué bonito —susurro—. Muy bonito.

Reyer me mira con actitud suplicante.

—Le dije a Artie que sería mejor que él le contara todo esto en persona —asevera—. Esperaba que, durante este tiempo, él le hubiera...

Me reclino en la silla y recojo mis cosas a toda prisa. ¿Quería Artie estar con alguien más joven que yo? ¿Prefería sus delicadas facciones a las mías? ¿Es Elspa mejor en la cama que yo? Veo en mi mente su cara, su inocencia, su dulzura. Pájaro de Primavera es sólo un nombre, un producto de mi fantasía, pero Elspa es real, indudablemente real. Vuelvo a acordarme de la escultura, abstracta y azul, ¡creada supuestamente a partir de su imaginación!

—Tengo que irme.

Algo en mi interior se ha resquebrajado. Creí que estaba

superando el dolor de la traición, pero la angustia que siento ahora es más profunda.

—No hemos terminado —oigo que dice Bill mientras me levanto y me dirijo hacia la puerta—. No hemos concretado ningún detalle, no hemos tomado ninguna decisión.

Los objetos se difuminan y chisporrotean en torno a mí, y noto un zumbido cada vez más fuerte en los oídos junto con el sordo golpeteo de mis pasos mientras avanzo por el pasillo.

—¿Señora? —me llama la recepcionista—. ¿Algo va mal?

Sacudo la mano como si fuera una bandera de rendición.

—Lo siento —le digo sin apenas detenerme—. Tengo que irme.

14

No respires agua

Llego, haciendo eses, al camino que conduce al garaje de casa, aparco, arranco las llaves del contacto y atravieso el césped con decisión. El coche de mi madre no está. Debe de haber salido para ocuparse de alguno de los infinitos preparativos para el entierro. Doy un tirón a la puerta, que continúa abriéndose detrás de mí cuando entro. Quizá sea así como me llegará el dolor de la pérdida, a través de la rabia.

—¡Elspa! —grito.

La casa está en silencio, salvo por mi voz, que resuena entre las paredes.

Hay un jarrón nuevo con flores en la cómoda de la entrada. Siento desprecio por las flores, por el jarrón y por todos los impulsos manipuladores que Artie ha tenido a lo largo de su vida. Paseo la vista por el salón, corro hasta la cocina, hasta el comedor...

—¡Elspa!

Vuelvo hasta las escaleras y las subo a toda velocidad. En mi mente aparecen imágenes fugaces de Reyer en su despacho, con las manos entrelazadas, tosiendo. Conozco la actitud que adoptan los contables ante sus clientes cuando intentan eludir la verdad. ¿Se supone que yo debo decidir cuánto dinero darle a John Bessom? ¿Y se supone que tengo que sentirme cómoda al respecto, joder? ¿Artie ha estado manteniendo a Rita Bessom y a Elspa? ¿Elspa me ha mentido?

Enfilo el pasillo y entro en el dormitorio con paso decidido.

—¿Qué? —exclama Artie—. ¿Qué pasa?

El enfermero está sentado en la silla que hay junto a la ventana, inclinado sobre una consola de videojuegos portátil. Se sobresalta, pero intenta disimularlo.

—¿Por qué no me lo habías contado?

Artie se incorpora en la cama.

—Has hablado con Reyer. Deduzco que no te lo ha explicado con la delicadeza necesaria. Carece de...

—¡Tendrías que haberme dicho que esperara hasta que estuvieras muerto! —le grito—. ¡Entonces ya no me quedaría la opción de matarte! ¿La fundación ELSPA? ¿Tengo que decidir yo lo que vale tu hijo?

El enfermero apaga a toda prisa la consola y la introduce en su mochila con la intención de recoger sus cosas y escabullirse de la habitación.

—Ahora que la conoces, estarás de acuerdo en que merece que la ayuden —dice Artie.

—¡Sí, por lo que tengo entendido, es una gran escultora! ¡Sin duda ésta es la mejor manera de apoyar las artes!

—¡Está bien, está bien! Comprendo que estés enfadada por lo de Elspa, pero coincidirás conmigo en que John, mi hijo, tiene derecho a recibir algo, ¿no? ¿Qué tipo de cabrón es el que no le deja nada a su propio hijo?

—Supongo que un tipo de cabrón totalmente distinto a ti.

—Yo soy un tipo de cabrón muy específico —me recuerda él.

Me acerco a la cama y me agacho. En mi mente aparece una

de las máximas que mi madre nunca bordó: «Cuando estés hablando con un peluquero agresivo, saca tu bruja interior.»

—¿Sabes una cosa? Podría asfixiarte con una almohada en mitad de la noche y a nadie se le pasaría por la cabeza que lo he hecho yo.

—Tal vez a él sí —dice Artie señalando al asustado enfermero, que está cerrando la cremallera de su mochila.

—Quizá deje que Eleanor me ayude. Ella me lo agradecerá. ¡Hablando de eso, me pregunto a cuántas de tus malditas amantes no les importaría asumir su turno asfixiándote!

—De verdad creo que no deberías amenazarme delante de testigos —dice Artie, mirando de reojo al enfermero.

—¡Y no me compres más flores de mierda! —chillo yo.

Me dirijo al lavabo y me viene a la memoria la imagen de Elspa bañando a Artie. El cuarto de baño está vacío. Y entonces un pensamiento me asalta.

—Elspa —murmuro.

Una oleada de pánico recorre mi cuerpo. ¿Se habrá sentido Elspa demasiado angustiada? ¿Estará desangrándose en algún lugar de la casa? ¿Estará muerta? Por alguna razón, esto todavía me hace sentir más enfadada, aunque el enfado esté teñido de miedo.

—¿Qué ocurre? —pregunta Artie desde la cama.

El enfermero se queda paralizado, con la mochila debajo del brazo.

Corro escaleras abajo llamando a Elspa en voz aún más alta que antes.

—¡Elspa! ¡Elspa!

Cuando paso junto a la cómoda de la entrada, doblo la esquina tan deprisa que tiro el jarrón, que se estrella contra el suelo. El agua empapa la alfombra, y los tallos de las flores quedan expuestos. Al caer, el jarrón golpea y desportilla una lámpara que yo compré y que forma parte de los objetos de valor que mi madre me había sugerido que escondiera. Atra-

113

vieso corriendo la cocina, donde mi madre ha apilado las galletas bañadas en chocolate. Abro las cristaleras y atravieso el patio trasero taconeando ruidosamente. Escudriño los rincones del jardín y la piscina.

Allí, en el fondo, distingo una forma borrosa, una camisa levemente hinchada por el agua, el brillo de una cabeza mojada. Elspa. ¡No! Respiro hondo, tomo impulso y me zambullo, totalmente vestida, con zapatos y todo. El agua está fría. Nado hasta la parte honda y mi ropa se vuelve más pesada con cada brazada. Tengo la impresión de que avanzo muy despacio, de que el agua es demasiado densa. Me preocupa pensar que nunca llegaré al fondo.

Pero entonces, por fin, tengo a Elspa justo delante de mí, con una expresión de sorpresa, los ojos desorbitados y las mejillas infladas. Le rodeo las costillas con el brazo y tiro de ella hacia la superficie. Ella se retuerce, como si intentara retenerme allí abajo con ella, pero yo le doy un tirón fuerte. Pronto las dos estamos pataleando hacia arriba.

Emergemos al mismo tiempo y tomamos aire a bocanadas. Todavía la sujeto por las costillas.

—¿Qué? —pregunta Elspa mientras escupe agua e intenta recuperar el aliento.

—¿Qué de qué? —le pregunto yo, totalmente confusa.

—¿Qué estás haciendo?

La suelto y ella nada hacia el borde de la piscina.

—Creía que te estaba salvando la vida —le digo.

Elspa está viva y a salvo. Debería sentirme aliviada, contenta, pero vuelve a invadirme una rabia tan intensa que temo que me ahogue.

—Estaba meditando —me explica Elspa.

—¿En la parte honda de la piscina? —le pregunto mientras nado hacia la orilla opuesta—. ¿Completamente vestida?

—Estaba sentada en la postura del loto —me explica ella mientras nada hasta la escalera y se sienta en el peldaño superior—. Estaba contando los segundos que pasaban. Siendo muy consciente. Lo aprendí de un compañero de piso que tuve.

—¿En el fondo de la parte más honda? —Golpeo la superficie del agua con furia—. ¿En qué estabas pensando? ¡Me has dado un susto de muerte!

—Lo siento —contesta Elspa—. Tú también me has asustado.

Hago fuerza con los brazos para salir de la piscina. La camisa y los pantalones se me pegan al cuerpo. Me siento en el bordillo y me quito los zapatos, que están empapados. No miro a Elspa. No puedo.

—¿Pensabas contarme la verdad alguna vez?

—¿Qué verdad? —me pregunta ella, como si hubiera un montón de verdades y mentiras entre las que escoger.

—Que tuviste una aventura con Artie mientras estaba casado conmigo. Que todavía te mantiene. Me mentiste y seguiste mintiéndome en todos esos pequeños detalles: en lo de que eras una camarera, en lo de que nunca habías mantenido una relación de ese tipo con él, en lo de que habías realizado la escultura basándote en tu imaginación...

Elspa permanece en silencio durante unos instantes. No mueve ni un músculo de su bonito, pálido y mojado rostro.

—Artie se está muriendo. No me parecía... no sé, muy apropiado.

—¿Apropiado? —grito con incredulidad.

Ella se sacude el agua de la cara y se abraza a sí misma. Veo que una de sus manos cubre el tatuaje de las flores que tiene en la parte superior del brazo.

—Mira, a partir de ahora, puedo manejarme yo sola —le digo—. Tu turno junto a su lecho de muerte ha terminado, así que ya puedes irte. Gracias por todo. —Me interrumpo, porque me ha venido una idea a la cabeza—. Una pregunta: ¿te gustan los ascensores?

—¿Los ascensores? —repite ella.

—No importa.

Esta característica debe de corresponder a otro de los amores de Artie. ¿Cuántas hay? ¿Y con cuántas mentiras viene cada una de ellas?

Cuando Elspa se levanta y se dirige a las cristaleras, alzo la vista hacia ella. Está temblando.

—¿Por qué te casaste con él? —Elspa se detiene y se vuelve hacia mí—. ¿Alguna vez viste lo bueno que había en él?

La miro con fijeza. Su pregunta es totalmente inaceptable. Yo no le debo ninguna explicación sobre mi amor por Artie, pero cuando estoy a punto de decírselo, vuelve a abrirse esa fisura en mi interior, esa grieta. De repente, me acuerdo de un episodio muy divertido que vivimos Artie y yo, y me pongo a narrarlo en voz muy baja:

—Cuando Artie y yo estábamos de luna de miel, era la época de celo de las rayas venenosas. Caminábamos por donde rompían las olas, cogidos de la mano. Entonces un tío nos dijo que las rayas venenosas eran inofensivas a menos que las pisaras. «Y cuando las pisas, ¿qué? —nos preguntamos Artie y yo—, ¿muerte segura?» Decidimos regresar a la orilla. Yo fui la primera en gritar, porque creí que había rozado una raya con el pie, y entonces Artie gritó porque yo había gritado. Entonces yo grité porque Artie había gritado, y como la situación nos pareció divertida, seguimos gritando, primero uno y después el otro, hasta que llegamos a la orilla, sólo por diversión.

Tengo la vista fija en la piscina. He contado la anécdota en una voz tan baja que no estoy segura de que Elspa me haya oído. Ni siquiera sé si sigue ahí. Entonces levanto la mirada y la veo, al otro lado de la piscina, con los ojos llorosos. No dice nada.

Yo sigo hablando:

—Una vez, un muchacho punki del barrio intentó robar el

viejo Corvette del garaje de Artie. Artie lo oyó desde la cama y lo persiguió desnudo por la calle blandiendo un palo de golf.

Elspa se echa a reír. Yo también, y noto una suave vibración en la garganta. Ahora no puedo parar:

—Su lugar preferido para pensar y hacer planes importantes es una cafetería muy cutre que se llama Manilla's. Chapurrea un francés espantoso. Siempre se confunde con las letras de las canciones, pero, aun así, las canta a grito pelado. Siempre le cuesta colgar el teléfono a los vendedores. Una vez lo pillé aleccionando a uno que intentaba colocarle una hipoteca más barata. El televendedor, que, ¡cómo no!, era una mujer, acababa de salir de la universidad, tenía un montón de deudas y estaba muy confusa sobre si casarse o no con un piloto. Artie se pasó una hora al teléfono, dándole buenos consejos.

Me sorprende oírme a mí misma narrando todas estas anécdotas de un tirón. Supongo que son mi respuesta a las razones numeradas que Artie me ha estado enviando con las flores. Supongo que yo también he estado elaborando una lista propia, sin siquiera darme cuenta, y aquí está, saliendo de mi boca.

—Cuando *Midas*, su perro, murió, el lavabo de arriba empezó a gotear y Artie destrozó la casa buscando el origen de la fuga, el recorrido que seguía por el suelo y por dónde se filtraba. Pero la causa real era el perro. Él quería mucho a aquel perro... Y quería que yo me quedara embarazada. Desesperadamente. Cuando estábamos en la cama, apoyaba la cabeza en mi barriga y simulaba que diseñaba mi útero para que el feto tuviera una cuna bien mullidita durante los nueve meses del embarazo. Y decía cosas como: «Podríamos trasladar el sofá aquí y comprar una de esas mantitas blancas tan suaves...»
—Me interrumpo. Oigo la voz de Artie con tal claridad en mi cabeza que no quiero continuar. Entonces grito—: ¡Jodido cabrón!

—Lo siento —dice Elspa.

Yo parpadeo, mirándola.

—¿Qué es lo que sientes?

—Lo querías y todavía lo quieres. Antes no lo tenía claro.

Sé que estoy a punto de romper a llorar. Y no quiero hacerlo. Temo que, si empiezo, no podré parar. Miro a Elspa.

—¿Por qué intentaste suicidarte? —le pregunto.

Su mirada se desliza por la copa de los árboles. Levanta la vista hacia el cielo y vuelve a posarla en mí.

—Cuando conocí a Artie, yo era drogadicta.

Su confesión me aterroriza. Y, en un momento en el que no debería ser en absoluto egoísta, un pensamiento muy egoísta surge en mi mente. ¿Artie tuvo una aventura con una drogadicta?

Ella enseguida lee mi expresión y me tranquiliza.

—No me pinchaba. Ni me prostituía para conseguir la droga. No estoy... enferma. Evitábamos las prácticas de riesgo, y él sólo me decía cosas buenas de ti. Me contaba historias bonitas sobre vosotros. Te tenía en un pedestal y te adoraba. Todavía te adora.

No estoy segura de cómo tomármelo.

—Pues tiene una forma muy rara de demostrármelo. Vamos, ¿me adora como a un ídolo y sacrifica vírgenes para mí? No es así como quiero que me adore.

—Te digo, sinceramente, que entre nosotros era distinto —contesta Elspa—. Teníamos un tipo de intimidad diferente de la que tú te imaginas.

—Creo que mi definición de la palabra «sinceramente» difiere de la tuya —replico—. Sigo sin comprender cómo pudiste mentirme de una forma tan convincente.

—Soy una adicta. Y una de las cosas que los adictos sabemos hacer bien es mentir —responde Elspa con una sombra de arrepentimiento en la voz que nunca le había oído antes—. Ahora intento contarte la verdad, y la verdad es que mi relación con Artie no era así. Ya sabes.

—No, no lo sé.

Ella me explica, en tono cansino:

—La mayor parte del tiempo me sentía muy débil. Casi no soportaba que me tocaran. Estaba hecha un lío.

—Continúa —le pido.

—Una semana antes de conocer a Artie, había entregado a Rose, mi hija, a mi madre, para que la criara.

—¿Tienes una hija?

Ella asiente con la cabeza.

—Perdona que me muestre un poco suspicaz a estas alturas —digo—, pero ¿te importaría decirme cuánto tiempo pasó desde que conociste a Artie hasta que nació tu hija?

Le formulo esta pregunta por si acaso, aunque sé que en esta etapa de su vida Artie está intentando recuperar a sus hijos, no negándolos.

—No es hija de Artie. En la época en que lo conocí, ella ya tenía un año, y fue entonces cuando se la entregué a mi madre. Ahora tiene tres años. Cuando renuncié a ella, casi me muero. Literalmente. Y desde que Artie me salvó la vida, estoy limpia.

—¿Por qué no la estás criando tú misma ahora?

—La visito lo más a menudo posible, pero mis padres opinan que la situación es demasiado confusa para ella; respecto a quién es su madre y todo eso. Pero yo me presento en su casa siempre que puedo. —Sacude la cabeza con brusquedad—. Mis padres me dejaron muy claro que tenía que dársela a ellos. Y tenían razón. Yo no estaba preparada para ser madre. Ellos han asumido este papel. Y no les ha resultado fácil. La verdad es que ya son mayores, pero... no sé. No tengo derecho a pedirles ahora que renuncien a ese papel. De todas maneras, ellos se negarían. Nunca me considerarían capaz de cuidarla.

—Pero ¿tú quieres ser una madre para ella o no? —le pregunto.

—Más que nada en el mundo —me contesta.

—Tus padres fueron muy valientes al hacerse cargo de tu hija, pero quizá te la devolverían si supieran cuánto has cambiado.

—¡Oh, no! —exclama ella—. Ellos nunca confiaron en mí. Ni siquiera antes. Yo nunca fui lo bastante buena para ellos, siempre han creído que no valgo para nada. Ya les he explicado que he vuelto a la universidad, pero ellos siguen creyendo que, si me dieran algún dinero, me lo gastaría en drogas.

—En cualquier caso —intervengo—, tú tienes derecho a ejercer de madre, ¿no? Legalmente, me refiero. ¿Firmaste la renuncia a la custodia?

Ella lo niega con un movimiento de la cabeza.

—No.

—Entonces tienes ese derecho, no sólo desde el punto de vista legal, sino también desde el ético —le explico.

—Yo quiero recuperarla. Es lo que más deseo en el mundo. Pero no puedo.

—Quizás ahora serías una buena madre, Elspa. Tal vez ya estés preparada.

Ella guarda silencio por un instante.

—Tú sí que serías una buena madre —murmura ella en voz muy baja.

Y éste es el toque definitivo. La fisura se abre del todo, y la rabia, que ahora me resulta tan familiar, se combina a partes iguales con el dolor. Me inclino hacia delante. Mis sollozos son profundos y guturales. Artie no será el padre de mis hijos. Si existía una posibilidad de que aún pudiéramos arreglar las cosas, eso ahora ya no tiene importancia. Artie se va a morir.

No oigo a Elspa rodear la piscina, pero, de repente, aquí está, a mi lado. Me estrecha contra sí. Las dos estamos empapadas. Me abraza con fuerza, de manera que ahora parece que es ella quien me está sacando del fondo de la piscina. Y yo me dejo ir.

Miro hacia la casa, y allí está Artie, junto al enfermero. Nos contemplan desde la ventana del estudio que hay frente al dormitorio. Artie parece confuso y a la vez aliviado. Parece comprender que éste es un momento de intimidad que él está interrumpiendo. Veo a los dos dar media vuelta y regresar al dormitorio.

15

Algunas veces, después de abandonarnos a la emoción, queremos poner orden

Empiezo a poner orden barriendo los trozos del jarrón roto, colocando las flores en uno de los floreros viejos que guardo debajo del fregadero de la cocina y absorbiendo el agua con servilletas de papel. No leo la tarjeta número cincuenta y nueve de Artie. Estoy cansada de sentimientos tan concentrados que caben en una tarjeta. Estoy harta de las manías de Artie.

Pero esta limpieza no acaba de satisfacerme.

Decido que necesito llevar a cabo una reorganización total y absoluta.

Sé cuándo hay que convocar una reunión. Al fin y al cabo, soy una profesional, el tipo de profesional hecha a la medida de su profesión, alguien que se relaja con las tablas, se divierte con los índices numéricos y, a veces, disfruta enormemente con unas cuentas bien cuadradas. Sé que hay cosas que Eleanor, Elspa, incluso mi madre, y yo deberíamos cambiar. Como decimos en el mundo de los negocios, tenemos objetivos coincidentes. La muerte inminente de Artie nos ha unido, y que me aspen si no soy capaz de conseguir que este hecho nos resulte rentable —desde el punto de vista emocional— a todos.

Un buen administrador sabe que cualquier catástrofe puede constituir una oportunidad, si se aborda adecuadamente.

También sé cómo preparar un programa de acción. Me paso la tarde creando perfiles: anoto las necesidades, los objetivos y la capacidad de cada uno de los individuos para asumir riesgos. A partir de estos perfiles, elaboro un plan para cada una de las personas implicadas.

¿Es demasiado asertiva mi actitud, excesivamente estructurada, hiperordenada? Es posible, pero después de que uno de los amores de mi marido me haya mentido, de haber amenazado con asfixiar a mi marido enfermo delante de un testigo, de haber sacado a una posible suicida del fondo de una piscina y de haber sufrido una pequeña crisis nerviosa, ¿qué se puede esperar? Seguramente, algunos de los mejores esfuerzos organizativos surgen como reacción a las catástrofes emocionales del mundo.

La reunión pilla por sorpresa a todas las asistentes. Eleanor y mi madre, recién salidas de la peluquería y en un estado de tensión nerviosa a causa de los cafés con leche que se han tomado, están sentadas a la mesa del comedor. Mi madre luce un peinado nuevo, rígido, fijado con laca. Eleanor sigue llevando el cabello recogido en la nuca, aunque ahora dos mechones curvos le caen a ambos lados de la mandíbula, con aspecto despeinado pero tieso. Se la ve más dulce que antes, más guapa y más joven. De hecho, aparenta menos de cincuenta años. *Bogie* está sentado en la falda de mi madre. Su suspensorio perruno hace juego con la ropa de ella, con los zapatos y todo; me equivocaba al pensar que no podía caer más bajo. Elspa también está aquí, y sus *piercings* brillan a la luz de la lámpara de araña del comedor. Todas tienen en las manos los programas que he impreso.

—He convocado esta reunión porque no disponemos de mucho tiempo y, si queremos alcanzar nuestros objetivos, tenemos que organizarnos bien —empiezo.

123

—¿Por qué tenemos que celebrar una reunión tan formal? —pregunta Eleanor.

—¿Te has puesto los pantalones de trabajo? —me pregunta mi madre.

La verdad es que llevo puestos los pantalones de trabajo y una bonita blusa, pero no me he puesto la chaqueta que hace conjunto.

—Es la ropa con la que me siento cómoda —respondo yo. Me gusta porque cuando la llevo puesta sé quién soy.

—Interesante —comenta Eleanor.

—¿Cómo puede resultar cómoda esa ropa? —pregunta Elspa.

—Al menos yo no me visto a juego con mi perro —digo yo mientras señalo al pobre *Bogie*, que permanece ajeno a nuestra conversación.

Mi madre parece ofenderse.

—Lo siento —le digo—. Será mejor que no nos desviemos del tema.

Pero sé que ellas ya saben cómo me siento. Sé que saben que estoy disimulando y, al saber que ellas lo saben, noto que mis emociones, cada vez más intensas, la profunda tristeza, la rabia, el amor, la mezcla de todas ellas y el hecho de que sean cada vez más intensas, me dan pánico.

—El plan de acción está muy claro. He anotado los objetivos y las necesidades de todos y, ya que la muerte inminente de Artie nos ha unido, también he anotado cómo podemos lograr esos objetivos individual y colectivamente.

«Muerte inminente.» Mientras confeccionaba el plan, busqué el mejor modo de expresarlo, y ésta es la fórmula más fría que se me ocurrió. Tenía miedo de venirme abajo si lo decía de otra manera. La palabra «inminente» es lo bastante rotunda para no parecer real. Ahora mismo, no quiero pensar en la realidad de la muerte de Artie. No podría. Sé lo frágil que me siento.

—¿Quién es John Bessom? —pregunta Eleanor señalando el nombre de John en el programa.

—Es el hijo de Artie. Ahora no está aquí, pero es una de las personas que Artie ha unido en torno a él. Además, él todavía no lo sabe, pero conocerá a Artie antes de que muera porque hay que evitar que cometa los mismos errores que su padre.

—¿Y cómo conocerá a Artie? —pregunta Eleanor—. ¿Artie le ofrecerá su gloriosa versión de sí mismo?

—No —respondo yo. Ya he pensado en esto. John no puede conocer únicamente la versión maravillosa de Artie—. Yo le daré la mía. Estoy planeando un recorrido.

—¿Un recorrido? —pregunta mi madre.

—Por la vida de Artie. Un recorrido por lo bueno y por lo malo.

—¡Es una idea estupenda! —exclama Elspa, pero lo dice con tanta amabilidad, con tal condescendencia en la voz que sé que piensa que esto es algo que yo necesito más que el hijo de Artie.

Su actitud me irrita, pero no tengo ganas de replicar.

—La figura del padre es importante —les digo—. Incluso aunque no lo conozcas muy bien. —El mío era casi un desconocido para mí cuando murió—. John Bessom conocerá a su padre. Si no, no recibirá su herencia.

—¿Su herencia? —pregunta mi madre.

—Sí, Artie le ha dejado dinero en el testamento, pero depende de mí la cantidad que vaya a recibir.

—Bueno, querida... —dice mi madre. Ella tiene varias teorías sobre el dinero de los ex maridos y los maridos difuntos, y regalarlo no es una de sus favoritas.

—Así que el muy cabrón tiene un hijo —dice Eleanor, repiqueteando en la mesa con las uñas.

—Yo tampoco lo sabía, hasta hace unos días —le explico yo.

—¡Esto es tan típico de Artie...! —exclama Eleanor mientras la ira le enrojece las mejillas—. ¡Cuántos engaños!

—¡Oh, no es más que un hombre! ¿Qué cabe esperar de él? —comenta mi madre.

—Como no esperamos nada de ellos, ellos nunca aprenden, lo que explica la atrofia de sus capacidades emocionales —contesta Eleanor.

—Y esto nos lleva a ti, Eleanor —intervengo yo.

Todas vuelven a centrar la atención en el programa.

—«¿No sería maravilloso que Artie pudiera reconciliarse con su pasado, con todo su pasado, antes de morirse?» Esto lo dijiste tú la otra noche. Y tienes razón. Le haría bien.

En este punto, hay cierta tensión en mi voz. Lo percibo con toda claridad. ¿Se trata de resentimiento, de deseo de venganza? Quiero que Artie aprenda algunas lecciones. Quiero que recoja lo que él mismo ha sembrado. La rabia vuelve a crecer en mi interior. Me atenaza la garganta. Toso y señalo el programa.

—Este punto del plan está anotado en la lista de necesidades y objetivos de Artie, pero también te vendría bien a ti, Eleanor, ¿no crees? Así que también lo he apuntado en tu lista de necesidades y objetivos.

También podría figurar en mi propia lista de necesidades y objetivos, pero no estoy preparada para reconocerlo públicamente.

—Mira, yo he llegado a una conclusión respecto a los hombres —dice Eleanor—. Es muy simple: he decidido pasar de ellos.

Mi madre suelta un grito ahogado.

—Quizá, de momento, podrías acceder a ayudar a Artie a reconciliarse con su pasado sólo porque es bueno para él. Y si durante el proceso resulta que aprendes algo sobre ti misma, estupendo —le sugiero.

—¿Y cómo consigo que Artie se reconcilie con su pasado?

—Tengo una libreta con los teléfonos de todos sus amores. Así es como me puse en contacto contigo. Creo que él debería reunirse con el mayor número posible de esas mujeres para que le digan en qué les falló, cómo les hizo daño.

—Vaya, eso sería perfecto, de verdad. Será un placer.

—Pero ¿y si no les ha hecho daño? —interviene Elspa.

—Ah, sí —digo yo—. Tú eres uno de los puntos rojos.

—¿Puntos rojos? —pregunta ella.

—Cada nombre tiene al lado una de dos marcas: un punto rojo, que significa que la relación se rompió de manera cordial, supongo que por ambas partes, o una equis roja, que significa que la cosa no acabó muy bien.

—¿Y qué había junto a mi nombre? —pregunta Eleanor.

Yo la miro como diciendo: «¿Tú qué crees?»

—Una equis enorme —dice ella con una especie de orgullo—. Sólo deberíamos invitar a las mujeres a las que hizo daño. Sólo a las equis.

—¿Eso es justo? —pregunta Elspa.

—Artie ya te tiene a ti para decirle lo maravilloso que es —contesto yo—. Artie Shoreman tiene que asumir la otra parte de sí mismo. Tiene que comprender lo que es la traición.

—Entonces lo expreso con palabras de Elspa—: Aprendemos más de nuestros errores que de nuestros éxitos.

Mi madre suspira y pone los ojos en blanco.

—Es una pérdida de tiempo. ¡Perro viejo no aprende gracias nuevas! Los hombres necesitan mimos. Ellos son el sexo débil.

Exhalamos un suspiro colectivo.

—No sé si funcionará —admito—, pero vale la pena intentarlo.

Entonces mi madre dice:

—No entiendo qué significa mi objetivo. ¿Ser yo misma? Yo soy yo misma, querida.

—Podrías ser más tú misma —respondo yo.

—¿Y cómo planeas alcanzar este objetivo? —pregunta Eleanor con dureza.

—Pues no lo sé —respondo yo—. Si al menos se lo propusiera...

—¡Pero bueno, esto es ridículo! —exclama mi madre.

—Por ejemplo, podrías dejar de ir a la caza de tu sexto marido. Relajarte un poco en ese aspecto...

—¡Yo no voy a la caza de nadie!

—Reflexiona sobre ello —sugiero.

—¡Yo estoy con Eleanor! ¡Me parece que esta reunión es absurda!

—Yo no he dicho eso —replica Eleanor.

Mi madre descuelga su bolso amarillo del respaldo de la silla, se lo echa al hombro, coge a *Bogie* y se dirige hacia la puerta hecha una furia.

—Me voy —anuncia ella, como si no fuera algo evidente.

—¡Espera! —le pido—. No te vayas.

Ella se detiene sin mirar atrás. Contemplo los cuartos traseros de *Bogie*, que cuelgan por debajo de su brazo.

—Hay un par de cosas para las que necesito ayuda —le digo a mi madre.

—¿Me necesitas a mí? —me pregunta ella con recelo.

—Para empezar, te agradecería mucho que te encargaras de organizar el funeral con Artie. Él y yo... Bueno, yo no puedo hacerlo. Todavía no estoy preparada.

Ella titubea, para producir un efecto melodramático.

—Bueno, yo sí que podría hacerlo —dice.

—Y dos, me vendría muy bien que mantuvieras alejados a los vecinos. Sobre todo a los que supuestamente son amigos nuestros.

Mi madre se da la vuelta y sonríe con las cejas arqueadas.

—Me pinto sola para librarme muy diplomáticamente de la gente.

—Como cuando me conociste —comenta Eleanor con una

sinceridad incisiva que pilla a mi madre por sorpresa, pero sólo por un instante.

—Es una de las cosas que mejor se me dan —dice mi madre mientras regresa a su asiento tirando de *Bogie*, que tiene los ojos llorosos.

—Gracias —le digo.

Me vuelvo hacia Elspa, quien lleva un rato en silencio. Está mirando fijamente el programa. También tiene los ojos un poco llorosos, pero sonríe de oreja a oreja.

Pienso en lo que me ha dicho junto a la piscina, que lo que más desea en el mundo es recuperar a su hija. Quiere volver a ejercer de madre, y yo sé que lo haría a las mil maravillas, por la ternura con que nos cuida a Artie y a mí.

—Las madres también son importantes. Nadie puede reemplazarlas. —Miro a la mía, pues sigo intentando calmarla después de su breve rabieta—. Los niños merecen todo el cariño que puedan recibir.

Elspa no dice nada. Dirige la vista a Eleanor, a mi madre y otra vez a mí. Caigo en la cuenta de que, poco a poco, hemos llegado a confiar la una en la otra, de esa forma íntima y extraña en que las personas a veces confían en los demás, instintiva y plenamente. Una confianza nacida de la necesidad.

—¿A qué te refieres? —pregunta mi madre.

—Quiero que recuperes a tu hija —le digo a Elspa.

En cierta ocasión, abrí una ventana para dejar salir a un pájaro que había quedado atrapado dentro de casa. A Artie le aterrorizaba aquel pájaro, que se daba topetazos por toda la habitación. Elspa me ha hecho recordar este episodio, y quiero volver a abrir la ventana adecuada.

—He elaborado un plan para que liberes a la madre que llevas dentro.

—¿Y en qué consiste exactamente ese plan? —pregunta Eleanor.

Elspa levanta la vista hacia mí, con los ojos muy abiertos.

—El plan consiste en ir a la casa de los padres de Elspa. Ella tiene que recuperar a su hija. Elspa y Rose pueden quedarse aquí hasta que Elspa pueda salir adelante por sí sola.

—¿Lo has pensado a fondo? —pregunta Elspa con ilusión y nerviosismo.

—Quizá no del todo. Seguro que hay lagunas, pero sé que tendré que acondicionar la casa para que sea segura para un niño. La piscina, por ejemplo —le explico.

Por desgracia, me he imaginado demasiadas veces la casa llena de niños, de mis hijos imaginarios con Artie, de los niños a los que hemos puesto nombre pero que nunca existirán. Me he imaginado cuál sería su habitación. Me he imaginado la trona en la cocina. Me he imaginado la zona de juegos en el jardín. En lo más profundo de mi ser, sé que Rose reaviva esos sentimientos en mí, que me atrae la imagen de una madre y una hija, la idea de hacerla realidad, si no para mí, al menos para Elspa.

—Ellos no me la entregarán —dice Elspa. El programa tiembla en sus manos—. Bueno, no hay un acuerdo legal. Ellos no tienen la custodia, pero tienen poder. Ellos son... bueno, son mis padres. Me dirán que saben lo que es mejor para todos. Y yo me lo creeré.

—Por eso iremos juntas. Se me da bien explicar lo que es lógico, racional y mejor para todas las partes implicadas. Esto lo domino.

—Pero tú no conoces a mis padres. Ellos no se mueven por lo que es lógico, racional y mejor para todas las partes implicadas. Ya lo verás.

—¿«Ya lo verás»? ¿Eso es un sí?

Elspa asiente con la cabeza.

—Si quieres hacer esto por mí, no me negaré. Es demasiado importante para mí.

—¿Y qué hay de ti, Lucy? —pregunta mi madre.

—Tú no figuras en el programa —comenta Eleanor, echándoles un vistazo a sus papeles.

Yo ya era consciente de esto cuando estaba trabajando en ello, pero esperaba que nadie lo notara.

—Algo bueno tiene que salir del hecho de que nos hayamos encontrado —digo, pensando, como un buen administrador, que toda catástrofe entraña una oportunidad—. Pero no necesariamente he de ser yo la beneficiaria. Sólo tiene que salir algo positivo en general.

—Debe haber algo bueno para ti también —dice Elspa sacudiendo la cabeza—. Algo tiene que haber.

—¿Algo como qué? —pregunta Eleanor.

—¿Algo como qué? —repito yo.

—Sí, algo bueno para ti, ¿en qué consistiría?

—No lo sé —contesto. Entonces reflexiono por unos instantes—. No estaría mal que volviese a parecerme a la persona que era antes de descubrir las infidelidades de Artie.

—¿Y cómo eras antes? —pregunta Elspa.

—Menos cerrada.

—Creo que deberías encontrar la manera de perdonar a Artie —dice Elspa.

—Sí, eso sería bueno para tu alma —añade mi madre.

—¡A la mierda el perdón! —exclama Eleanor.

—Supongo que tendré que resolver esta cuestión —digo yo—. En fin, me imagino que mi plan consistirá en averiguar cuál es mi plan.

16

Cuando no sepas qué hacer, recurrir a un soborno educado puede ser una buena alternativa

Mientras me preparo para salir a cumplir mi primera misión, la casa es un auténtico hervidero de actividad. Eleanor ha estado hojeando la agenda de direcciones de Artie, buscando los nombres marcados con una equis roja. Se ha instalado ante la mesa del desayuno y, en estos momentos, está hablando con alguien por el móvil. Mi madre, con el teléfono fijo pegado a la oreja, ya está negociando con tres funerarias y elaborando una lista de preguntas para Artie. Elspa, libreta en mano, camina de un lado a otro en el patio. Le he encargado que describa el funcionamiento interno de la psique de sus padres: quiénes son, qué los motiva, por qué son como son, sus ideas políticas, su religión, sus defectos...

Artie está arriba, en el dormitorio. ¿Será consciente del bullicio que reina en la casa? Supongo que sí. Debe de sentir la energía, la agitación que ahora se respira en el ambiente. Pero no sabe la que se le viene encima. No sospecha lo que Eleanor le está preparando.

Las llamadas de Lindsay han acabado por salpicar el día a día, como cuando uno escucha la misma canción pop una y otra vez en la radio. Nunca sé cuándo llamará, pero cuando lo hace, sé que lo estaba esperando. Cuando me dirijo hacia Bessom's Bedding Boutique, me telefonea. Siento que me he alejado, como en una nube, de las preocupaciones del trabajo que antes me consumían. Me sorprende la facilidad con que oriento a Lindsay en cada una de las situaciones a las que se enfrenta.

—Bueno, esto se resolverá por sí solo —me oigo a mí misma decirle—. No te preocupes mucho por eso otro.

Mi voz me parece la de una desconocida; incluso suena distante, como si no fuera yo quien hablara sino alguien que está detrás de mí, o a mi lado. El trabajo me absorbía por completo, pero ahora, ante la perspectiva de la muerte de Artie, incluso me asusta ligeramente lo poco que me afecta.

—¿Cómo estás? —me pregunta Lindsay.

—Tengo un plan —le contesto.

—Tus planes son fantásticos... —dice ella—. Los echo de menos.

—Bueno, éste no sé cómo saldrá. Es un poco inconsistente. Depende de muchas variables, como el corazón humano.

—Ah —dice ella—. Bueno. ¡El corazón humano! ¿Qué se le va a hacer?

—Exacto.

Cuando Lindsay y yo acabamos de hablar, intento ponerme en contacto con John. No responde a las llamadas. Lo telefoneo tres veces desde el coche. El timbre da paso a la voz grabada de John, que dice: «Has llamado a Bessom's Bedding Boutique. La tienda está cerrada temporalmente. Esperamos volver a abrir en un futuro próximo para atenderte. Por favor, deja tu mensaje.»

La primera vez cuelgo, preguntándome qué habrá pasado. Me acuerdo del tipo con aspecto de banquero que estaba hablando con John delante de la tienda cuando Elspa y yo fuimos a buscar el colchón, y me pregunto si el negocio de John habrá quebrado. La segunda vez, escucho su voz con atención. Suena un poco más ronca de como la recuerdo, un poco más cansada; entonces cuelgo. La tercera vez estoy segura de que, en mitad del mensaje, percibo un temblor en su garganta. En cierto modo resulta conmovedor, aunque no estoy segura de qué significa, así que le dejo un mensaje: «Me gustaría pasar a verte, para hablar sobre Artie... Espero que no te moleste. Es sólo que... Bueno, quisiera hablar contigo en persona. —Dejo mi número de teléfono y hago una pausa, consciente de lo indecisa que debo de haber sonado—. Será mejor que me despida antes de que diga nada más.» Pero no me despido, sólo cuelgo, que es lo que quería hacer.

En la fachada de Bessom's Bedding Boutique cuelga un letrero que indica que está cerrada, pero cuando empujo la puerta, ésta se abre con tanta facilidad que siento como si tirasen de mí desde el interior. No se oye el timbre. ¿Estará desconectado? ¿Estropeado? Las camas, engalanadas con sus edredones y sus cojines apilados, tienen un aspecto voluminoso, mullido, radiante.

Esto forma parte del plan. Algo bueno tiene que salir de la inminente muerte de Artie, algo bueno para cada una de las personas que nos hemos visto metidas en esto. Pero ahora que estoy aquí, entre las camas, mirando fijamente la puerta del despacho que hay al fondo de la tienda, me asalta una gran inseguridad.

La puerta del despacho está abierta apenas una rendija. Cuando me acerco, oigo un crujir de papeles; hay alguien en el interior. Me siento incómoda. Y es así como debería sentirme. Esto es un allanamiento de morada en toda regla. Levanto la mano para llamar a la puerta, pero no quiero sobresaltar a John. Entonces pienso que, como mínimo, debería haber esperado a que respondiera a mis llamadas. Él tendría que estar advertido de mi visita.

Saco el móvil y marco su número. Su teléfono empieza a

sonar, pero él no lo coge. Salta el contestador, y la voz de John resuena en la pequeña oficina: «... temporalmente cerrada... Por favor, deja tu mensaje.»

—Soy yo, Lucy. —Ahora oigo mi propia voz en el interior de la oficina—. Estoy aquí. O sea, que estoy aquí de verdad. —Me aparto de la puerta y me acerco de nuevo—. Lo que quiero decir es que estoy al otro lado de la puerta de tu oficina. No quería asustarte.

Se produce un instante de silencio; supongo que John está asimilando mi aviso.

—¿Quién eres, el lobo feroz? Lobos más feroces han llamado a mi puerta —bromea John—. ¿Qué querías?

—Hablar —respondo, en parte al teléfono y en parte a la rendija de la puerta.

—Puedes colgar el teléfono —señala él.

Yo cierro el móvil.

—Y también puedes abrir la puerta.

La abro. Y la puerta chirría. John levanta la vista de su escritorio, con esa media sonrisa torcida suya, y con cierta dulzura en los ojos. Tiene el cuello de la camisa desabotonado y abierto, con lo que una de sus clavículas queda al descubierto.

—Puedes entrar —dice.

Entro. Ya he renunciado a la esperanza de verlo jugar con los soldaditos de plástico verde. John es el hijo de Artie, pero no es un niño. Sin embargo, para lo que no estoy preparada es para descubrir que vive aquí. Hay una mininevera zumbando en un rincón, un cuenco de fruta con dos manzanas verdes y un plátano demasiado maduro entre los montones de papeles de su escritorio y unas toallas apiladas sobre el archivador. La puerta del armario abierta deja a la vista camisas y pantalones colgados de perchas y, abajo, una rejilla con zapatos colocados ordenadamente.

—¿Cómo te va? —me pregunta John.

—He estado mejor. —Intento hablar en un tono desenfadado, pero no lo consigo—. Siento lo del otro día. No salió como había planeado.

—No, soy yo quien lo siente —dice John—. En fin, que él es tu esposo y no me imagino cómo te debes de sentir al saber que...

Yo sacudo la cabeza.

—No pasa nada. Aunque la verdad es que esto de la muerte no es lo mío. Supongo que pronto empezarán a llegar a casa montones de tarjetas de pésame estampadas con lirios.

Se produce una pausa. John no está seguro de qué hacer. Y yo tampoco.

—En cierto sentido, he venido para hablar de negocios. —Doy una ojeada a la pequeña oficina—. ¿Cómo marcha el negocio?

—No se puede decir que vaya de maravilla.

El teléfono suena.

—No soy yo, te lo juro —digo.

Él descuelga el auricular y mira la pantalla para ver quién es. Pulsa la tecla de contestar una vez, y después otra, cortando la comunicación.

—Lobos a la puerta —dice. Sus ojos parecen cansados, y tiene la cara un poco demacrada. Se encoge de hombros, y su clavícula rebota ligeramente—. De hecho, ésta es una descripción precisa de cómo va el negocio. ¿Por qué me lo preguntas?

No sé cómo explicárselo. Jugueteo con mi móvil, abriéndolo y cerrándolo. En el trabajo hablo de dinero continuamente, y nunca me afecta tanto. Nunca va ligado al peso de mis emociones. Decido fingir y, al menos por unos instantes, convertirme en mi yo profesional. Enderezo la espalda.

—Artie ha redactado un testamento. Y tú figuras en él.

Esto lo pilla por sorpresa. Está intrigado. Rebusca entre un montón de papeles sin mirarlos. Se inclina hacia delante. Está a punto de decir algo. Incluso levanta un dedo. Pero entonces sacude la cabeza y vuelve a rebuscar entre los papeles.

—No quiero su dinero.

—Por lo que yo sé, eso no depende de ti.

—¿Y, entonces, de quién depende?

Me preguntaba cuándo llegaríamos a esta parte. ¿Tan pronto? Ya no puedo mantener la actitud profesional de Lucy la Auditora. Me siento en una silla. Mejor dicho, me desplomo en ella. Levanto la mirada hacia John y acto seguido la aparto.

—Depende de mí. Artie quiere que sea yo quien decida qué parte de su fortuna recibirás.

—¿Tú?

Se impone un silencio incómodo.

—Yo no elegí este papel.

Él se pone de pie, como si una inquietud repentina se hubiera apoderado de él. Es más alto de lo que yo recordaba, más alto y más delgado, y también más guapo; y eso que antes ya me parecía muy guapo.

—Mira, ya te lo he dicho antes y te lo repito...

—Lo sé, tú y Artie no tenéis nada que deciros. —Estoy cansada de esta cantinela—. Quizá tú creas que eres el producto de una inmaculada concepción, pero tu madre no tiene ningún problema en aceptar el dinero de Artie.

—¿De qué me hablas?

—Hasta donde Artie sabe, él nunca ha dejado de mantenerte. Tu madre ha estado cobrando cheques mensuales durante toda tu vida.

—Ah, ¿sí?

John está atónito. Y también enfadado. Fija la vista en los papeles amontonados sobre su escritorio: facturas impagadas, reclamaciones a morosos. Se inclina sobre ellos con los puños apretados. Y entonces se echa a reír. Sacude la cabeza.

—¿Qué tiene tanta gracia?

—Rita Bessom —dice él—. Yo también le he estado enviando cheques mensuales. ¡Ésa es mi madre!

—Va a dejar de recibir cheques de Artie —le aseguro—. Eso también depende de mí.

—Ya va siendo hora —comenta él mientras vuelve a sentarse—. Oye, yo no quiero el dinero de Artie. Olvidémonos de este tema. Para empezar, tengo mucho que hacer. Estoy hasta las orejas, y...

En realidad, la razón por la que estoy aquí no tiene nada que ver con Rita Bessom, ni siquiera tiene mucho que ver con el dinero.

—¿No quieres saber nada de tu padre? ¿No sientes curiosidad?

Él se frota la frente.

—Sé lo que pretendes, pero las cosas no son exactamente así...

Quiero que John sienta cariño por algunas facetas de Artie Shoreman, y también que conozca algunos de sus defectos. Quiero que comprenda a su padre.

—Yo no tuve oportunidad de conocer bien a mi padre —le explico—. Se fue cuando yo era una niña y murió antes de que yo fuera lo bastante mayor para establecer una verdadera relación con él. Conozco anécdotas sobre él, buenas y malas, y esto me ayuda. Lo que quiero decir es que esto es importante. Sería un error que dejaras pasar esta ocasión de conocer a Artie, aunque sólo sea un poco. Es tu única oportunidad. Si no la aprovechas, podrías arrepentirte.

Me contempla como si yo fuera un pájaro exótico que hubiera entrado en su oficina para soltarle graznidos. Me percato de que no sabe qué decir. Ladea la cabeza. Nos miramos fijamente por un instante... un largo instante. Consigue que me ruborice, pero me niego a apartar la mirada.

—Mira... —empieza él, y sé que intenta volver a su actitud anterior.

Lo interrumpo.

—Déjame acabar de explicártelo. Quiero hacerte una proposición.

—¿Te me estás insinuando? No me pasa todos los días que una mujer me haga proposiciones.

No hago caso de su comentario.

—Artie quiere dejarte algo de dinero, pero que yo decida la cantidad. Puedes utilizar ese dinero para sacar a flote tu negocio, donarlo a los niños ciegos o gastártelo en *strippers*. A mí me da igual. Lo único que te pido es que, a cambio, te reúnas con él e intentes conocerlo un poco. Quiero que oigas su historia de sus propios labios, y, para que no tengas una visión parcial, yo también te contaré mi versión. Una breve visita guiada por su vida.

—¿Una visita guiada por la vida de Artie Shoreman?

—Sí.

—¿Acompañada con una presentación en PowerPoint? ¿Y tú serás la guía? —pregunta John.

—Quizá no eche mano de la tecnología punta, pero sí, yo seré la guía. Lo haré lo mejor que pueda.

Cruzo los brazos y, a continuación, los descruzo. No recuerdo la última vez que me sentí tan nerviosa.

El teléfono de John vuelve a sonar, pero él no contesta.

—¿Y después decidirás cuánto dinero me darás? —Me mira con los ojos entrecerrados y se reclina en la silla—. ¿Me estás sobornando?

Dejo vagar la mirada por la habitación: el techo, el microondas que antes no había visto, la moqueta verde... Entonces me doy cuenta de que va descalzo; veo sus pies morenos, los extremos deshilachados de sus perneras. Tengo la sensación de estar contemplando una escena íntima. Levanto la vista hacia él y me acuerdo, vagamente, de su pregunta. ¿Lo estoy sobornando para que conozca a su padre?

—Sí —le contesto—. Si es así como quieres expresarlo...

Vuelve a sonreír y lo miro de hito en hito, buscando en él algún rastro de Artie. Pero sólo percibo un atisbo de parecido. Sin embargo, también percibo otro tipo de belleza, algo más serio, más sincero.

—De acuerdo. Lo haré. Me apunto —dice él—. ¡Así que recurres al soborno! Eres toda una mafiosa.

Dejo salir las palabras de mi boca sin pensar:

—La próxima vez quizá tenga que darte una paliza.

En cuanto la pronuncio, la frase retumba en mi cabeza: ¿«La próxima vez quizá tenga que darte una paliza»? Contemplo la posibilidad de retirarlas diciendo algo como: «No quería decir lo que parece», pero llego a la conclusión de que lo único que conseguiría con ello es empeorar las cosas. Quisiera aclararle que no me siento atraída por él, que nunca le diría algo así al hijo de Artie. ¿Qué clase de degenerada lo haría?

Es evidente que John está disfrutando con la situación. Intenta reprimir una sonrisa.

—Lo tendré presente —afirma.

Yo salgo del despacho sin más, cierro la puerta y me dirijo a toda prisa hacia la salida mientras un coro repite en mi mente: «La próxima vez quizá tenga que darte una paliza... La próxima vez quizá tenga que darte una paliza...»

17

La mejor forma de revivir el pasado
es en períodos de media hora

Cuando llego a casa, ya atardece. La penumbra se va extendiendo por los rincones del jardín. Unas cuantas luciérnagas de aspecto frágil relampaguean y aletean alrededor de los árboles.

Eleanor y mi madre están sentadas a la mesa de la cocina, bebiendo café. Eleanor me enseña con orgullo la tabla que ha elaborado. No soy la única obsesionada con la organización. La tabla consiste en un programa para los próximos tres días dividido en períodos de media hora con pausas para comidas y descansos. La mitad de los apartados ya están cumplimentados con nombres de mujeres.

—¿Cómo has conseguido que accedan a venir? —le pregunto mientras acerco una silla a la mesa.

—Bueno, no ha sido tan difícil; sólo he modificado un poco tu método. Les he telefoneado sobria y antes de medianoche. ¡Ah, y he apelado a su vanidad!

—Estupendo —contesto yo—. Es posible que mi método tuviera algunos fallos.

—¿Has tenido suerte con Bessom? —pregunta mi madre.

Yo asiento con la cabeza. Todavía estoy nerviosa por la conversación con John. Durante el camino de regreso a casa, me he dado cuenta de que, además de amenazarlo con darle una paliza, también he empleado el término «proposición» lo que, a posteriori, me parece mucho peor. No estoy segura de si les estoy dando demasiada importancia a mis palabras porque me preocupa dar al traste con las posibilidades de Artie de conocer a su hijo o porque me siento inexplicablemente atraída por el físico de John, tan distinto del de Artie, y por su forma de mirarme, de hablarme.

—Se ha apuntado al plan —digo—. Creo que necesita el dinero.

—Bueno, también he dejado huecos para sus visitas —explica Eleanor señalando la tabla.

¿Ya he mencionado que la tabla utiliza un código de colores? Todas las visitas de Bessom están marcadas en azul oscuro.

—¿Dónde está Elspa? —pregunto.

—Tumbada en la habitación de los invitados —contesta Eleanor—. Escribiendo sobre sus padres. Por lo visto, le está resultando más difícil de lo que creía.

Esto me preocupa. Espero que Elspa sea capaz de hacerlo, que no se rinda. Es demasiado importante.

—Elspa no tiene tanta suerte como tú en lo que se refiere a los padres —comenta mi madre sin ninguna ironía dándome unas palmaditas en la mano.

No hago caso de este pequeño momento de autocomplacencia. Más vale no darle cuerda.

—¿Y Artie? —pregunta Eleanor ansiosa, con el puño cerrado cerca del pecho—. ¿Cuándo vamos a informarle del plan? Ya he rellenado algunos apartados para mañana por la mañana.

Apoyo las manos sobre la mesa y me doy impulso para levantarme.

—¿Qué tal ahora?

¿Por qué no? Tengo suficiente energía nerviosa para quemar, y algo en mi interior desea castigar a Artie. ¿Se estará convirtiendo en una costumbre? Me percato de que tengo muchas ganas de ver su expresión cuando le expliquemos el plan.

—¿Ahora? —pregunta mi madre.

—A mí me parece bien —contesta Eleanor, cogiendo la tabla.

—Pues, para que conste en acta, me gustaría declarar una vez más que no me parece una buena idea —declara mi madre.

—Aquí no hay ninguna acta —contesto yo—. Sólo estamos nosotras, elaborando el plan sobre la marcha.

—Aun así —insiste mi madre—, Artie... Bueno, el pobre de Artie...

—No olvides que fue él quien me lo pidió. Me sugirió que telefoneara a sus antiguos amores. ¡En parte, todo esto ha sido idea suya!

—Ya sabes lo que opino de los hombres —dice mi madre—. Para mí ellos son...

—¿Criaturas delicadas? —termino yo.

—Prefiero el término «débiles» —interviene Eleanor—. La palabra «delicadas» implica que es responsabilidad nuestra tratarlos con cuidado.

—Los hombres son así —sentencia mi madre sacudiendo la cabeza—. Es imposible cambiarlos.

—Ése es el problema —digo yo—. Una vez que empezamos a justificar su conducta con la frase «los hombres son así», ellos no sienten la necesidad de cambiar, de madurar, de transformarse en algo nuevo. Las mujeres hemos ido evolucionando porque no hemos tenido alternativa. El rasgo evolutivo más importante de las mujeres es la flexibilidad. Es gracias a esto que sobrevivimos. Cuando alguien inventó la frase «los hombres son así», dejamos de esperar nada de ellos. A raíz de eso los hombres pueden simplemente ser ellos mismos, y su repertorio ha quedado reducido a eructar y meter mano.

—Y a mentir y engañar —añade Eleanor.

Mi madre rumia esta información.

—¿Estáis diciendo que vuestro plan es un paso para la humanidad?

Reflexiono sobre esto por unos instantes.

—Sí —contesto—, un paso para la humanidad.

Entonces oigo una voz detrás de mí:

—Y también para Artie. —Es Elspa, que entra en la cocina—. Hurgar en el propio pasado es duro, pero también es importante.

Me alegro de ver a Elspa. Se ha estado esforzando mucho. No ha tirado la toalla. Sólo por esto merece estar con nosotras.

—Vamos, entonces —digo yo.

Las cuatro formamos un semicírculo amplio alrededor de la cama de Artie. Él duerme, pero incluso así su respiración suena algo agitada.

—Dejémoslo descansar —dice mi madre cogiendo a *Bogie* en brazos y acariciándole la cabeza con nerviosismo.

—Está cansado... —señalo yo. Me sorprende lo mucho que ha envejecido—. Así que vámonos. Ya hablaremos con él mañana.

Nos dirigimos a la puerta, pero entonces Artie abre los ojos, parpadea y nos mira una a una. Se incorpora apoyándose en los codos.

—¿Me he muerto y estoy en el cielo o siempre me veláis mientras duermo?

—Es de una chulería insoportable —murmura Eleanor.

144

—¡Ah, bueno, está claro que esto no es el cielo! A menos que tú sólo estés aquí de paso —le dice a Eleanor—. Creía que te habías ido.

—Me han pedido que me quede, y me han encomendado una misión especial.

—¿De verdad? —pregunta Artie—. ¿Cuál? ¿Asesinarme? No hace falta que te tomes la molestia. ¿No te has enterado? Me estoy muriendo.

—No —contesta Eleanor—, no se trata de un complot de asesinato, sino más bien de una despedida, si se le puede llamar así.

Artie se vuelve hacia mí.

—Lucy, ¿de qué está hablando?

—Tenemos un plan. Es lo que tú querías desde el principio, y Eleanor lo está supervisando —le explico en un tono de voz falsamente alegre.

—Para que conste, Artie —interviene mi madre, acariciándole las orejas a *Bogie*—, yo no estaba a favor de todo esto. Yo...

Le lanzo una mirada asesina y ella se calla enseguida.

—Hemos pensado que necesitas poner en orden tu pasado —explica Elspa—. Creemos que sería purificador para ti.

—¿Purificador? —repite Artie.

—Se refiere a tus amores —le explico—. Eleanor ha concertado visitas con ellas. Por lo visto, la gente se toma las cosas más en serio cuando quien los llama no es una borracha que los importuna a las tantas de la noche.

—¿En serio? —pregunta Artie, incorporándose en la cama, y se pone a meditar sobre lo que le decimos.

Me pregunto si eso es todo lo que tiene que decir. ¿No va a intentar escurrir el bulto? ¿La idea no le preocupa ni le produce angustia? Parece... complacido consigo mismo. De hecho, está sumamente complacido consigo mismo. Su reacción me produce algo más que repulsión.

—¡Bueno, qué detalle por su parte! No tienen por qué hacerlo, y aun así supongo que... ¡En fin, supongo que quieren hacerlo!

—En realidad lo estás deseando —le digo con cierta sorpresa.

Artie recupera la compostura.

—¡No, no! No lo estoy deseando. No es eso, sino que... bueno, resulta halagador...

Eleanor está que echa chispas.

—Perfecto, entonces. Empezaremos mañana.

—¿Quién viene mañana? —pregunta Artie con entusiasmo excesivo y una sonrisa de niño.

—¿Lo veis? —dice mi madre señalando a Artie, como si fuera una prueba presentada en un tribunal—. Os lo dije: perro viejo... gracias nuevas... ¡Es imposible cambiarlo! ¡Los hombres son criaturas delicadas!

—¿Perro viejo? —pregunta Artie, ofendido. Entonces mira a *Bogie* en busca de apoyo—. No la escuches —le advierte—. Lo que pasa es que la intimida nuestra masculinidad.

—Ya sabes a qué me refiero —dice mi madre—. Es una expresión.

—Me voy a casa —nos comunica Eleanor.

—¡No te vayas! —pide Elspa.

—¿El perro viejo soy yo? —pregunta Artie, bromeando.

—Será mejor que te portes bien —le susurra mi madre—. Yo soy la encargada del funeral. Quizá decida que te entierren vestido como Liberace. ¡Imagínate, llegar al cielo en un traje de terciopelo lila!

—¿O como al pobre *Bogie* aquí presente, el tristísimo marqués de Sade de los perros, con un elegante suspensorio? No seas cruel —dice Artie—. ¡Es muy poco favorecedor!

—Quédate con nosotras, Eleanor —pide mi madre, lanzando una mirada iracunda a Artie—. Tal vez Artie no cambie nunca, pero puede que valga la pena intentarlo.

146

—¡Por favor, quédate, Eleanor! —exclama Elspa.

Pero Eleanor no da su brazo a torcer.

—Buenas noches.

—¡Vamos, dame una pista! —exclama Artie—. ¿Quién viene mañana?

—Buenas noches... —dice Eleanor, renqueando hacia la puerta.

Su cojera, lejos de constituir una debilidad, parece una fuerza que la empuja hacia delante, como si su pierna dañada le proporcionara más impulso.

—¡Ya veremos si, cuando todo esto acabe, sigues siendo todo sonrisas, Artie Shoreman! Ya lo veremos. —Y sale dando un portazo.

—Siempre ha sido una histérica —comenta Artie.

Ahora también yo estoy que echo chispas. Se suponía que esto iba a hacerme sentir bien. Se suponía que me ayudaría a desquitarme. ¿Y si esas mujeres vienen a adorarlo? ¿Y si no le enseñan ninguna lección? Entonces, ¿qué? De repente, descubro que todo el plan se basa en suposiciones que podrían estar totalmente equivocadas.

—Tu hijo también vendrá —le digo a Artie—. Pero no me ha quedado más remedio que sobornarlo. Tendrás que darle todo tipo de explicaciones. —Lo digo con un dejo de odio.

Al oír esta parte del plan, Artie sí que se sobresalta; por la noticia en sí y, quizá también, por el tono de mi voz. De repente, se le ve nervioso.

—¿John?

—Encontré su nombre en la libreta, en la B, como me indicaste. Bessom.

—Mañana por la mañana tendré que darme un baño. La ocasión también requerirá un buen afeitado. —Se toca los pelos de la nuca y habla más para sí mismo que para nosotras tres—. ¿Estás segura? —me pregunta, y su expresión se suaviza ligeramente.

Tiene los ojos húmedos, brillantes y, por primera vez en mucho tiempo, me recuerda al hombre del que me enamoré: ansioso, enamorado, casi tímido. Y me da pena. Añoro tan desesperadamente esa faceta sencilla de Artie que mi reacción me pilla por sorpresa.

—John Bessom —murmura Artie—. Después de todos estos años... Mi hijo.

18

De vez en cuando en la vida, los mitos se hacen realidad. Siéntete agradecida por ello

Recuerdo a Jimmy Prather, un chico con el que salí hace tiempo y que mitificaba a sus ex. Estaba, por ejemplo, la glamurosa, que lo dejó para irse a Hollywood; la archifeminista, que se metió en política; la loca, que lo obligó a correr desnudo por la nieve como prueba de su amor imperecedero, y que llegó a ser una miniestrella en uno de los primeros *reality shows*. Yo no podía competir con esos mitos y, lo que era mucho peor, cuando me hallaba delante de él, allí mismo y en carne y hueso, notaba que me estaba mitificando. No duramos mucho juntos. Me pregunto si los amores de Artie llegarán a ser míticos. ¿Seré capaz de soportar un desfile de todas sus ex novias, una detrás de otra? Cuando se hayan ido, ¿descubriré un perfil psíquico en el que yo también encajo? ¿Me veré a mí misma reflejada en ellas?

Estoy pensando todo esto en mitad de la noche. Todavía no me he dormido. Con el fin de distraerme, repaso cronológicamente mi propia lista de ex amores, actividad que, dicho sea de paso, no es en absoluto recomendable si lo que en realidad deseas es dormir. Es como abrir la compuerta de una esclusa. Jimmy Prather sólo es el principio. Paso revista a unos cuantos chicos del instituto: algún que otro deportista, el batería de un grupo de medio pelo... y a los de la universidad: un chico que, después de romper conmigo, se convirtió un poco en acosador durante cierto tiempo; un estudiante de Económicas holgazán que, según supe más tarde, se hizo adicto a las drogas; y uno por el que yo estaba totalmente loca y que ingresó en el cuerpo diplomático. Después, una serie de desafortunadas decisiones antes de conocer a Artie: compañeros de trabajo, unos cuantos tíos que conocí en bares, dos propuestas de matrimonio falsas, uno con el que viví un tiempo récord de tres semanas...

No he sido ninguna joya. Vaya, que si me dijeran que tengo que verme cara a cara con varios de mis ex amores, quizá reaccionaría como Artie al principio, encantada de reencontrarme con ellos, como en un episodio de *Ésta es tu vida*. Pero ¿y si uno o dos (o más) tuvieran cuentas que ajustar conmigo? La razón por la que sólo viví tres semanas con aquel chico es que le fui infiel. Conozco la traición en todas sus vertientes. De acuerdo, no estábamos casados, no había realizado ningún juramento. Los pecados de Artie son peores, pero, aun así, mi historial no es inmaculado.

A continuación, me pongo a pensar en Artie, en nuestra sencilla rutina de rosquillas y periódicos de los domingos por la mañana; en nuestra forma de celebrar el primer día cálido de primavera, emborrachándonos por la tarde, después del trabajo; en el día que me llevó de pesca y yo cogí una trucha enorme...

Hacia las cinco de la madrugada me duermo, sintiéndome vagamente culpable, y sueño que estoy atrapada bajo tierra, con un periódico, unas rosquillas y un mapache enfadado que lleva puesto mi reloj.

Me levanto tarde, todavía un poco adormilada. Me pongo unos tejanos y una camiseta y voy a la cocina, donde encuentro a Eleanor organizándolo todo con una profesionalidad un poco demasiado brusca, tablilla sujetapapeles en mano. Mientras tomo el desayuno, preparado por mi madre, quien sigue ajetreada en la cocina, suena el timbre de la puerta.

—¡Voy yo! —grita Eleanor, y corre hacia la puerta. Oigo que invita a una mujer a entrar en el salón y le dice que se ponga cómoda. A continuación, la acribilla a preguntas, y me quedo de una pieza.

—¿Has traído armas? ¿Algún tipo de veneno? ¿Explosivos?

La mujer titubea, pero después contesta con un indignado «no» tras otro. Entonces Eleanor le dice que alguien (supongo que la propia Eleanor) estará presente en su encuentro con Artie. Durante toda la conversación, Eleanor habla con una amabilidad forzada, como una ayudante de ginecólogo o la secretaria de un terapeuta.

Mientras me vienen de nuevo a la cabeza las imágenes que cruzaron por mi mente la noche anterior —el mapache, el desfile de mis ex en contraste con las de Artie (en la versión actual, algunas van armadas)—, mi madre me explica que hoy le ha dado el día libre al enfermero y que Elspa está arriba, ayudando a Artie a arreglarse. Mi madre está fregando la sartén en la que me ha preparado los huevos fritos. Pero no puedo comérmelos. Los muevo de un lado a otro por el plato. Es demasiado temprano para sentir la primera punzada de celos del día —Elspa está cuidando a Artie otra vez—, así que reprimo de golpe esta sensación. «Deja que ella lo prepare para sus citas», me digo. Pero entonces me imagino a Artie dándose palmaditas en las mejillas con la colonia, y el cuello se me pone rígido.

Eleanor aparece durante el tiempo suficiente para abrir su móvil, pero entonces el timbre vuelve a sonar y ella se aleja a toda prisa con la tablilla sujetapapeles. Cuando regresa para llevarse una bandeja con café, vasos de plástico, crema y sobres de azúcar, dice:

—La de las diez y media ha llegado temprano, y la de las nueve y media quiere que cancelemos su cita.

Yo la miro con fijeza y ella enseguida se da por aludida.

—Mi marido era ortodoncista y yo le llevaba la agenda. Es mi profesión —me explica.

Mi madre y yo asentimos con la cabeza.

—¿Y también has trabajado en el aeropuerto? ¿En seguridad? —le pregunto.

Eleanor parece confundida.

—No —responde.

—Creo que la retahíla de preguntas acerca de si van armadas resulta... bueno, algo excesiva. Casi como si las desnudaras para cachearlas.

—¿Les vas a confiscar la pasta de dientes y los cortaúñas? —le pregunta mi madre, que lo está pasando bomba.

—Sólo pretendía ser precavida —asegura Eleanor—. Bien sabe Dios que todas hemos deseado matarlo en uno u otro momento, así que...

—Creo que podemos omitir la lista de preguntas —le digo—. Yo estoy dispuesta a correr ese riesgo.

—Por mí, bien —contesta ella.

El móvil de Eleanor suena, y ella deja enseguida la bandeja para responder a la llamada.

Entonces veo la situación con claridad. Dos de las ex amantes de mi marido están sentadas en mi salón, esperando para verlo, y soy yo quien las ha hecho venir. ¿Para darle a Artie algún tipo de lección antes de que se muera? ¿Qué protocolo debo seguir? ¿Me presento? ¿Les llevo la bandeja con el café? ¿Les ofrezco bombones? ¿Una barrita de chicle?

En cualquier caso, tengo que verlas en persona. Siento la imperiosa necesidad de intentar comprender por qué han decidido venir y qué tienen que decirle a Artie. Y, desde luego, también está la cuestión de si sus amores responden o no a un perfil y si yo encajo en él.

Las dos mujeres están sentadas en el sofá, una al lado de la otra, con la ventana saprediza a su espalda. Una de ellas, una morena con unas piernas largas e impresionantes, hojea un ejemplar de *People*, como si estuviera en una sala de espera de verdad. ¿Lo habrá traído ella? ¿Ha comprado Eleanor revistas como muestra de cortesía? Tengo la sensación de que debería haber una pecera y una recepción con una ventanilla corredera.

No puedo acercarme a ellas. Doy media vuelta de golpe y subo las escaleras. Iré a ver cómo está Artie.

Ya de entrada, lo huelo desde las escaleras. Loción para después del afeitado y colonia; su favorita, una colonia de olor intenso, con un toque de naturaleza salvaje y de tenista profesional. Me preparo. Estará totalmente acicalado. Lo sé. De hecho, cuando entro en la habitación, me encuentro con algo peor de lo que había imaginado. Artie está sentado en la cama, con todos los almohadones tras la espalda. Su pelo, negro y rebelde, está cuidadosamente despeinado e impregnado de gomina. Artie está mirando por la ventana. Seguro que lo único que alcanza a ver son las copas de los árboles. Tiene un aire nostálgico. De hecho, puede que la cosa sea todavía peor: está practicando para tener un aire nostálgico.

—¿Llevas un batín? —le pregunto.

Él no me mira. Quizá se sienta un poco avergonzado.

—Es una bata. No quiero estar aquí sentado en pijama.

—Pues parece un batín —le digo yo. Y es cierto. Es negro y brillante, tal vez incluso aterciopelado. ¿De dónde habrá sacado una cosa así?—. También podrías vestirte.

—Demasiado esfuerzo —me contesta, como si hubiera escatimado esfuerzos para arreglarse.

Entonces caigo en la cuenta de que está nervioso. Allí sentado, me recuerda a un adolescente atildado y listo para asistir

al baile de fin de curso y, cómo no, está explotando su atribu-
to más reciente, a saber, su condición dramáticamente heroica
de hombre que se enfrenta a la muerte.

—Quieres decir que es demasiado esfuerzo para alguien
que se está muriendo, ¿no? Tienes que estar bien caracteriza-
do para tu papel, ¿no?

—Me estoy muriendo de verdad —protesta él, un poco a
la defensiva—. No estoy fingiendo.

Durante un breve segundo, quiero creer que miente, que
se ha inventado todo este asunto de que se muere sólo para
poder vivir un momento como éste: el batín, sus amores... No
es así, claro. Artie es vanidoso. Quizás ésta sea su mayor debilidad, su necesidad de que lo adoren. ¿Acaso yo no lo adoraba lo suficiente? ¿Podría alguna otra persona haberlo adorado lo suficiente? El deseo de propinarle una bofetada crece en
mi interior con tanta rapidez que me sobrecoge.

—Así que quieres disfrutar con tu interpretación, ¿no?

—Me gusta complacer a las multitudes —dice Artie, mirándome ahora—. Les doy lo que ellas quieren. Además, ya
sabes que no todo el mundo tiene la oportunidad de representar este papel. A algunas personas las atropella un autobús y
ya está. Sin escenas de despedida ni nada.

—Yo de ti me quitaría el batín —le aconsejo—. Así pareces un poco desesperado, como mi madre con su vestido amarillo y escotado.

—No es un batín —replica Artie—. ¡Es una bata!

—Lo que tú digas.

Salgo de la habitación y bajo las escaleras. Me molesta que
Artie quiera ver a todas esas mujeres. No esperaba que le hiciera tanta ilusión. ¿No podría, al menos, haber fingido cierto
desinterés, por mí? Lo que me molesta no es tanto la posibilidad de que estas mujeres hagan justo lo contrario de lo que yo
quiero, que lo arruinen todo mostrando todavía más adoración hacia Artie. El verdadero problema es que, incluso aho-

ra, tengo la sensación de que todavía no soy suficiente para Artie. Su corazón sigue sin ser mío del todo.

Sin embargo, el hecho de que él esté nervioso me infunde mayor seguridad. Quiero una compensación, una buena dosis de venganza. Quiero que Artie pague, de una vez por todas, por lo mal que ha tratado a las mujeres, que acepte la responsabilidad de sus actos. Me detengo por unos instantes al pie de las escaleras, cruzo el vestíbulo a toda velocidad y entro en mi salón, vestida con tejanos y camiseta, sin nada de maquillaje, con la mano extendida, lista para saludar.

—Hola, soy la mujer de Artie —anuncio.

La morena de piernas impresionantes deja caer la revista en su regazo y me mira con expresión de sorpresa. La otra mujer es menuda, con una melena rubia y un flequillo ralo. Estaba mirando hacia las escaleras, y la he sobresaltado.

—¡Oh! —exclama mientras se lleva la mano al pecho—. No esperaba verte.

Nadie responde a mi intento poco entusiasta de estrecharles la mano, así que la meto en el bolsillo trasero de mis pantalones.

—¿Artie está casado? —pregunta la morena de piernas impresionantes, perpleja.

—¿No lo sabías? —le pregunta la rubia.

—¿Y tú cómo lo sabías? —pregunto yo.

—Ah —contesta la rubia—. Lo mencionó la mujer que me telefoneó.

La morena sacude la cabeza y me mira de arriba abajo sin el menor disimulo.

—Así que por fin sentó la cabeza.

Me desagrada la forma en que ha recalcado la palabra «sentó», y hay un «por ti» implícito que no me gusta nada. De repente me arrepiento de no haberme arreglado, de no ir completamente maquillada y con tacones. Mi madre habría desplegado toda la artillería pesada para una ocasión como ésta. Y seguramente habría hecho bien. Se suponía que no ir arreglada era una manifestación de confianza en mí misma, como decir: «No necesito acicalarme para competir con todas vosotras. Esa competición hace tiempo que acabó y, por si lo habíais olvidado, gané yo.» Sin embargo, me siento dejada, vulnerable, el premio de consolación. ¿Me eligió Artie entre todas esas mujeres porque yo representaba algo seguro aunque, en el fondo, él deseaba algo más peligroso?

—Me alegro de conocerte —dice la rubia intentando suavizar la tensión del momento—. ¡Aunque lo lamento tanto...! Me refiero a las circunstancias.

Los ojos se le humedecen y me preocupo por ella. ¿Va a echarle a Artie una bronca descomunal o más bien entrará en su habitación para llorarle?

—¿Que lamentas las circunstancias? —pregunta la morena—. Artie ha tenido suerte de llegar hasta aquí. Ha tenido suerte de que no le pegaran un tiro mientras estaba en la cama con la esposa de otro. —Me lanza una mirada—. No te ofendas —me pide, aunque no estoy segura de si lo dice por mi condición de esposa de Artie o sólo de esposa en general—. ¿Cuándo os casasteis Artie y tú? —me pregunta.

—¿Cuándo salías tú con Artie? —replico yo.

—Hace diez años —responde—, pero sigue cabreándome.

—Artie puede producir ese efecto —comenta la rubia y añade—: Bueno, estoy segura de que es un marido estupendo, pero como novio era un desastre. Bueno, si no eras su favorita.

—¿Cómo te llamas? —le pregunto a la rubia.

—Primavera Melanowski —contesta ella.

—¿Primavera? —repito yo.

«¿Cómo en "Pájaro de Primavera"?», siento deseos de preguntarle.

—Nací en abril —explica, y entonces sus ojos vuelven a arrasarse en lágrimas—. Cuando vea a Artie, no quiero parecer demasiado sorprendida si su aspecto es muy... bueno, diferente. Es decir, si su aspecto es muy enfermizo. O sea, ¿se nota mucho... ya sabes, se nota que está...?

Este arrebato de emoción me hace pensar que Artie es para ella una herida reciente. ¿Muy reciente?

—Artie tiene un gran sentido de la teatralidad —comento yo—. Estoy segura de que se animará por ti. —Y, entonces, como se produce otro momento incómodo, agrego—: ¡Ya conoces a Artie!

Craso error.

La rubia asiente con nerviosismo. Y la morena me sonríe como diciendo: «Desde luego que sí.» De repente, el pecho me arde de celos y me siento más que un poco violenta. Estas dos mujeres conocen a Artie. Cada una de ellas lo conoce de una forma íntima y privada. Conocen aspectos suyos que yo nunca llegaré a conocer. Ahora sé que todas esas mujeres tienen pedazos de Artie... Y el pedazo de Primavera Melanowski pudo acabar con mi matrimonio. Al menos antes tenía la ilusión de que él era mío por completo, pero ahora es inútil seguir engañándome a mí misma.

La rubia rompe a llorar de nuevo, lo que exaspera a la morena de piernas impresionantes y, lo que es más importante, me exaspera a mí.

—Mira, querida, yo sé por qué estoy aquí —dice la morena y le pregunta en tono acusador a la rubia—: ¿Tú sabes por qué has venido?

Se masca la tensión, y me pregunto si la rubia se va a derrumbar. ¿Por qué ha venido? Todas estas mujeres tienen una equis junto a su nombre. Todas terminaron mal con Artie. La rubia saca un pañuelo de papel de su bolso. Se suena la nariz y se aparta el flequillo de los ojos sacudiendo la cabeza. La morena y yo esperamos su respuesta. ¿Contestará a la pregunta? La rubia dirige la vista hacia mí y después hacia la morena. Habla en un tono duro.

—Ya podéis estar seguras de que sé por qué estoy aquí —afirma.

No me había dado cuenta hasta ahora, pero me he ido encorvando hacia las dos mujeres sentadas, y ahora retrocedo un poco. Me desestabilizo y, para compensar la inclinación hacia atrás, doy un paso al frente y me golpeo la espinilla contra la mesa en la que he dejado la bandeja del café. Las cucharas tintinean. Me doblo hacia delante y me apoyo en la mesa.

—¡Coño! —exclamo.

En este momento me percato de lo que he hecho. He reunido a los lobos y los estoy enviando, uno a uno, contra Artie. ¿Eso es justo? Miro a Primavera (¿Pájaro de Primavera?). Sí. Es justo. Estas dos mujeres son sensatas, cada una a su manera. Él se portó mal con ellas, que merecían algo mejor. ¡Yo merecía algo mejor! Me pregunto si no estaré enviando a estas mujeres a hacer mi trabajo sucio. ¿Por qué no quiero enfrentarme a Artie? ¿Tengo miedo de flaquear, de derrumbarme? Pero ¿qué precio tendré que pagar por este miedo? Es posible que haya organizado este desfile de amores tanto por Artie como por mí. Quizás, en cierto sentido, lo he organizado con la esperanza de que el dolor de ver a todas estas mujeres hiciera que me resultara más fácil despedirme de él.

—¿Te encuentras bien? —pregunta la rubia.

—Te va a salir un moretón —comenta la morena.

—Estoy bien —les aseguro—. Gracias por venir. Servíos café.

No sé cómo realizar una salida airosa. No sé qué se supone que debería hacer a continuación, pero no cavilo sobre ello durante mucho tiempo. Me salva el timbre de la puerta. Tengo que ganar a Eleanor por la mano. Me disculpo ante las dos mujeres y corro hacia la puerta, pero me detengo justo antes de llevar los dedos al picaporte. Siento náuseas porque no quiero conocer a otro de los amores de Artie, a otra mujer que lleve su ejemplar de la revista *People* y su versión personal y secreta de Artie a mi salón.

Pero tengo que abrir la puerta. Estoy frente a ella. ¿Qué más puedo hacer?

La abro con la mirada clavada en el suelo, aunque deseando alzarla.

Entonces oigo una voz masculina.

—He venido —dice la voz.

Y ahí está John Bessom. Se desliza la mano por el pelo rubio, atusándoselo por arriba y, acto seguido, se remete el faldón de la camisa en los pantalones. De repente, me parece increíblemente joven, nervioso como un niño.

—Has venido —digo yo, profundamente aliviada.

Él mira en torno a sí.

—Lo sé... —musita, inclinándose un poco hacia mí—. Acabo de decirlo yo mismo.

Estoy un poco desorientada. Su camisa es tan azul... Hace un día fresco, y el jardín está tan verde... Ahí fuera hay todo un mundo.

—¿Me vas a invitar a entrar? —pregunta John.

—No —le contesto.

Por un instante, se queda desconcertado.

—La agenda de Artie está llena —aclaro. Miro por encima de mi hombro—. Gracias de nuevo —le digo a la morena—, por venir. —Entonces me dirijo a la rubia señorita Melanowski—: Te veo luego, Pájaro de Primavera.

Ella se vuelve hacia mí bruscamente, con una expresión de sorpresa, un gesto inconfundible que significa: «¿Cómo lo has sabido?»

Poso la mirada en John.

—Larguémonos.

19

¿Por dónde debe empezar un recorrido turístico? Por el corazón

John conduce. Ha bajado la ventanilla. En el interior del coche sopla un aire racheado y cálido. Le he pedido que ponga rumbo al centro, así que circulamos por la autovía número 30. Casi todo lo que tengo que mostrarle sobre Artie se encuentra en el centro: el Southside, donde pasó su infancia; el hotel en que trabajó por primera vez, como botones; la universidad de Pensilvania, donde le gusta decir que estudió (hace poco me confesó que, en realidad, sólo había asistido a unas cuantas clases nocturnas allí, una sobre historia del arte y otra sobre cómo hablar en público); el lugar donde nos conocimos y aquel al que fuimos en nuestra primera cita. Disfruto el trayecto, reclinada en el asiento y con la nuca apoyada en el reposacabezas.

—Debería empezar a hablar, ¿no? —digo yo—. Después de todo, soy tu guía. Debería decir: «A tu izquierda, puedes ver... y a tu derecha, fíjate en...» Pues la verdad es que ignoro muchas cosas de Artie. Esto es algo que he descubierto ahora.

Pienso en la sonrisita de la morena de piernas impresionantes y en el gesto intranquilo y afirmativo que hizo la rubia con la cabeza.

—Entonces cíñete a lo que sabes.

—De acuerdo. Nos conocimos en un velatorio en un bar irlandés que tenía el ingenioso nombre de El Pub Irlandés.

—¿En un velatorio? —pregunta John—. Resulta un poco morboso.

—Un hombre llamado O'Connor había muerto. Artie lo conocía de cuando era niño, y yo conocía a su hermana del trabajo. El velatorio fue muy bonito. La gente se reía y lloraba y bebía y daba grandes discursos. Artie contó una historia, una historia preciosa sobre cómo aquel hombre había perdido la mascota de su hija, un conejo, y cómo Artie y él se pasaron toda una tarde y parte de la noche borrachos, intentando cogerlo. ¡Artie lo contó con tanta gracia...! Gira por aquí.

»Fui yo quien me acerqué a él. Yo estaba como una cuba. Le di mi tarjeta y le dije que quería contratarlo para que pronunciara un discurso fúnebre en mi velatorio. Él me dijo que cobraba mucho, pero que llegaríamos a un acuerdo. Tuerce por aquí. Creo que está a la vuelta de la esquina.

John aparca frente al bar, al otro lado de la calle. Es un establecimiento típico, sencillo. No tiene una placa en la entrada que diga: «Lucy y Artie se conocieron aquí.»

—¿Quieres entrar? —pregunta John.

—Es un bar irlandés. No. Ya te haces una idea.

—Siempre he pensado que los panegíricos dedicados a los difuntos se hacen demasiado tarde —explica John—. La gente debería recibir los homenajes mientras todavía está viva. Debería ser obligatorio.

Reflexiono por un instante en lo que ha dicho.

—Sin ataúdes —digo—. Sin coronas de flores...

—Sin productos para embalsamar —continúa John.

—Sin directores de funeraria ni entierros prefabricados.

—Todo eso puede venir más tarde, pero todo el mundo debería tener la oportunidad de oír los elogios. Sólo lo bueno.

—Tienes razón. Supongo.

—¿Lo atraparon? —pregunta John.

—¿Si atraparon el qué?

—Al conejo.

—¡Ah, el conejito! Sí, atraparon al conejito, y estaban tan contentos y bebidos que se echaron a llorar. Los dos juntos, dos hombres adultos con un conejito blanco, llorando a lágrima viva.

—Me gusta esa historia. —John para el coche en un semáforo en rojo y mira a ambos lados—. ¿Hacia dónde?

«¿Hacia dónde?»

Mi primera cita con Artie: el corazón.

El Corazón Gigante es tal y como yo lo recuerdo: enorme, de plástico rojo y morado, tan alto como una casa de dos plantas y con arterias y venas grabadas. Sin embargo, ahora es más grande y ancho. ¿Se habrá hinchado? Hacemos cola detrás de los niños y sus padres. Se oyen gritos de chiquillos, amortiguados cuando proceden del interior del corazón, pero estridentes cuando vienen de fuera. Las criaturas tiran de las manos de sus padres y, en su mayoría, rodean el corazón y vuelven a colocarse en la cola.

—Cuando era niño, Artie vino con el colegio al Instituto Franklin, en una salida cultural, pero el corazón estaba cerrado. Según les explicó el profesor, lo estaban operando.

—¿El corazón lleva aquí tanto tiempo?

—Desde los años cincuenta. Se suponía que iba a ser una exposición temporal y, al principio, estaba hecho de cartón piedra, pero se hizo tan popular que lo fueron remodelando y mejorando. Fue entonces cuando vino la clase de Artie, durante una de esas remodelaciones. Pudieron verlo, pero no entrar. Por eso Artie me trajo aquí en nuestra primera cita.

Recuerdo que me contó la historia justo aquí, mientras hacíamos cola. Los niños gritaban, pero él se colocó justo detrás de mí y me susurró la historia al oído.

—Artie sabía que sus padres no lo traerían cuando volvieran a abrir el corazón. Sabía que aquélla sería su única oportunidad, así que dejó que los niños de su clase continuaran el recorrido por el museo y él se retrasó, fingiendo atarse el zapato. Después corrió hacia la zona acordonada.

—¿Llegó a entrar en el corazón?

—No. Yo también se lo pregunté. Estaba demasiado asustado. Creo que sólo quería tocarlo, para ver si latía. Puso las manos sobre el corazón y apoyó la oreja en él, como un médico. Pero el corazón no era de verdad.

Nos ha llegado el turno de entrar. Subimos las estrechas escaleras que forman la arteria principal que conduce al corazón. Los efectos sonoros nos indican que está latiendo, bombeando sangre. Los tortuosos pasillos están en penumbra. Artie me besó aquí. Fue nuestro primer beso. Pero esto no se lo cuento a John. Recuerdo que Artie me acarició la mejilla y yo volví la cara hacia él. La pausa. El beso. Pero incluso este recuerdo está ahora preñado de dudas. ¿Es cierto que Artie se separó de los otros niños de su clase para ver si el corazón era real? Y, si fue así, ¿a cuántas mujeres sedujo en este corazón, o quizás incluso en la misma cámara? ¿Mi pequeña Pájaro de Primavera Melanowski ha estado aquí? Me doy cuenta de que éste es, precisamente, el tipo de cosas que tengo que contarle a John. Él no conoce la verdad acerca de Artie, y yo estoy aquí para revelársela. Pero no puedo. No es el lugar ni el momento.

Una avalancha de niños especialmente ruidosos y vestidos todos con la misma camisa escolar azul se abre paso alrededor de mí por el ventrículo derecho. El espacio es demasiado pequeño, demasiado reducido para tanta gente. Estoy lista para irme. ¿Para qué entretenerse? Vuelvo la vista atrás, pero John no está. Entonces avanzo, siguiendo el flujo de la multitud por las distintas recámaras hasta llegar, por fin, al exterior.

De nuevo echo un vistazo en derredor, pero John no está por ningún lado. Empiezo a preocuparme. Me pregunto si habré perdido al hijo de Artie. Me recuerdo a mí misma que es un hombre adulto, no un niño de cinco años.

Regreso a la cola, que ahora avanza con rapidez. Cuando vuelvo a estar dentro, llamo a Artie, al principio en voz baja y después un poco más alto. Una vez más, estoy donde Artie me besó por primera vez, el lugar que siempre había considerado el de nuestro primer beso. ¿Con cuántas mujeres lo habré compartido? ¿Cómo es que, cuando alguien ha demostrado falta de sinceridad una vez, todo lo relacionado con él queda enturbiado por la duda? ¿El corazón está latiendo más fuerte, o es mi propio corazón el que me palpita en los oídos?

—¡John! —grito—. ¡John Bessom!

Desearía conocer su segundo nombre. De ser así, lo llamaría por su nombre completo.

Apoyo una mano en la pared de plástico para estabilizarme y avanzo a contracorriente, pasando de una cámara a otra. Me quedo allí, recuperando el aliento mientras escudriño a la muchedumbre, y entonces una oleada de alivio y alegría recorre mi cuerpo cuando lo localizo. Me sorprende lo intensa que es esta sensación, como si, por un momento, hubiera creído que él se había perdido de verdad y que jamás volveríamos a vernos.

Está en una de las cámaras, con una rodilla hincada en el suelo, junto a un niño que llora con la cara brillante de mocos. Es un crío pequeño, con una camisa blanca manchada de mostaza.

—Ella volverá a buscarte —le asegura John—. Te ha dicho que, si te perdías, te quedaras donde estabas, así que nos quedaremos aquí. Este corazón es muy grande. Debía de pertenecer a una persona enorme, ¿no crees?

Parece tan seguro de sí mismo aquí, con este niño perdido y sucio... Y las personas que saben tratar a los niños tienen algo, ¿no es cierto? Las personas que ven a los niños como a seres humanos, que enseguida recuerdan lo que era vivir en ese mundo de niños, tienen algo. No le habla al chiquillo con voz cantarina ni con una dulzura forzada, sino con naturalidad, ocupándose de él, distrayéndolo para que se tranquilice. El niño mira hacia arriba, al corazón. Por un instante deja de llorar. Entonces me doy cuenta de que esto es lo que yo quiero para mí, que me encuentren, que me cuiden. Quizá sea lo que todos queremos. ¿Se puede pedir algo más?

—John Bessom —digo como si pronunciara su nombre por primera vez.

Él levanta la vista.

—Nos habíamos perdido —explica John—. Pero mira —le dice al niño—. A mí ya me han encontrado. A ti también te encontrarán.

Entonces el niño grita:

—¡Mamá!

Y, por un momento, creo que va a lanzarse a mis brazos. Incluso me preparo para recibirlo, pero él pasa corriendo por mi lado. Una mujer con el cabello recogido en una cola despeinada lo estrecha contra sí, y el niño se abraza a sus piernas.

—Está bien —dice la mujer—. Ya pasó. Todo está bien.

John me mira. Por su expresión deduzco que debo de tener la cara algo desencajada. Él parece un poco preocupado, pero entonces sonríe y me tiende una mano.

—¿Quieres tomarme de la mano para que no vuelva a perderme?

Me entran ganas de responderle: «¡Sí, sí! En estos momentos, eso es lo único que quiero. Lo único.» Lo cojo de la mano y él me guía hasta que salimos del corazón.

John me deja en casa y recibo de golpe un informe espontáneo sobre la marcha de nuestro plan. Elspa, Eleanor y mi madre están aquí, comiendo pita con queso Brie calentada

165

en el horno y bebiendo vino de unas copas que nos regalaron a Artie y a mí por nuestra boda. A *Bogie* lo han dejado en casa, supongo.

—Han venido tres divorciadas, dos viudas y una soltera —explica Eleanor consultando la lista—. Había una abogada muy emotiva, una ex bailarina de *striptease* de voz suave que está aprendiendo el lenguaje de signos, una profesora de ruso pechugona...

—¿Artie habla ruso? —me pregunta Elspa buscando, como siempre, cualidades en Artie—. ¡No lo sabía!

—Bueno, en una ocasión le oí decir la palabra *cigarietta* que, según él, era rusa...

—La rusa fumaba —interviene mi madre con desaprobación y cierto temor en la voz que, si lo interpreto correctamente, denota su arrepentimiento por haber dejado entrar a una comunista en mi casa—. Se ha pasado la mayor parte del tiempo en el porche delantero, apagando colillas en una maceta.

—¿Artie llevaba puesto el batín de terciopelo? —pregunto yo.

—¿El batín de terciopelo? —repite Eleanor—. No, sólo llevaba el pijama.

—¿Artie tiene un batín de terciopelo? —pregunta mi madre, algo impresionada.

—¿Qué es un batín? —pregunta Elspa.

—Una bata pequeña que llevan los caballeros elegantes —intenta explicarle mi madre.

—Pues a mí la bailarina de *striptease* me ha gustado —comenta Elspa—. Está haciendo prácticas en un colegio para sordos para ver si le gusta trabajar allí.

—Pues a mí quien me ha caído muy bien es la llorona —afirma mi madre—. Se ha quedado a tomar un té.

—¿Primavera Melanowski? —le pregunto.

—¿Melanowski? —pregunta Eleanor mientras comprueba sus anotaciones en la tablilla sujetapapeles—. Extraña mujer. Se ha ido antes de que le tocara el turno, murmurando que tenía otra cita o algo así.

—¿De verdad? —pregunto—. Bien.

Quiero y no quiero enterarme de cosas relativas a las mujeres de Artie. Me siento como cuando era niña y veía una película de terror, tapándome los ojos pero al mismo tiempo mirando entre los dedos. ¿No quiero saber a quiénes dejó él y quiénes lo dejaron a él? ¿No quiero conocer los detalles? ¿El qué, el cómo y el porqué de que la relación fracasara? No. En realidad, no. Creía que tendría estómago para soportarlo, pero no lo tengo. Todas esas mujeres me inquietan un poco. Quiero que sean menos atractivas que yo, más débiles y amargadas, para poder darme el gustazo de desdeñarlas, pero también sé que yo pertenezco a este club, el club de las mujeres de Artie, así que no quiero que sean demasiado poco atractivas, débiles y amargadas.

—Creo que no deberíamos confraternizar demasiado con las personas individuales. Lo que buscamos aquí es un efecto acumulativo —asevera Eleanor—. No perdamos de vista la meta, el objetivo a largo plazo. Lo realmente importante es...

—Espera —la interrumpo yo—. Espera un segundo. ¿Y qué hay de Artie? ¿Qué hay de nuestro objetivo? ¿Se lo ve arrepentido?

—Está durmiendo —dice Elspa.

—¿Parece...? ¿Ha mencionado...? —No estoy segura de qué clase de pregunta quiero formular.

—Mira —responde Eleanor—. Hoy es el primer día. Esas mujeres, incluso las que dejan las colillas en las macetas, quizás ellas más que nadie, causarán un efecto. En general, tengo confianza en las mujeres a quienes han dejado plantadas.

Mi madre está preocupada por mí. Tiene las facciones contraídas, y éste es uno de esos momentos extraños en los que te ves reflejada en el rostro de tu madre. Pero pasa enseguida, es como ver un fantasma de ti misma en otra persona.

—Lucy, cuéntanos cómo te ha ido el día con el hijo de Artie.

—He programado un encuentro de media hora entre él y Artie para mañana por la mañana —informa Eleanor, como de pasada.

—Eso hará feliz a Artie —comenta Elspa, intentando compensar la indiferencia en el tono de Eleanor.

—Elspa ha estado trabajando en lo de sus padres —me comunica Eleanor.

—No es fácil —asegura Elspa.

—Mañana, tú y Lucy podéis repasar el tema juntas —le indica mi madre a Elspa, olvidándose de su pregunta acerca de John Bessom—. Ella lo solucionará todo.

—La primera cita es la del hijo de Artie, antes del mediodía, y después le toca a una mujer que viene desde Bethesda... —sigue explicando Eleanor.

La conversación ha vuelto a animarse, y yo me siento cansada. Se oyen demasiadas voces. Murmuro que me voy a la cama y salgo de la habitación.

Pero mi madre me sigue y me alcanza en el vestíbulo.

—¿Te encuentras bien? —me pregunta—. ¿Todo esto es demasiado para ti? Si lo es, podemos cancelarlo.

—Todo esto... La vida misma es demasiado para mí —le contesto—. La muerte de Artie es demasiado para mí. ¿Puedes cancelarla?

Ella sonríe con tristeza y niega con la cabeza.

—Voy arriba a ver respirar a Artie —le digo.

Quiero saber si sus pulmones siguen bombeando aire.

Mi madre asiente y me contempla mientras subo las escaleras.

La habitación de Artie sigue oliendo un poco a colonia. Me siento en un sillón y doblo las rodillas contra mi pecho. No sé quién más se ha sentado aquí hoy ni qué tenían que decirle a Artie esas mujeres ni qué tenía él que decirles a ellas. Podría despertarlo de una sacudida, decirle que he conocido a Pájaro de Primavera e interrogarlo acerca de la morena, pero decido no pensar en eso ahora.

Su rostro está relajado. Respira con suavidad. El batín de terciopelo no está a la vista. Me acuerdo de una de las notas que me escribió, una de las que están apretujadas en el cajón de mi mesita de noche. No recuerdo qué número es. Decía: «Por la forma en que tus dulces labios se juntan y resoplan a veces mientras duermes.» Creo que, cuando éramos pareja, nunca observé a Artie mientras dormía, pero él sí que me observaba a mí. Su amor va acompañado de una profunda atención, una atención viva e intensa. ¿Me quiere de verdad? ¿Podía quererme y al mismo tiempo serme infiel? Siento que, como mínimo, me debe más amor para compensar su traición. Está en deuda conmigo.

Entonces me acuerdo de John Bessom, de cuando estábamos en el coche, frente al bar. Todo el mundo debería tener la oportunidad de oír los elogios dirigidos a ellos. ¿Acaso las notas de Artie no son una especie de canción de amor? ¿Y los mejores discursos en honor de los difuntos no son, también, una especie de canción de amor? ¿Y qué demonios diré yo sobre Artie cuando llegue el momento?

20

No confundas a tu amante con un salvador

Todos los días son diferentes, pero la línea divisoria entre uno y otro empieza a desvanecerse. Cada una de nosotras adopta un ritmo extraño. Con frecuencia hay mujeres en el salón, bebiendo café que Eleanor les ha llevado en una bandeja y comiendo galletas caseras que mi madre no ha podido evitar preparar. Se debe a su público.

¡Y menudo público tiene!

Los amores de Artie no se ajustan a ninguna pauta, al menos a ninguna pauta clasificable. Cubren toda la gama. Algunas son guapas, tontas y escandalosas. Otras son refinadas y elegantes. Las hay tímidas, joviales, descaradas... Visten con rebecas de punto y zapatos cómodos; camisetas que dejan al descubierto el ombligo y zapatos de tacón alto.

Si las clasificara sólo en función de su actitud ante las galletas, lo explicaría más o menos de esta forma: unas las mordisquean con refinamiento, otras las rechazan y se quejan de estar a dieta, más de una se zampa tantas como puede y envuelve otras tantas en una servilleta que luego se guarda en el bolso.

Bogie está encantado con ellas. Aunque no tiene testículos, se bambolea por la habitación pidiendo trocitos de galleta, lamiendo piernas desnudas, reclamando atención. En una ocasión, se tiró un bolso largo y cilíndrico, no muy distinto de una perra salchicha.

Me alegro de que Pájaro de Primavera fuese de las primeras en venir y se haya marchado ya. Así no tengo que intentar averiguar cuál de ellas es, aunque debo reconocer que me tienta preguntarles a todas qué opinan de los ascensores.

A algunas no las olvidaré nunca.

LA SEÑORA DUTTON

Es una señora mayor. Mayor de verdad. Tiene el pelo cano, las manos huesudas y unos zapatos de cordones con suela gruesa de goma. Pero por debajo del olor a ungüento para la artrosis se percibe un toque de perfume peligroso.

Le formulo unas cuantas preguntas.

—¿Y de qué conoces a Artie?

—Era su profesora de álgebra del instituto —dice ella, y se presenta como suelen hacerlo las profesoras—: Soy la señora Dutton.

Tengo la sensación de que se va a poner de pie y a caligrafiar su nombre con letras grandes en una pizarra.

—Ah —respondo—. ¿Y lo conociste bien?

Ella sonríe con actitud paciente y asiente.

—¿Te has mantenido en contacto con él a lo largo de los años?

—No mucho —contesta ella—. Él no le caía bien a mi marido.

Deduzco que el marido es la razón de que el nombre de la señora Dutton tenga una equis junto a él. Sí, a veces los maridos pueden hacer de un idilio algo realmente embarazoso.

—Comprendo —digo yo.

—No creo que lo comprendas del todo —replica ella—, pero no pasa nada.

Me da una palmadita en la rodilla y me guiña el ojo.

MARZIE, LA DEL CASCO DE MOTO

Poco después de irse la señora Dutton, llega una lesbiana. Mi madre, tras abrirle la puerta, entra en la cocina y nos susurra a Eleanor y a mí:

—La siguiente mujer que viene a ver a Artie es... bueno, un poco machota. Lleva un casco de moto y una camisa de hombre sin mangas. —Mi madre está tan alterada que tiene que lavarse las manos y sentarse un rato.

Yo me ofrezco a llevarle las galletas a la mujer.

Resulta ser muy amigable. Se llama Marzie. Ha venido en moto desde Nueva Jersey. Artie hace tiempo que no la ve.

—Estoy deseando darle una sorpresa —me explica Marzie.

—Bueno, es probable que ya haya visto tu nombre en la lista —le contesto yo—. Seguro que te espera.

—No creo que espere verme a mí —dice ella soltando una carcajada—. Cuando salía con Artie, yo no sabía quién era, pero él hizo que viera la luz.

—¿Artie te ayudó a descubrir quién eras en realidad? —le pregunto—. ¿Te importa que te pregunte cómo lo hizo exactamente?

—¿Cómo explicártelo? —dice Marzie mientras coge una galleta—. Él se erigió en el no va más de los hombres. ¿Sabes a qué me refiero?

Hago un gesto de afirmación con la cabeza. A veces Artie parece encantado de haberse conocido.

—Y, como para mí no lo fue, bueno, deduje que, si el no va más de los hombres no me impresionaba en absoluto, quizá los hombres en general tampoco llegarían a impresionarme. Nunca.

—Quizá se pasó un poco —le comento yo—. O sea, ¿el no va más? ¿Quién es el no va más?

—Supongo que sólo se estaba dando pisto, pero yo no tenía a nadie con quien compararlo. Y no me hizo sentir nada, ya sabes, me refiero en la cama. ¡Nada de nada! —Marzie me comunica todo esto con gran alborozo—. Así que saqué unas cuantas conclusiones.

—Si no te importa —intervengo—, me gustaría mucho que le contaras todo esto a Artie. Creo que es fundamental que él lo sepa. Es decir, lo de que no te hizo sentir nada en la cama... todo eso.

Las circunstancias han dado un vuelco tan maravilloso que apenas puedo contener mi entusiasmo. Artie tiene que enterarse de sus fracasos sexuales, de que ocasionó que una mujer se apartara no sólo de él, sino de todos los hombres. Yo no podría haber imaginado una escena mejor.

—Está bien —responde ella—. ¡Será un placer! Estoy en deuda con él, ¿sabes?

—¡Pues ha llegado la hora de pagar esa deuda!

LA HIJA

Algo más tarde, esa misma tarde, llama a la puerta una mujer de mi edad, más o menos. Parece recién salida de su trabajo de oficinista. Me presento como la esposa de Artie. Ella me estrecha la mano con fuerza.

—¡Lo siento muchísimo! —dice, pero no estoy segura de si lo que siente es que Artie se esté muriendo, que yo sea su esposa o haber sido su amante.

—Por favor, siéntate. Y coge una galleta —la invito amablemente.

La acompaño al salón, donde ya hay otra mujer esperando, limándose las uñas. Ésta tiene una edad más cercana a la de Artie, quizás incluso unos años más.

La oficinista arrepentida entra en el salón, ve a la mujer mayor y se para en seco.

—¿Qué demonios haces tú aquí?

La mujer mayor se pone de pie, y el bolso que descansaba sobre su regazo cae al suelo.

—¡Oh, querida! —exclama—. Deja que te explique.

—¡No! —grita la oficinista—. ¡No, no, no! ¡Qué típico de ti! ¡Creía que todo era culpa de Artie, pero supongo que me equivocaba! ¿Por qué has tenido siempre tantos celos de mí? ¿Por qué no te limitas a vivir tu vida como una madre normal?

Me quedo completamente paralizada.

La oficinista da media vuelta con rapidez y sale de casa dando un portazo.

La mujer mayor se agacha para recoger las cosas que se le han caído del bolso.

—¿Qué puedo decir? —Me mira y vuelve a sentarse—. Ya de niña ella era muy melodramática. —Sacude la cabeza con aire cansino—. Además —añade—, la verdad es que casi toda la culpa es de Artie.

Esta vez no estoy tan segura de eso.

LA MONJA

A Eleanor le encanta apostarse al pie de las escaleras a escuchar las discusiones más estridentes y acaloradas. A veces desaparece en la planta de arriba y se instala, menos discretamente, en el pasillo. De vez en cuando toma notas, pero ignoro qué es lo que escribe. En más de una ocasión la he oído soltar tacos en voz baja contra Artie.

Esporádicamente, una mujer rompe a gritar allí arriba, y

su voz resuena por toda la casa. Una vez, una pelirroja se mostró tan vehemente que todas nos acercamos al dormitorio.

—¡Yo era una monja cuando te conocí! —aulló.

—Representabas a una monja en una versión circense de *Sonrisas y Lágrimas* —repuso Artie—. ¡No es lo mismo que ser una monja!

Se produjo un silencio tenso, y, al cabo, la mujer dijo:

—¡Cómo te atreves! ¡Se trataba de una producción del sindicato de actores!

MUJER CON CACEROLA

Eleanor es quien la hace pasar. Yo estoy en la cocina, sin prestarles la menor atención. Ni siquiera levanto la vista de unas hojas de cálculo que Lindsay me ha enviado por fax, pero más tarde me relatan la parte del episodio que me perdí. La cosa fue así:

La visitante es risueña, aunque su semblante refleja el grado adecuado de seriedad que requiere una muerte inminente. Le tiende a Eleanor la cacerola de lasaña tapada con papel de aluminio.

—He procurado no pasarme con las especias. No sabía qué efecto tendrían, ya sabes. —Echa una mirada rápida a las mujeres que hojean revistas en el salón.

—No era necesario —declara Eleanor.

—Es lo menos que podía hacer —asegura la mujer—. Me sentía inútil.

—Está bien. ¿Cómo te llamas?

—Jamie Petrie. Vivo en esta misma calle, pero un poco más arriba.

—¡Artie...! —murmura Eleanor—. Bueno, a estas alturas, ya nada me extraña de él.

—¿Cómo dices? —pregunta la mujer.

175

—No recuerdo haber anotado tu nombre en la lista —contesta Eleanor.

—¿Qué lista?

—Será mejor que te sientes.

—¿Está Lucy? Me gustaría hablar con ella.

Eleanor clava en ella la vista.

—Lucy... —dice Eleanor—. Voy a ver. Tú siéntate.

La visita se acerca a Eleanor.

—¿Quiénes son todas esas mujeres? —le susurra.

—Los otros amores de Artie. ¿Acaso creías que eras la única?

—¿La única? —La mujer se pone tensa—. ¡Yo organizo reuniones de venta de velas! —afirma, como si eso lo explicara todo.

—Espera un momento, por favor —le pide Eleanor, y entra en la cocina—. Alguien intenta colarse con una lasaña y sin cita previa. Por lo visto, también quiere hablar contigo.

—¿Conmigo? —pregunto yo.

—Sí.

—No quiero hablar con ninguna de ellas. Demasiada información, ¿sabes?

—Bueno, ésta quizá te interese. Dice que es una vecina y que organiza reuniones de venta de velas. ¿Qué demonios es eso?

Yo titubeo. El primer pensamiento que me pasa por la cabeza es que desprecio a Artie Shoreman. Un odio real e intenso crece en mi interior. ¿Tuvo una aventura con una de nuestras vecinas? Mi segundo pensamiento es: «¿Una vecina? No. Artie me lo confesó todo. Me confesó demasiado.» ¿Una vecina con una cacerola? ¿Una vendedora de velas?

—¡Oh, no! —exclamo—. ¿Qué le has dicho? ¡No, no, no!

Corro hacia el salón, y allí está Jamie Petrie, mi vecina. La consumada vendedora de velas aromáticas ha aprovechado el momento para entregar su tarjeta comercial a las mujeres que hay en el salón. Debo confesar que Jamie Petrie nunca me ha caído bien. Es autoritaria y destila demasiado entusiasmo por cosas como su nueva línea de aromas otoñales. Dispone de velas de todos los colores, ¡desde el albaricoque hasta el color sidra! Cada vez que la veo, me pide que la telefonee siempre que necesite una vela aromática. ¡Yo nunca he necesitado una vela aromática!

—¡Por favor, llamadme si alguna vez queréis celebrar una reunión! —les dice a las mujeres, que la miran perplejas.

—¡Jamie! —la saludo yo—. ¡Qué alegría verte! ¡Gracias por venir!

—Es un placer —contesta ella—. ¡Estaba tan preocupada...! Toma —dice tendiéndome una cajita blanca con una cinta morada que saca del bolso—. Es de aroma de lavanda. Ideal para sanar.

—Gracias.

—¡Bueno, esto demuestra que hay una vela aromática para cada ocasión!

—Incluso para la muerte —señalo.

—¡Exacto! —Sin hacer caso de lo embarazoso de la situación, ella aprovecha la oportunidad para intentar vender. Echa una ojeada a sus posibles clientas—. ¡Estoy tan contenta de haber elegido este momento para pasarme por aquí...! ¡Me encanta reunirme con otras mujeres! ¡Es importante que saquemos el tiempo necesario para estar unas con otras y con nosotras mismas!

—Desde luego —contesto yo—. ¿Una galletita?

NEGACIÓN, NEGOCIACIÓN Y, POR ÚLTIMO, LA PARTICIPACIÓN DE ELEANOR EN TODO ESTO

Una mujer baja las escaleras y se dirige con andar elegante a la puerta principal. De repente, se detiene y se vuelve hacia las demás.

—Ha negado que me engañara. ¿Podéis creerlo? Me ha dicho que él sencillamente no lo recordaba así. —Mira con fijeza a las mujeres—. Buena suerte a todas. —Y se va.

Más tarde, ese mismo día, otra mujer nos asegura, camino de la puerta, que Artie ha intentado negociar con ella.

—«¿Qué necesitas para olvidar lo gilipollas que fui? ¿Qué tendría que hacer yo?» —La mujer coge a Eleanor del codo—. ¡Me ha encantado! —exclama—. «No puedes hacer nada», le he dicho yo. Y eso ha sido todo.

Eleanor parece encantada con esta información. Garrapatea algo a toda prisa en las hojas de su tablilla sujetapapeles y acompaña a la mujer a la puerta. Cuando regresa, la intercepto en el pasillo.

—¿Qué escribes? —le pregunto.

—Poca cosa... —me contesta, quitándole importancia al asunto.

—Siempre mantienes la tablilla pegada a tu pecho —replico yo—. Sería justo que compartieras tu información. ¿Qué escribes?

—Ideas que se me ocurren de repente, supongo.

—¿Como qué?

Ella recapacita por unos instantes, como si intentara decidir si abrirse a mí o no.

—Está bien —accede por fin—. Artie está pasando por las siete etapas del duelo.

—Ah, ¿sí? ¿Para aceptar su muerte?

Ella me mira con los ojos como platos, como si la escandalizara mi ingenuidad.

—¡Para aceptar sus infidelidades! ¡Para aceptar lo cabrón que es!

—¡Ah! Pensaba que a lo mejor estaba aceptando su propia muerte.

—Bueno, puede que también, pero eso es algo cuya evolución no puedo registrar. Lo que sí sé es que ha negado haber engañado a una mujer, y después ha intentado negociar con otra para librarse de su responsabilidad. También se ha enfadado, ya sabes, sobre todo con la actriz. A la larga, caerá en la desesperación, y después lo aceptará.

—¿De verdad queremos que se acepte a sí mismo?

Yo no quiero que Artie asuma su faceta adúltera. De eso estoy segura.

—No queremos que se acepte tal como es —contesta Eleanor—, pero sí que acepte lo que ha hecho, para que así pueda cambiar.

—¿Y tú estás registrando todo el proceso? —le pregunto con escepticismo.

¿Cómo se puede plasmar en un papel el funcionamiento interno de la conciencia de Artie?

Ella contempla su tablilla sujetapapeles y se la aprieta contra el pecho.

—Así es —contesta ella—. Eso hago.

21

Escuchar detrás de las puertas es una habilidad vital infravalorada

John Bessom ya forma parte del mobiliario de la casa, aunque todavía se siente un poco nervioso cuando está por aquí. Supongo que arrastra algo de su infancia, el deseo de complacer a su padre. Se alisa la camisa, como si le preocupara que estuviera arrugada. Mete las manos en los bolsillos, pero de tal forma que da la impresión de que sólo intenta parecer más relajado. Cuando se sienta, mientras aguarda a que alguno de los amores de Artie termine, mueve las rodillas de un lado a otro, nerviosamente. Resulta enternecedor y, de hecho, doloroso. Después de todos estos años, sigue implicado emocionalmente y, por más que sostenga lo contrario, todavía hay algo entre Artie y él, algo inacabado, algo que él quiere y que ahora intenta solucionar.

Todas las tardes, él y Artie se encierran en la habitación para conversar. La primera vez que John se presentó a una cita con Artie, yo estaba enganchada al teléfono, hablando con Lindsay. Ella sigue llamando, pero ya no se siente aterrada. Me pide consejo. El pequeño ascenso y la correspondiente subida de sueldo le han infundido confianza. Me expone ideas espontáneas y atrevidas. Ya no parece que esté siempre en los últimos metros de una carrera.

La voz de John sonaba en el vestíbulo. Estaba hablando con Eleanor, que continúa manteniendo su fachada profesional y encargándose de que todo funcione con una puntualidad increíble. Lindsay seguía dale que te pego con su cháchara.

—Eres una profesional —le dije intentando atajarla—. Lo tienes todo controlado. —Oía a John y a Eleanor en las escaleras y tenía que colgar. Necesitaba escuchar detrás de la puerta; ésta es la pura y horrible verdad.

Pero Lindsay se extendía en consideraciones sobre la normativa de la Comisión de Valores y me estaba haciendo un resumen, como una auténtica profesional. Yo estaba impresionada.

—¡Es estupendo! —le dije—. ¿Puedes pasármelo todo por escrito? Tendré que preparar un informe para nuestros clientes.

Al final, conseguí desembarazarme de Lindsay, crucé a toda prisa el salón, pasando junto a una mujer que envolvía galletas en una servilleta, y subí de puntillas las escaleras. Allí me topé con Eleanor, que estaba limpiando el polvo del dintel de la puerta que hay delante del dormitorio de Artie, y con Elspa, quien, sentada en el suelo junto a la puerta y con las piernas cruzadas, ni siquiera se había buscado una excusa para estar allí. Aquella mañana, mi madre había salido para entrevistarse con el encargado de una funeraria. A mí no me molesta con esos detalles difíciles, pero si yo no hubiera estado ocupada, la habría acompañado. Eleanor y Elspa, pilladas in fraganti, me miraron.

Sacudí la cabeza.

—Somos muchas —susurré—. Canta demasiado. Bajad, yo os informaré más tarde.

Estaba claro que las dos se sentían decepcionadas. Elspa se

levantó del suelo y bajó las escaleras con desgana. Eleanor me entregó su tablilla, con el lápiz sujeto por la pinza.

—Toma notas —me indicó.

Cuando se fueron, pegué la oreja a la puerta. Ya me había perdido una buena parte de la conversación, y culpaba de ello a Lindsay. Las voces se oían bajas, amortiguadas, interrumpidas por risas. Tardé unos segundos en empezar a comprender las palabras.

—Ahora ella vive en el oeste —dijo John.

—¿Con un vaquero? —preguntó Artie.

—Con un vaquero rico.

—Entonces no tuviste una mala infancia, ¿no?

—Repartía periódicos y tenía un perro. A veces, ella me quitaba la corteza del pan de molde de los bocadillos. Me enseñó a soltar tacos y a realizar falsificaciones de poca monta.

—Habilidades vitales —comentó Artie.

—Más o menos así pasé mi infancia, rodeado de afecto y mucho ruido.

—Yo también aprendí de mi madre a soltar tacos —explicó Artie—. Así que tenemos eso en común. —Se produjo una pausa, y entonces Artie añadió—: Yo quería estar contigo desde el principio. ¿Te lo dijo ella? Quería formar parte de tu vida, pero ella no quiso.

Me pregunté si John le diría lo que me había dicho a mí; que ahora no tenía nada de que hablar con Artie. Me pareció que esto era algo de lo que John se había persuadido a sí mismo para sobrevivir, un extraño mantra que escapaba a mi comprensión. Cerré los ojos y contuve el aliento, pues sabía que Artie necesitaba oír algo más, una promesa de algún tipo.

—Pero ¿lo intentaste de verdad? —preguntó John.

—Ella me dijo que tú me odiabas. Me dijo que sólo lo complicaría todo y te confundiría.

—Yo ya estaba bastante confundido —explicó John—. En cualquier caso, ahora ya no importa.

—Aun así, yo estuve ahí.

—¿Cómo? —preguntó John.

—Te vi en aquella obra de la princesa que dormía sobre un montón de colchones.

—¿En octavo?

—Sí, y asistí a muchos de tus partidos de béisbol. Aquel en el que perdisteis porque el parador en corto la cagó, en aquel torneo.

—¿Estuviste allí?

—Y también en tu graduación. Te observaba desde las sombras, en la última fila de las tribunas, al fondo de los gimnasios... Creo que tu madre me vio en una ocasión y no me dijo nada, pero dejó que siguiera allí.

Más secretos de Artie, pero éstos me parecieron humildes y tiernos.

—Bueno, yo quería que formaras parte de mi vida —explicó John—. Así que también tenemos eso en común.

Pensé que ésta era una de las cosas más conmovedoras que había oído nunca. No sabía si era cierto o no, pero parecía auténtico.

Esto era todo lo que necesitaba oír. Ahora me di cuenta de que antes no confiaba en que John se mostrara amable con Artie, pero ahora sabía que lo haría. Aunque John no lo supiera, habían mantenido una relación durante todos aquellos años. John parecía comprender que aquella reunión era muy importante para Artie, y ahora yo sabía que había mucho en juego para John también. Quizás él mismo no acababa de creerse su propio mantra de que Artie y él no tenían nada que decirse. Quizá le había contado la verdad a Artie. En cuanto a mí, de repente, me sentí culpable. Ellos tenían que dar forma a su relación. Me alejé sigilosamente para respetar su intimidad.

Uno de los problemas de escuchar a escondidas es que no puedes eliminar de tu memoria lo que has oído. Así que de pronto me vienen ganas de formularle a John preguntas sobre su infancia. Quiero saber si ha estado enfadado con Artie durante todos estos años. Quiero saber más cosas acerca de su madre y comentarle lo del temblor en su voz. Quiero saber si algo ha cambiado, ahora que se ha enterado de que Artie estuvo ahí, bordeando los límites de su infancia. ¿Se ve, ahora, obligado a formarse una nueva imagen mental de todo? ¿Cómo se siente? Me pregunto qué cambios se habrían producido en mí si hubiera descubierto algo parecido respecto a mi propio padre. John me da un poco de envidia por haber tenido la oportunidad de ver a su padre desde un prisma diferente. Yo nunca la tendré.

Pero no hablamos de nada de esto mientras John y yo realizamos lo que él llama «el Tour d'Artie». Visitamos juntos varios lugares de Filadelfia. Ahora que Artie le ha contado a John algunas cosas sobre su infancia, éste me pide que paremos en determinados lugares. Visitamos la casa en la que Artie vivió de niño, algunos de los colegios a los que asistió, y, un día, acabamos frente al hotel en el que trabajó de botones. El hotel está igual que antes, ha sobrevivido al paso del tiempo, con su encanto del viejo continente, con sus molduras doradas, sus recargadas puertas giratorias y su portero con librea en la entrada.

—Este empleo le permitió ver cómo vivían los ricos —le explico a John—. Trabajaba aquí con el fin de poder rodearse de gente adinerada y familiarizarse con su estilo de vida. Bueno, era más que eso. Artie quería aprender sus gestos, su acento, la forma en que sacaban la propina del bolsillo y la deslizaban en su mano. Se suponía que Artie iba a ahorrar lo que ganara para pagarse los gastos de la universidad, pero en cambio se lo gastó en clases de golf y de tenis, los deportes de los ricos.

—Y valió la pena —comenta John mientras mueve con su ancha mano la palanca del cambio de marchas.

—Pues sí —respondo yo.

—Aquí es donde conoció a mi madre, ¿sabes?

Es la primera vez que John me cuenta algo de su vida.

—No, no lo sabía.

—Creía que lo sabías.

—¿Cómo era ella entonces? —le pregunto.

—No lo sé. Como ahora, pero más joven, tal vez un poco menos artera, aunque lo dudo. Ella también estaba aprendiendo a fingir. —John pone la palanca del cambio de marchas en punto muerto—. ¿Te gustaba ese aspecto de Artie?

—¿Cuál? —le pregunto.

—El hecho de que fuera rico.

John me mira directamente a los ojos. A veces sus cejas dan la impresión de que se siente herido. Se arquean hacia el entrecejo y caen tristemente hacia las sienes.

—No —le contesto—. Para serte sincera, me gustaba que sus orígenes fueran humildes. En cierto sentido, el dinero lo complicó todo.

—¿En qué sentido? —me pregunta él.

No estoy segura. Nunca lo he verbalizado. Supongo que el dinero nos separaba. Yo no quería que Artie creyera que yo deseaba apoderarme de lo que le pertenecía. Yo ganaba lo suficiente. Así que, en este aspecto, cada uno iba a lo suyo. Esto le permitió disfrutar de su libertad, lo que acabó por escapársele de las manos. Si hubiéramos tenido una cuenta común, seguramente yo habría descubierto lo que se gastaba en sus amantes: las habitaciones de hotel, las cenas en restaurantes en los que yo nunca había estado... Pero esto es irse por las ramas, es eludir el meollo de la cuestión.

—Supongo que aquí es donde aprendió a fingir que era rico. Aprendió el arte de la falsedad.

Noto que los ojos se me llenan de lágrimas. Miro por la

ventanilla. Quiero contarle a John que éste podría ser el origen de la traición de Artie. Si no hubiera aprendido a aparentar que era rico, ¿podría haber montado de forma tan magistral la farsa de nuestro matrimonio, de los votos?

—Ah —dice John, y me percato de que empieza a tomar conciencia de que detrás de mi relación con Artie hay mucho más de lo que parece—. ¿Sabes lo que necesitamos?

—¿Qué? —le pregunto, intentando tragarme las lágrimas.

—Distraernos con un bocadillo de carne con queso. Se trata de un invento antiguo con propiedades mágicas. Los incas lo utilizaban como anestesia para las mujeres durante el parto. Buda lo empleaba como foco de atención para meditar. Los egipcios lo comían mientras diseñaban las pirámides. ¿Qué te parece?

—Dos manzanas más adelante, a la izquierda. Un lugar estupendo. Si lo pides, te lo ponen con extra de grasa.

—Así que es un lugar sagrado —comenta John metiendo la marcha.

—Una capilla, en realidad. Consagrada a la grasa.

—¿Con su correspondiente santo del extra de grasa?

—Desde luego —le contesto.

Me fijo en que, cuando dice algo gracioso, agita una rodilla, como un colegial nervioso.

—¿San Al?

—¿Fuiste a un colegio católico o algo parecido?

—Era un lugar fantástico para conocer a chicas católicas.

Por un breve instante, mientras él hace girar el volante colocando sucesivamente una mano encima de la otra, me puse mentalmente en la piel de aquellas chicas católicas, fueran o no reales; imaginé cómo habría sido besarlo en el asiento trasero de un coche o expuesta a un viento borrascoso, al final de un partido de fútbol americano del instituto. ¿Era él demasiado alto y delgado, todo brazos y piernas? Sé que esto está mal. No debería pensar estas cosas. ¿Qué tipo de persona pensaría cosas como éstas del hijo perdido de su marido? ¿Qué diría Freud?

John aparca delante del bar.

—Tierra Santa —dice—. ¿Tenemos que confesarnos primero?

¿Y qué confesaría yo? No quiero darle demasiadas vueltas a este asunto.

—Saltémonos la confesión. Demos por sentado que somos culpables y ya rezaremos las tres avemarías más tarde —replico.

22

¿Deberíamos compadecer tanto
a la generación de hombres confusos?

Dedico una parte de las tardes a Elspa. Intentamos elaborar un plan para recuperar a Rose. He llegado a la conclusión de que Elspa expresa muy bien sus ideas, y su aguda perspicacia me sorprende. Sin embargo, cuando se trata de sus padres, se bloquea. Carraspea y tartamudea. Dice vaguedades. Desgrana tópicos sobre el amor severo y exigente.

Sentada en la cama de la habitación de invitados, juguetea con la cremallera de su sudadera o con la espiral de su libreta. Yo camino de un extremo al otro de la habitación haciéndole preguntas con el máximo tacto posible, pero no llegamos a ninguna parte.

Me entero de que sus padres viven en Baltimore. Ella los describe en términos duros: su madre era «brusca y distante», y su padre «apenas se dejaba ver». También me habla sucintamente de las casas de crack y de sus contactos en el mundo de las drogas. Ha escrito mucho en su diario, pero no quiere que yo lo lea.

—Soy una escritora malísima. El texto no es nada fluido. Me daría vergüenza.

Sin embargo, tampoco quiere resumírmelo.

La tarde que resulta ser la última en la que yo represento el papel de asistente social/terapeuta se desarrolla de la siguiente manera:

—Me dijiste que no habías firmado nada. ¿A qué acuerdo se llegó respecto a la custodia?

—Fue algo totalmente informal. Ni siquiera había un abogado presente. Los abogados habrían hecho que mis padres se sintieran incómodos.

—Eso es bueno —le digo yo—. Nada de abogados, eso es bueno. —Tras una pausa, añado—: Pero también me sería de mucha utilidad conocerlos un poco mejor antes de ir a recuperar a tu hija.

Ella asiente con la cabeza, pero se queda callada.

—¿No tienes ningún recuerdo concreto de ellos? ¿Nada? ¿Qué pasa contigo? —le suelto.

Durante estos días en que he actuado de guía turística, me han venido a la mente tantos recuerdos que no concibo que ella no pueda evocar uno, sólo uno, para contármelo. Hasta ahora, yo creía que se me daba bien sonsacar a la gente, pero Elspa se niega a que la sonsaque.

Permanece en silencio mirando por la ventana durante un minuto, quizá dos, y, cuando vuelve a posar la vista en mí, está llorando. Y yo sé que guarda recuerdos, claro. Unos recuerdos que la atragantan, la ahogan. Me siento a su lado.

—Dejémoslo —le digo—. Tú llámalos y diles que quieres visitarlos. Quizá, durante el trayecto, consigas ayudarme a ayudarte. Haremos uno de esos viajes de colegas por carretera. ¿Los telefonearás?

Ella asiente con la cabeza.

—Y lo haremos lo mejor que podamos —le digo.

Ella asiente de nuevo.

—De acuerdo, entonces —añado—. Tenemos un plan. No es nada del otro mundo, pero es un plan.

Me pongo de pie y atravieso la habitación. Ya he puesto la mano en el pomo de la puerta cuando ella me detiene.

—Espera —dice Elspa.

—¿Qué pasa?

—¿Te importa si despachamos este asunto cuanto antes? En fin, mejor pronto que tarde. No aguanto más. Es demasiado para mí. ¿Y si no sale bien? Tengo que saber...

—De acuerdo —le contesto—. De acuerdo. Llama a tus viejos y pregúntales cuándo podemos ir.

Ella suspira, se seca los ojos con las yemas de los dedos y la nariz con el dorso de la mano.

—Los telefonearé. Creo que estoy preparada. —Entonces me mira—. Estoy preparada.

Salgo de la habitación y me dirijo a la cocina, que está en penumbra. No enciendo la luz.

¿Estoy yo preparada?, me pregunto. ¿Estoy preparada para todo lo que está pasando? Siento que la situación me supera. Necesito algo dulce y reconfortante. Abro la nevera y examino el interior. ¿Voy a ayudar a Elspa a recuperar a su hija? ¿Quién es Elspa? ¿He estado guiando al hijo de mi marido en un recorrido por la vida de su padre porque quiero que lo conozca como persona antes de morir, o ahora lo hago por mí? ¿Acaso no he estado fantaseando, imaginándolo vestido con una chaqueta tejana en un partido de fútbol del instituto?

La nevera sólo contiene unos cuantos yogures bajos en calorías. No me sirven. Abro el congelador y saco la artillería pesada: un Häagen-Dazs triple de chocolate. Deposito dos envases de medio kilo cada uno sobre la encimera.

Me doy la vuelta y ahí está mi madre, sentada en la oscuridad casi total, con un cuenco de helado delante.

—¿Tú también? —me pregunta.

El maquillaje se le ha corrido un poco, y parece más vieja de lo que es en realidad.

—Pues sí. Ahora mismo, nada me parece fácil.

—A veces, las cosas son así —comenta ella llevándose con delicadeza una cucharada de helado a la boca.

Siempre ha sido muy refinada al comer; no llena del todo la cuchara y frunce los labios.

—A veces la vida se nos echa encima en oleadas. ¿Cómo está Elspa?

—Está preparada. Creo —le contesto de manera imprecisa.

Empiezo a servirme el helado, unas cuantas bolas de cada sabor.

—¿Tú me enseñaste esto?

—Yo te lo enseñé todo.

—Sin embargo, yo decidí no aprender algunas cosas.

—¿De verdad? ¿Eso crees?

—No lo creo, lo sé —le contesto.

—No somos tan diferentes.

Me siento frente a ella y exhalo un suspiro.

—No hablemos de esto ahora.

—Bueno —dice ella—, hay una diferencia notable.

—¿Cuál?

—Tú eres más generosa que yo.

—No lo creo. La verdad es que tú ya habrías perdonado a Artie. Eso es una forma de generosidad que yo soy incapaz de practicar.

—Sí, pero tiene secreto: yo lo habría perdonado porque perdonar es más fácil.

—¿Más fácil? Bromeas.

—Más fácil a la larga —puntualiza—. Es como dejarse llevar. Además, yo tengo una ventaja enorme sobre ti. Yo nací en una época en que ya contábamos con que los hombres eran débiles y nos engañarían. Contábamos con que tendríamos que perdonarlos por ello. En este sentido, somos afortunadas.

—A mí no me parece que eso sea una suerte.

—Las mujeres de hoy en día —continúa mi madre— tenéis expectativas muy altas. Queréis un compañero, un igual. Mi generación... bueno, sabíamos que los hombres nunca serían nuestros iguales. En los aspectos más importantes, nosotras somos más fuertes. Ve a cualquier residencia de ancianos. ¿A quién encontrarás allí? A mujeres. Casi todas son mujeres. ¿Por qué?

—Bueno, para empezar, por la guerra.

—La guerra, de acuerdo, te concedo lo de la guerra, pero la verdad es que si la mayoría son mujeres es porque las mujeres sabemos sobrevivir. Es nuestra especialidad. Tenemos más fuerza interior. Y aunque los hombres se creyeron superiores a nosotras durante siglos... no era cierto. Fue algo que dejamos que creyeran porque son débiles. Entonces llegó la liberación de la mujer. No me malinterpretes; me encanta la liberación de la mujer, pero se nos desmontó el tinglado.

—No era un buen tinglado —le digo.

—Tenía sus cosas malas, lo sé. Y Artie... bueno, él pertenece a la generación intermedia entre nosotras dos, esa generación de hombres confusos para quienes todo lo que aprendieron durante la infancia dejó de tener vigencia. De repente, no les quedó más remedio que desarrollar habilidades que no habían cultivado; aprender a escuchar, a tener intuición, a ser tiernos, a tener paciencia para ir de compras, a mostrar interés por la decoración del hogar... Da pena verlos tan vulnerables, ¿no crees?

—A mí no me dan pena.

—Lo que digo es muy simple. Nosotras no esperábamos mucho de los hombres, así que, cuando nos fallaron, nos resultó más fácil sobrellevarlo. Y también perdonarlos.

—Pero la verdad es que ellos no merecen el perdón. No siempre. Mi padre no lo merecía.

—Tu padre —dice ella levantando la cuchara en el aire,

como si se dispusiera a hacer una declaración trascendental—. Tu padre era quien era. ¿Cómo no perdonarlo por eso?

—Yo no lo he perdonado —replico yo—. Sigo enfadada con él por habernos abandonado.

Entonces ella hace una pausa y se inclina hacia mí.

—Cuando culpes a alguien —dice—, asegúrate de no equivocarte de hombre ni de delito.

—¿Qué significa eso?

—Ya sabes lo que significa.

—No, no lo sé.

—La culpabilidad no es transferible. No puedes obligar a un hombre a pagar las faltas acumuladas por otro —sentencia mi madre mientras raspa el fondo del bol para no dejar ni una viruta de triple chocolate—. He oído decir que eso funciona así en China, pero estamos en Estados Unidos.

—¿En China?

—Sí, en China. —Se levanta y se dirige al fregadero con el cuenco—. En China, los hijos heredan los delitos de los padres. ¡Es verdad! Es otra de las razones por las que me gusta ser norteamericana. Todo el mundo recibe lo que merece —explica mi madre mientras enjuaga el bol—. Deberías aprender algunas lecciones de mi generación. E intentar no confundir a los padres con los hijos. —Se detiene junto a la puerta—. Me voy a casa a dormir. —Da una palmada y *Bogie* surge de uno de los rincones de la habitación y se dirige hacia mi madre deslizándose por el suelo. Ella lo coge en brazos y señala el interruptor de la luz—. ¿Quieres que la encienda?

Yo me he quedado atascada en la frase «intenta no confundir a los padres con los hijos». ¿Está intentando decirme algo? Ésta es otra de las características de las mujeres de su generación: dicen las cosas sin decirlas. El sentido de sus palabras no es evidente. Hay un lenguaje escondido en su lenguaje. ¿Se estará preguntando cómo paso las tardes con John Bessom? ¿Sospechará algo? Mi madre siempre ha pensado mal de los hombres y las mujeres cuando están a solas. Quizá también se trate de un rasgo generacional.

—No —le contesto—. Déjala apagada. No me importa estar un rato a oscuras.

—¿Lo ves? A mí tampoco. ¡Somos tan parecidas...!

23

Si existe una generación de hombres confusos,
¿hay también una generación de mujeres
confusas? ¿Formas tú parte de ella?

Unos días más tarde, llevo a John al lugar donde Artie me pidió que me casara con él, junto al río Schuylkill. Es el siguiente paso natural en el Tour d'Artie, pero me siento un poco intranquila. Me persigue el consejo de mi madre, «intenta no confundir a los padres con los hijos», pero me obsesiona todavía más su comentario acerca de que las faltas no son transferibles. ¿Qué habrá querido decir con eso? Podría preguntárselo, claro, pero no estoy de humor para otra de sus charlas, y dudo mucho que ella sea una buena intérprete de sí misma.

John y yo contemplamos las canoas que se deslizan de un lado a otro, el vaivén rítmico de los remos. Hace un día cálido y ventoso, y una brisa ligera sopla desde el río.

Debería estar contándole la historia de la propuesta de matrimonio. Sin embargo, me siento un poco encallada, y me temo que mi silencio empieza a parecer demasiado dramático.

—No estoy segura de por dónde empezar —le confieso.

—¿En qué época del año fue? —pregunta John.

—En invierno —le contesto—. Las orillas del río estaban cubiertas de una capa de hielo.

Él nota que la cosa no fluye y me dice:

—No tenemos por qué hacer esto ahora mismo, ¿sabes?

—¿Cuál crees que es el sexo fuerte desde el punto de vista emocional? ¿Los hombres o las mujeres?

—Las mujeres —responde él sin titubear.

—¿Lo dices sólo porque crees que es lo que deberías decir?

—No —replica mirándome directamente a los ojos.

Me pregunto si a la generación de mi madre le resultó muy difícil fingir que los hombres eran más fuertes que las mujeres.

—¿Estás siendo condescendiente?

—¿Son preguntas con trampa? —pregunta él entrecerrando los ojos—. ¿Qué se supone que tengo que contestar?

—¿Formas parte de la generación de hombres confusos? —le pregunto moviendo las manos en un gesto de nerviosismo.

—¿Acaso no están confusos los hombres de todas las generaciones? ¿No es ése nuestro sello? —inquiere, ladeando la cabeza.

Está ganando esta discusión porque en apariencia desarma todos mis argumentos.

—Lo estás haciendo otra vez —señalo.

—¿El qué? —pregunta.

—Decirme lo que crees que quiero oír o, lo que es peor, lo que crees que necesito oír.

Se queda callado, como si intentara averiguar cuáles son sus intenciones.

—La verdad es que no sabía que existiera eso de la generación de hombres confusos. ¿Se inventaron la expresión en la revista del *New York Times* o algo parecido?

—Se la inventó mi madre.

—¡Ah, vale! Entonces, de acuerdo. —Carraspea—. Puede que forme parte de la generación de hombres confusos —reconoce con sinceridad—. La mayor parte del tiempo me siento confuso, y, en mi opinión, las mujeres no ayudáis mucho a aclarar las cosas. ¿Te parece una respuesta lo bastante directa?

Yo asiento con la cabeza.

—La verdad es que no era una pregunta justa.

—Bueno, pero, de todas formas, tu madre debería escribir un artículo para la revista del *New York Times*. Ya tiene la frase gancho. Hoy en día eso es todo lo que se necesita.

—Se lo diré. —Me vuelvo de espaldas al río y dirijo mi vista a John—. Ahora estamos aquí. Ésta es una de las paradas en el recorrido de Artie. Hazme otra pregunta.

—¿Que no toque el tema de quiénes son más fuertes, los hombres o las mujeres? ¿Nada sobre la desconcertante lucha de sexos?

—No, nada de eso.

—De acuerdo —dice. Introduce las manos en los bolsillos, baja la vista a sus pies y vuelve a posarla en mí—. ¿La proposición de Artie fue una cosa ensayada o espontánea?

Sé que todo esto tendría que ser muy emotivo para mí porque está relacionado con Artie y con nuestro pasado. Y lo es, pero no de la manera que yo esperaba. Por alguna razón, explicarle a John todo lo relacionado con Artie constituye un alivio para mí, algo que ahora necesito. Por un lado, parece ser importante para John. Él escucha toda la información, absorbe todos los detalles de la vida de su padre. Me mira con gran atención y me da la impresión de que está conociendo a su padre, de que algo de lo que le cuento cala hondo y echa raíces en su corazón. Por otro lado, siento que estoy traspasando a alguien toda esta información, no como quien se libera de una carga de recuerdos, aunque después de cada visita me noto más ligera, sino como alguien que ha encontrado a otra persona con quien compartirla.

—Parecía espontáneo, aunque Artie ensayaba las cosas que le importaban. De hecho, consiguió superar su dura infancia gracias a cierto grado de falsedad. A veces, yo conseguía ver más allá de su capa de barniz, pero no siempre.

—Cuando llegue el momento —asegura John—, no quiero

expresar el amor verdadero que sienta por alguien de una forma calculada. Quiero que me mueva un impulso incontenible.

John contempla el río Schuylkill, y el viento forma pequeñas ondas en su camisa.

—Tienes razón. Es mejor que no haya ninguna capa de barniz, sólo la verdad. De hecho, sus capas de barniz lo metían en líos. Él sabía crear momentos artificialmente, así que lo hizo una y otra vez, y esos momentos se sucedieron hasta sumar toda una vida de delitos menores.

John me mira, desconcertado.

—Pequeños delitos contra el corazón. —Me encojo de hombros—. No sé... quizás acumulados equivalgan a un delito grave.

—¿A qué te refieres? —pregunta John.

Pero yo finjo no haberlo oído y regreso al coche.

Nos dirigimos a Manilla's, la cafetería favorita de Artie, un establecimiento decadente situado en el barrio de Saint David. Nos sentamos en el reservado del rincón.

—A Artie le gustaba este lugar. Venía aquí para pensar —le informo a John.

Al principio, se muestra extrañado.

—¿Con todo el dinero que tenía, venía aquí a pensar?

—Es el tipo de local en que se sentía cómodo —le explico.

Pedimos todo tipo de cosas para comer, grasientas, azucaradas, cremosas... Al final nuestros dedos y labios quedan recubiertos de una capa brillante.

—Cuéntame algo acerca de tu vida —le pido mientras mojo patatas fritas en mi batido de chocolate.

—Me crie como todos los chicos, formé parte de los Boy Scouts, perdí en la liga infantil, no me daban propina cuando trabajaba como repartidor de periódicos... No puede decirse que contara con modelos de conducta ideales. La información que tenía sobre las mujeres, el amor y el sexo procedía de fuentes equivocadas. Una vida típica.

Ahora tomo conciencia de lo poco comunicativo que ha sido respecto a su vida pasada y presente. Muchos momentos se prestaban a que él evocase alguna historia sobre su pasado, pero ahora que lo pienso, nunca lo ha hecho. En lugar de referirme cosas sobre él, siempre me formula preguntas sobre Artie, sobre mí o sobre nuestra vida juntos.

Vuelvo a intentarlo. ¿Es posible que sólo se trate de discreción por su parte?

—Cuéntame alguna anécdota de tu infancia.

—¿Como qué?

—Lo que sea, cualquier cosa —digo.

John reflexiona por unos instantes.

—Una anécdota de mi infancia... Lo que sea. Cualquier cosa. De acuerdo... Bueno, está aquélla sobre un hombre que se llamaba Jed.

Entonces recita la letra del tema musical de la serie *Los nuevos ricos*. Me vienen a la mente imágenes de la abuela, Jed, Jethro, Elly May, aquel pobre banquero tan tenso y su austera secretaria, y me entra curiosidad sobre la anécdota que John no me está contando.

—La conozco —comento y tarareo la música de los créditos, cuando se les ve circular entre las palmeras en su vieja camioneta cargada de basura.

—¿Así que ya conoces esta historia? —pregunta John simulando sorpresa.

—Me resulta vagamente familiar. ¿Alguna vez navegaste durante tres horas en un barquito llamado *Minnow*?

—Pues sí, y debo confesarte que no estaba enamorado de Ginger. Mary Ann fue siempre mi preferida.

—Creo que se puede dividir a los hombres en dos categorías, los que se enamoran de Ginger y los que se enamoran de Mary Ann.

—Y los que se enamoran del capitán —añade John—. Ése es un tipo muy específico.

—Es verdad —admito—. Buena observación.

Me decepciona que John no quiera contarme nada de su infancia, pero intento convencerme de que lo que de verdad importa es que se ciña al plan. Está aquí para averiguar cosas de la vida de su padre. ¿Qué derecho tengo yo a esperar que me hable de sí mismo? Eso no forma parte del trato, así que no lo presiono.

Por otra parte, ¿quién soy yo para reprochárselo? Sigo evitando desvelarle los detalles más íntimos, como lo del primer beso que Artie y yo nos dimos dentro del corazón gigante. No sé por qué no se lo he contado. ¿Se me antoja una traición revelarle demasiados detalles? O lo que es aún peor, quizá me preocupe el hecho de no querer que John descubra lo sensible y sentimental que sigo siendo en relación con Artie. ¿Y por qué me preocupa que lo sepa? ¿Porque tengo miedo de que si muestro esa sensibilidad no podré recuperar el aplomo? ¿O es porque no quiero que John sepa lo mucho que todavía quiero a Artie y que temo más que cualquier otra cosa no ser capaz de desenamorarme de él? Sé que no es malo que John me parezca guapo, e incluso encantador, porque lo es. Es un hecho. Pero, al ocultarle la profundidad del amor que siento por Artie, ¿no estaré flirteando con él, quizá de una forma instintiva que escapa a mi control? ¿No estaré coqueteando por omisión?

También sé que no le he contado toda la verdad acerca de Artie. A estas alturas, John ya sabe lo de la traición de Artie, pues ha visto el desfile de sus amores, pero no conoce mi historia. Esto también es un pecado de omisión.

Decido acabar con esto de una vez por todas, confesárselo todo.

—Artie me engañó y yo me marché —le suelto sin más—. Cuando me enteré de que estaba tan enfermo, yo todavía no había regresado. Llevaba fuera seis meses.

John no se sorprende.

—Ya me había fijado en que estabas instalada en la habitación de los invitados —declara—. Supuse que había ocurrido algo.

—La situación es complicada —comento yo.

John apoya los codos en la mesa y se inclina hacia delante, acercándose a mí más de lo que yo esperaba.

—Los seres humanos somos complicados —dice en voz baja, como si estuviera confesando sus propias faltas.

Alrededor de sus ojos se insinúan unas bonitas arrugas y, al estar él tan cerca, parece más grande y musculoso. Una vez más, pienso en cómo debía de ser él antes de que las cosas se complicaran tanto. Me lo imagino vestido con una chaqueta tejana, como un chico de secundaria, y también me imagino a mí en aquella época. ¿Qué habría pasado si nuestros caminos se hubieran cruzado entonces? ¿Qué habría pasado si nos hubiéramos conocido antes de todo esto? ¿Qué habríamos pensado el uno del otro? Me reclino en el asiento, distanciándome de él. Me siento frustrada, frustrada por haberlo visualizado así otra vez, como si hubiera cedido a una debilidad.

—Creo que deberías conocer esa faceta suya —le digo a John—. Tú todavía no has echado raíces. Tienes... ¿qué? ¿Treinta años? Está claro que ya podrías haber encontrado a alguien y haber sentado la cabeza. Lo que quiero decir es que seguro que ha habido mujeres en tu vida... —Tartamudeo un poco. Estoy hablándole en un tono más severo de lo que pretendía, pero no me detengo—. Lo que quiero decir es que me parece que eres un seductor, como Artie, en cierto modo, y si...

—¿Y si... qué? ¿De tal palo tal astilla? ¿Adónde quieres llegar? Quizá no he encontrado a la persona adecuada. ¿Esto encaja en qué categoría del Tour d'Artie exactamente? —Está enfadado.

—Sólo quiero que conozcas sus errores.

—Para que no los repita.

Asiento con la cabeza.

—Porque te da la impresión de que soy un seductor...

No quiero reconocerlo, pero yo misma acabo de pronunciar esas palabras, así que vuelvo a asentir con la cabeza, de mala gana. En realidad, veo a John como a alguien capaz de amañar recibos o pagar con cheques un poco escasos de fondos, como decimos los auditores. No es un chorizo declarado, no creo que tenga estómago para eso, pero sin duda comete fraudes de poca monta, de aquellos que resultan fáciles de justificar.

—Yo no me parezco en nada a Artie Shoreman —asevera John—. No me conoces lo suficiente para llegar a una conclusión así.

Lo he ofendido. Estoy segura. Permanecemos allí, sentados y en silencio, durante unos minutos. Él da unos cuantos mordiscos más a su bocadillo de bacón, lechuga y tomate y, después, lo aparta a un lado.

—¿Quieres hablar de lo que está pasando ahora, entre Artie y tú?

—¿Cómo?

—Sólo hemos tocado temas del pasado. Nos hemos ajustado al Tour d'Artie, pero... bueno, lo que quiero decir es que es una situación dura para ti. Si quieres hablar de eso, por mí está bien. Podemos desviarnos del recorrido. Puedes quitarte tu insignia de guía oficial; ya me entiendes, dejar de señalar los monumentos durante un rato.

—Yo no llevo ninguna insignia de guía oficial —le contesto intentando desviar la conversación.

—De acuerdo —responde él—. Esto también está bien. Podemos ceñirnos al plan.

Recorre la cafetería con la vista, suspira y me mira, me mira de verdad. Me mira como si intentara memorizar mi cara, aquí, en esta cafetería, en este momento. No tengo ni idea de qué imagen presento. Confusa, supongo. ¿Existe también una generación de mujeres confusas? ¿Formo parte de ella?

—Sé por qué a Artie le gustaba este sitio —dice John.

Entonces coge una servilleta y me limpia algo que tengo en la mejilla. ¿Ketchup? ¿Restos de batido? ¿Cuánto hace que lo tengo?

—Esta cafetería es una auténtica obra de arte que no tiene conciencia de serlo.

—Ése es el mejor tipo de arte —afirmo.

Y él asiente con la cabeza.

24

¿Son todos los hombres unos cabrones?

Para mí, estar sentada en el sillón que hay junto a la cama de Artie y contemplarlo mientras duerme se ha convertido en una costumbre nocturna. Y esta noche no es una excepción. Una vez más, subo las escaleras inmersa en el silencio de la casa.

Desearía venir aquí sólo de día, como cualquier otro acicalado amor de Artie, para halagarlo o gritarle. Pero tengo tanto miedo de mi propia rabia como de los repentinos ataques de cariño hacia Artie y de debilidad ante John. Todo esto me hace sentir totalmente fuera de control. Sin embargo, mientras Artie duerme, puedo sentir lo que me apetezca. Puedo dejarme llevar por mis sentimientos sin tener que decidir cómo me siento. Tampoco tengo que decidir qué grado de dulzura o de rabia se merece Artie en cada momento. No tengo que decidir nada.

No obstante, esta noche, después de pasar el día con John Bessom y de darme cuenta de que pertenezco a la generación de mujeres confusas, contemplo a Artie, que está tumbado en la cama, y lo veo completamente distinto. Esta noche, dos tubos de oxígeno le cuelgan de encima de las orejas, como una máscara falsa de Santa Claus, y tiene dos dispositivos de suministro colocados bajo la nariz. Los tubos están conectados a una máquina de oxígeno con ruedas que runrunea en un rincón. Artie tiene el rostro, de aspecto gris y fláccido, vuelto hacia la puerta. Quiero salvarlo de este nuevo rumbo que han tomado los acontecimientos, de este debilitamiento de su cuerpo. Tropiezo y me agarro al borde de la cama.

Artie se despierta, se da la vuelta y me descubre tan deprisa en la oscuridad que me pregunto si sabía, en su sueño, que yo había entrado en la habitación.

—Estás aquí —murmura.

Entonces oigo una voz detrás de mí.

—¡Oh, Lucy, estás aquí!

Se trata de Elspa. Está sentada en el sillón.

—¿Qué ha pasado?

—Ha sido horrible —dice Elspa.

Se la ve agotada. Se levanta y me agarra del brazo con mano temblorosa.

—No ha sido horrible —interviene Artie—. Ha estado bien.

—Tu madre te ha dejado mensajes en el móvil y una nota en la puerta —explica Elspa—. ¿No has visto la nota?

Yo niego con la cabeza.

—¿Qué ha ocurrido? ¿Qué se ha torcido? —Y querría añadir: «¿Mientras no estaba, cuando os dejé solos?»

—Hace tiempo que se veía venir —dice Artie—. No es ninguna sorpresa. Todo forma parte del proceso.

—El proceso —repito entre dientes.

Es innegable que, al final, Artie morirá de un fallo cardíaco congestivo. Padece una infección aguda en el corazón causada por el virus Coxsackie. Odio estos detalles y he intentado eludir toda esa jerga médica tan fría, pero sé que su corazón está dañado. Ya no se contrae como debería, y los fluidos se acumulan. Van desplazándose hacia sus pulmones y acabarán por encharcárselos, y Artie ya no podrá respirar, ni siquiera con ayuda de la máquina de oxígeno. Combate el dolor en el pecho con morfina, pero es un flaco consuelo. Aunque la droga alivia su sufrimiento, al final lo debilitará. Artie morirá de un ataque de apoplejía durante la noche o se ahogará en el interior de su propio cuerpo. Ésta es la verdad que no puedo soportar.

—Me siento como Michael Jackson, con su obsesión por el aire puro, pero sin su talento ni sus otras perversiones —comenta Artie.

—No tiene gracia —replico—. Nada de esto resulta divertido.

—O como si estuviera en un bar de oxígeno. —Artie sonríe—. Finjamos que estamos en un bar.

Yo asiento con la cabeza.

—Un bar.

Levanto la vista hacia Elspa.

—Os dejo para que estéis un rato a solas.

—¿Ahora está estable? ¿Todo está bien?

—Sí, ahora está bien —responde ella—. El enfermero está abajo. Tiene un timbre. —Señala una perilla con un botón rojo que cuelga junto a la almohada de Artie.

—Gracias, Elspa —le digo.

Ella sonríe y sale de la habitación.

—¿Por qué nunca vienes a verme de día? —me pregunta Artie—. Deberíamos hablar más.

Me siento en el sillón intentando tranquilizarme.

—Eres un hombre ocupado. La sala de espera siempre está llena.

—Sólo porque tú lo organizaste de esta manera —contesta él—. ¿Intentas evitarme?

El tono de su voz suena normal, sin el menor atisbo de debilidad. Yo también intento representar mi papel.

—Eso creo —digo.

Se produce una pausa.

—He oído decir que vas a ayudar a Elspa a recuperar a Rosie. Es estupendo lo que haces por ella.

—¿Te lo ha contado ella misma?

—Elspa suele subir a verme... cuando estoy despierto.

No le respondo.

—Elspa es frágil —añade Artie—. Espero que todo salga bien.

—Es más fuerte de lo que tú te imaginas.

La habitación está tranquila, aunque casi me parece percibir la presencia de los amores de Artie que han entrado y salido a lo largo del día.

—¿Qué te dicen ellas? —le pregunto, doblando las rodillas contra el pecho.

—Resulta extraño —contesta él.

—¿En qué sentido?

—Hay algo que surge una y otra vez. Se presenta bajo formas distintas, pero siempre es lo mismo. —Reflexiona por un momento—. ¿Cómo se le llama a eso? ¿Variaciones sobre un mismo tema?

—¿Y cuál es el tema?

—Bueno, si dejamos a un lado a las que me odian por completo, el tema recurrente es que yo intenté salvarlas, curarlas o algo parecido. Curarles alguna herida del corazón. Y, aunque las traicioné, en cierto sentido las ayudé. Sus vidas mejoraron por el hecho de haberme conocido, aunque a la vez yo las empeoré.

—¿Y qué hay de las que te odian?

—Bueno, dicen que yo intenté enderezarlas o cambiarlas, que les hice una promesa, y que la promesa es lo que iba a mejorar sus vidas. Mis promesas las hacían sentirse... bueno, digamos que seguras. Y cuando les fallé o las traicioné, se encontraron con dos problemas en lugar de uno, o bien con que yo había hecho que su único problema empeorara. Son situaciones complicadas.

—¿Y cómo empeoraste su problema?

—Ya lo sabes.

—¿Cómo lo empeoraste? Yo no lo sé.

—Bueno, por lo visto no las ayudé a superar su creencia de que ningún hombre es digno de confianza. Se trata de variaciones sobre el tema de que todos los hombres son unos cabrones. Si grabaras a cada una de esas mujeres, podrías reproducirlo como un coro.

Me pongo de pie casi sin darme cuenta.

—¿Es eso lo que pensabas cuando te casaste conmigo? ¿Que había algo malo en mí? ¿Que era una especie de proyecto para ti, un proyecto para toda la vida? ¿Que podrías salvarme?

La habitación queda en silencio salvo por el zumbido de la máquina de oxígeno. Permanezco inmóvil, y Artie también. Apenas distingo su cara en la penumbra.

—No —contesta él con la voz quebrada, como si estuviera gritando, aunque en realidad habla en un susurro—. Pensé que quizá tú podrías salvarme a mí.

No estoy segura de qué responder a su confesión. Me rompe el corazón, pero también me lo endurece. Yo nunca firmé un documento comprometiéndome a salvar a Artie Shoreman de sí mismo. Él nunca me comunicó que necesitaba que lo salvaran. Me parece injusto que me suelte esto ahora, a posteriori.

—¿Cómo querías que te salvara si estabas haciendo una farsa de nuestro matrimonio? ¿No te parece que me has dado buenas razones para creer de verdad que todos los hombres sois unos cabrones?

—Sí, te las he dado. Lo sé. Lo siento... Sólo quiero...

Levanto una mano.

—¡Basta! —exclamo—. No sigas.

Me hundo en el sillón, me tapo la cara con las manos y dedico unos momentos a recobrar la calma.

—¿Cuándo iréis a buscar a la hija de Elspa? —me pregunta—. Según he oído, será pronto.

—No puedo irme ahora. —Me enderezo en el sillón.

—Tienes que ir ahora.

—No, no tengo que ir ahora. No estaba aquí cuando me necesitabas. Se supone que tengo que estar aquí.

—Te conozco mejor de lo que crees —musita.

—¿A qué te refieres?

—Sé cómo funciona tu cerebro. A partir de una situación mala, quieres crear algo bueno. Quieres conseguir algo que perdure. Ése es el motivo por el que quieres ayudar a Elspa. ¿Tengo razón o no? —Se calla sólo por un instante—. No me contestes. Sé que tengo razón. Es esa parte tuya la que trajo aquí a mi hijo. —Artie sonríe—. Tengo razón. Sé que la tengo.

—Elspa ha esperado hasta ahora, así que puede esperar un poco más —insisto, evitando reconocer que, en efecto, me conoce muy bien.

Me pregunto qué más sabe de mí. ¿Estará enterado de cosas que yo desconozco?

Pero entonces su voz se vuelve tensa.

—No —dice, casi como si tuviera miedo de algo—. No.

—¿Qué? ¿No qué?

Se vuelve hacia mí.

—Esto significa demasiado para ella. Significa demasiado para ti. Lo que tú haces es lo correcto. Sacar algo positivo de una situación mala. Transformar la situación que tiene un final en otra más duradera.

—De acuerdo —contesto yo.

Da la impresión de que está al borde del llanto.

—Prométemelo —me pide.

—Te lo prometo.

—Vete a la cama —dice Artie.

—No creo que deba...

—Soy un hombre que yace en su lecho de muerte. Esto me confiere cierta autoridad. Ve. Duerme. Estás agotada.

Estoy agotada. Me levanto insegura y me dirijo a la puerta.

—La próxima vez que vengas a verme de noche, despiértame —me indica Artie—. Antes que nada. Por favor.

—Lo intentaré.

—Gracias por traerme a mi hijo —dice—. Nunca podré pagártelo.

Una vez más se produce un gran cambio. ¿Artie está en deuda conmigo? Sí, Artie está en deuda conmigo. No puedo decirle «de nada». Temo que, si rompo a llorar, no podré parar. Salgo de la habitación, recorro el pasillo, bajo las escaleras. Me detengo por un instante en el vestíbulo, pero, de repente, siento que no es mi vestíbulo. Siento que no es mi casa. Cojo las llaves del coche y salgo al aire libre. Me vuelvo y veo la nota que mi madre me ha escrito, pegada a la puerta. No la leo. La dejo donde está. Camino deprisa hacia mi coche. Hace una noche fresca. Cuando he acabado de sacar el coche de la entrada del garaje, estoy llorando y veo que tenía razón: no puedo parar.

25

La capacidad de fingir es una habilidad vital

Estoy ante la puerta de Bessom's Bedding Boutique. Vislumbro a John a través del escaparate, veo el ángulo prominente de sus hombros mientras duerme en una de las camas de exhibición. Llamo a la puerta y veo que él se revuelve, se incorpora y se frota la cabeza. Cuando ve mi imagen, allí, al otro lado de la puerta, se echa hacia atrás. Lo he asustado. Entonces cae en la cuenta de que soy yo. Se levanta deprisa, recorre el pasillo, descorre los múltiples cerrojos y me abre la puerta.

—Me has asustado. Creía que eras un ladrón educado —comenta John, pero se percata de que tengo el rostro enrojecido y empapado en lágrimas—. ¿Qué te pasa? —me pregunta—. ¿Qué ha ocurrido?

—Todo va mal —digo con la respiración entrecortada—. Se está muriendo. Se está muriendo ahora mismo.

John me abraza. Tengo los brazos cruzados sobre el pecho. Él no dice nada. Huele a sábanas limpias y a sueño. Me hace pasar y me sienta en una litera decorada con motivos de béisbol.

—Puedo contarte tantas cosas del pasado como quieras, pero ya no importa —le digo—. No importa porque él se está muriendo y, cuando ya no esté, todo habrá desaparecido. Y yo no quiero que todo desaparezca.

Él todavía me sujeta por los hombros. Me mece suavemente.

—Cuéntame algo —me pide—. Háblame del pasado.

Levanto la mirada hacia él.

—Ya no tiene importancia.

—Pero ¿y si la tuviera?

Respiro hondo y expulso el aire hacia el techo.

—Cuéntame una cosa más del pasado —insiste.

Reflexiono por un instante. Veo a Artie vestido con su esmoquin, sonriéndome desde el altar.

—Nuestra boda —murmuro.

—Muy bien —dice John—. No me has contado nada de vuestra boda.

—Artie fue el primero en ponerse a llorar, y esto hizo que yo también me echara a llorar, pero al mismo tiempo se me escapó la risa, y de rebote también a él. —Vuelvo a inspirar a fondo—. Se volvió algo contagioso, y todas las personas que atestaban la iglesia acabaron riendo y llorando. Fue muy curioso —le digo—, vernos a todos reír y llorar a la vez.

—Es como la vida misma. La comedia y la tragedia se solapan —sentencia John—. La verdadera tristeza también tiene que incluir algo de dicha, ¿no crees? Algún famoso dijo algo parecido en una ocasión. Dijo que no se puede sentir tristeza por un final si no se han vivido momentos de alegría auténtica.

Me ha pillado por sorpresa. Alzo la vista hacia él. Tiene el perfil muy marcado, pero los ojos dulces y las pestañas espesas.

—Todo irá bien, Lucy.

Me estrecha contra sí, y me sienta de maravilla que me

abrace con esa especie de fuerza delicada. En este momento cobro conciencia de cuánto tiempo hace que un hombre no me rodea así con los brazos. Me besa en la frente, y entonces su cara está justo ahí, junto a la mía, que sigue bañada en lágrimas. Y no sé cómo o por qué, pero me inclino y lo beso suavemente en los labios. No se trata de un beso largo, no es apasionado ni sensual, pero John tiene una boca maravillosa y no rechaza mi beso. Y, aunque el beso podría pasar por un piquito, de esos que te das con los amigos en las fiestas, se alarga justo lo suficiente para convertirse en algo más. Además, debo decir que no me parece mal, no en este momento, no por el beso en sí.

Pero entonces me aparto. Abro los ojos y me siento tranquila. Sé que no durará. Sé que tendré que enfrentarme a las consecuencias de este acto, al sentimiento de culpa que seguramente me embargará después. Sin embargo, ahora mismo, estoy en calma.

—Tenemos que fingir que no nos hemos besado —le digo a John.

—No me gusta fingir.

Me levanto.

—Pero lo harás, por mí. Tengo que fingir desde este mismo momento.

—De acuerdo —accede—. Fingiré, pero no será fácil.

—No ha sido un beso de verdad... —le aseguro, y es casi cierto.

—¿Qué beso? —pregunta John, fiel a su palabra.

—Muy bien —respondo—. Me voy a casa.

—¿Estás en condiciones de conducir?

—Estoy bien.

Y lo estoy. De hecho, me invade una extraña sensación de serenidad. Doy media vuelta y me dirijo a la puerta. Sé que llegaré a casa y ocuparé mi puesto en el sillón para velar a Artie mientras duerme. Quizá llore otra vez, quizá no. La verdadera tristeza también tiene que incluir algo de dicha. Todo forma parte del trato.

—¿En el instituto llevabas una chaqueta tejana? —le pregunto a John antes de salir.

—Sí —responde—. Siempre. Lavada a la piedra.

—Ya me lo parecía —comento—. Tenía esa impresión.

26

En uno u otro momento, todos somos el malo para alguien

El beso se repite en mi mente como una película en un bucle, pero en toda su carnalidad. Siento los labios de John contra los míos y, cada vez que el beso se repite, noto un calor en el pecho que me sube hasta las mejillas. Estoy fregando los platos en el fregadero, lavándome los dientes, recogiendo el correo... y entonces, de repente, sin una razón aparente para nadie salvo para mí, me sonrojo. Acto seguido, me sonrojo de nuevo porque... ¿porque es el hijo de Artie? ¿Su propio hijo? Y el calor que me nace en el pecho es diferente, el rubor es distinto. ¿Cabe interpretar esto de otra manera que no sea como un castigo para Artie? ¿Aunque él no lo sepa, aunque nunca llegue a saberlo? Cuando estoy con Artie, incluso cuando él duerme y yo estoy entretenida doblando las mantas una y otra vez, me siento como una traidora. Pero soy una traidora en la guarida de un traidor, me digo a mí misma enseguida para justificarme. Me imagino que Artie lo descubre y se pone furioso, pero yo sólo le digo con voz tranquila (agotada, en realidad): «Sé cómo te sientes.»

Pero la culpabilidad sólo constituye una parte de lo que

siento, claro está. Más significativo es el desconcierto que se ha apoderado de mí. ¿Qué significó el beso? ¿Acaso no fue el resultado de un momento de ternura y tristeza? ¿Tiene que ir envuelto en todo lo que acompaña a un beso? ¿Fue un beso de verdad o no? En esencia, aíslo el beso en mi mente y lo relego a un rincón de mi cerebro como si fuera un recogedor.

Por la mañana, le doy a John unas cuantas excusas por teléfono para evitar continuar con el Tour d'Artie. Me sorprendo soltándole un pretexto tras otro, cada uno menos convincente que el anterior. El tercero está relacionado con ir a comprar zapatos. John me llama la atención al respecto.

—Te lo estás inventando todo. No me vengas con evasivas —me reprocha—. ¿Quieres abandonar el Tour d'Artie?

¿Acaso él no se siente culpable? ¿Les falta a los hombres el gen de la culpabilidad?

—¿Por qué siempre lo llamas Artie? —le pregunto yo—. ¿Cuándo te referirás a él como a tu padre?

—No estás respondiendo a mi pregunta —replica John—. La estás eludiendo.

—Eres tú quien no responde a mis preguntas —contraataco yo—. Eres tú quien elude la pregunta.

Los dos eludimos las preguntas.

—Si quieres dejar estar lo del recorrido, me parece bien. Sólo quiero que lo sepas y que sepas que yo lo sé.

—De acuerdo —le digo—. Ya lo sé y ahora sé que tú lo sabes.

—Vale.

—Vale, vale.

John ha tomado por costumbre venir por las tardes a pasar un rato con Artie, y esta tarde no es una excepción. Calculo que ya he hecho suficientes recados para evitar encontrarme con él, pero cuando entro en casa cargada de bolsas de comestibles, casi me doy de bruces con él.

—¡Estás aquí! —exclamo.

—Te has perdido la cena. Tu madre me ha invitado a quedarme. —Me quita una de las bolsas—. Deja que te ayude.

Coge otra, y otra, hasta que mis manos están vacías. Veo el interior de la cocina lleno de mujeres en pleno ajetreo: Elspa, Eleanor, mi madre.

Tomo a John del brazo.

—En realidad, no he estado evitándote —le susurro—. Vaya, que me alegro de verte. Es sólo que...

—Me has estado evitando —dice él—. No pasa nada. Lo capto. Están sucediendo muchas cosas.

John entra en la cocina, y yo lo sigo. Las mujeres están cubriendo los recipientes de las sobras con papel transparente, lavando los platos y hablando todas a la vez. John y las bolsas de la compra quedan fagocitados por la escena. Yo estoy de pie junto a la puerta, observando cómo todas estas personas se mueven por la cocina con cierta facilidad, Elspa, Eleanor, mi madre... y John. También debería incluir a *Bogie* en todo esto. *Bogie*, que ha encontrado un rincón tranquilo, está despatarrado y profundamente dormido en el suelo. No sé cuándo se ha instalado entre nosotros esta comodidad, pero aquí está. Incluso con John me siento bastante cómoda, sobre todo desde que me reprendió por inventarme excusas, en dos ocasiones, por cierto. Al menos me siento tan cómoda como me permite el recuerdo del beso que acecha en un recoveco de mi cerebro.

Decido unirme a ellos. Saco una copa del armario y me sirvo vino de una botella que ya está descorchada.

Eleanor quiere hablar de cómo está cambiando la actitud de Artie.

—¿Crees que está funcionando de verdad? —pregunta—. Todas esas mujeres le están transmitiendo un mensaje, ¿no? Él es un adúltero en serie. ¿Durante cuánto tiempo podrá seguir negándolo?

—¿Y cuál es tu historia con Artie? —inquiere John—. Creo que no la conozco.

Ella agita la mano, como para restarle importancia al asunto.

—Yo sólo fui una mujer más para Artie. Eso es todo. No hay nada más que decir.

El médico, que ha venido hace un rato, ha dicho que el deterioro del estado de Artie se ha ralentizado. Mi madre sigue algo nerviosa; ha hablado con el doctor y, en determinado momento, le ha tocado la mano, sin ninguna razón aparente. Ella aprovecha su energía sobrante para cuidar de todos nosotros. Cuando ve que John saca un vaso del lavavajillas, ella se acerca a toda prisa y empieza a vaciarlo.

—En mi opinión, el médico sabe tratar a sus pacientes como nadie. La verdad es que tranquiliza mucho.

Todo este asunto, su obsesión por cuidarnos y por el médico, no forma parte del plan que tracé para ella.

—Se supone que estás intentando ser tú misma, ¿recuerdas?

—A mí háblame en cristiano, querida —me suelta mi madre—. Nadie te entiende cuando dices cosas así.

—Yo sí que la entiendo —interviene Elspa.

Mi madre suspira.

—Es algo generacional.

Elspa se vuelve hacia John.

—Esta noche has arropado a Artie. ¿Te ha resultado extraño arropar a tu padre?

John no se alarma por la pregunta.

—Sí —responde—, me ha resultado extraño. Me lo he imaginado arropándome muchas veces cuando era niño. Sólo imaginado.

—Es curioso cómo cambian las cosas en la vida —comenta mi madre y me lanza una mirada—. En determinado momento, cuando menos te lo esperas, el hijo puede convertirse en el padre.

—Y el amante puede convertirse en el enemigo —añade Eleanor casi en un susurro.

—Todavía me siento confuso —confiesa John después de

servirse un whisky y sentarse—. ¿Cuándo salisteis tú y Artie? —le pregunta a Eleanor—. ¿Hace décadas o hace poco?

—Bueno, no fue como lo de Elspa —explica Eleanor refiriéndose, supongo, a que ella no fue amante de Artie mientras él y yo estábamos casados.

Entonces se me ocurre que nunca he contemplado la posibilidad de que Eleanor fuera una de las mujeres con las que Artie me engañó, lo que, curiosamente, resulta injusto. ¿Será porque no me parece el tipo de persona capaz de engañar a nadie? ¿O porque es mayor que yo? ¿O quizá por su cojera, que sugiere imágenes desagradables?

—No os ofendáis, Elspa y Lucy.

—¡Para nada! —exclama Elspa de todo corazón. Está comiendo helado de un bol, sentada en un taburete, junto a la encimera central, con las piernas cruzadas.

—Para nada —comento yo con algo menos de entusiasmo.

Decido prepararme, yo también, un bol con helado, y me acerco a mi madre, que está junto al fregadero.

—No te hagas la boba conmigo —le susurro, aunque lo que significa esta frase es: «Sé tú misma.»—. Sabes exactamente a qué me refiero.

Ella me mira un poco sobresaltada, y después sonríe y se encoge de hombros.

—Yo no hablar tu lengua. —Y levanta una mano con la palma hacia mí.

—¿Has mantenido una conversación íntima con Artie, como las otras mujeres? —le pregunta John a Eleanor.

—No pienso darle esa satisfacción —contesta ella con brusquedad y se cruza de brazos.

—Pero si lo hicieras, ¿qué le dirías?

Todos dejamos lo que estábamos haciendo. Yo sostengo el bol y el envase de Häagen-Dazs en vilo. Las miradas se posan en Eleanor. Caigo en la cuenta de que no conozco la respuesta a ninguna de las preguntas de John. Quizá porque nunca consideré que Eleanor representase una amenaza real para mí, y reconocerlo, aunque sólo sea ante mí misma, me resulta espantoso, pero no por ello es menos cierto. Salta a la vista que Artie no le cae bien. Pero ahora me pregunto por qué se implica tanto. ¿Cuándo falleció su marido ortodoncista? ¿Cómo es que conoce lo bastante a Artie como para odiarlo tanto? Sinceramente, admiro el odio que ella siente hacia él. Siempre me ha parecido puro y sincero, mientras que el mío es muy complejo, como un intrincado laberinto de setos.

Durante unos instantes, Eleanor guarda silencio. Nos mira a todos uno por uno, a la defensiva, como si la hubiéramos acusado de algo.

—Yo era la mujer —dice al fin—, la viuda, a quien Artie dejó tirada cuando conoció a Lucy. —Clava la mirada en mí y enseguida la aparta. Entonces se sienta a la mesa del desayuno—. Ahora ya lo sabéis.

Se produce un silencio. No sé qué decir. No sabía que Artie salía con alguien cuando me conoció. No sabía que había plantado a otra mujer por mí.

—Eleanor —digo—. Lo siento muchísimo.

—Lo siento —murmura John—. No pretendía... —Se vuelve hacia mí como disculpándose, y pienso que su disculpa muda va dirigida tanto a mí como a Eleanor. Sin embargo, en ese breve instante nuestras miradas se cruzan, y resulta inquietante. El beso sigue ahí. Es tozudo. Pero a su lado está la imagen de Eleanor y Artie, una pareja, y, por extraño que parezca, los veo con claridad. Toda esa pasión que sienten el uno por el otro y que ahora ha cedido el paso a la rabia fue algo más en otro tiempo.

—No pasa nada —dice Eleanor—. No te culpo a ti.

Está limpiando la encimera con un paño de cocina y, una vez más, no sé quién se disculpa ante quién. ¿Eleanor no culpa a John Bessom por sacar el tema? ¿O no me culpa a mí por robarle a Artie?

—Hace ya mucho tiempo de eso. Tendría que haberlo superado.

—Debíais de ir muy en serio —comenta mi madre, y yo desearía que no lo hubiera dicho.

—Incluso habíamos hablado de casarnos —explica Eleanor—. Él me llamaba su Spitfire. Me dijo que era lo que necesitaba, alguien de su misma edad, alguien capaz de comprenderlo. —Se encoge de hombros—. Pero luego cambió de idea.

Me he quedado de una pieza. Me siento fatal. No es culpa mía, lo sé. Aun así, yo soy la ladrona, la joven por la que Artie la abandonó. Sacudo la cabeza.

—Eleanor —vuelvo a decir. Es la única palabra que sale de mi boca.

—¡Todo esto es fantástico! —exclama Elspa de pronto.

Todos nos volvemos de golpe y la miramos como si estuviera loca.

—Me refiero a que, de una u otra forma, estamos todos unidos. Como una familia de verdad. Yo siempre había querido tener una familia como ésta. —Como si se tratara de una ventaja adicional e inesperada, añade—: ¡Y con todos sus traumas! —A continuación, nos mira muy seria—. Creo que todos llevamos mucho tiempo deseando tener una familia de verdad. Y Artie también.

Elspa está en lo cierto; todos hemos estado deseándolo, cada uno a su manera. No nos queda más remedio que darle la razón. Un silencio tenso se impone en la cocina.

—Quiero que vengáis todos con Lucy y conmigo —dice Elspa— y me ayudéis a recuperar a Rose, mi hija. Quiero que todos nos acompañéis, para que mi familia vea que tengo una familia.

—¿Estás segura? —le pregunto con cierto pánico en la voz.

—Sé que Artie no puede venir —dice Elspa—, pero quiero que vengáis todos los demás. Me daría ánimos. ¿Vendréis?

—Sí, desde luego —contesta Eleanor—. Tendré que posponer algunas visitas de amores de Artie, pero ellas están acostumbradas a que las pospongan.

—No sé qué decirte respecto a esto, Eleanor. Lo tienes todo muy bien programado... —intervengo yo.

Eleanor me ignora.

—¿Estás segura de que también quieres que vaya yo? —pregunta John, y me mira de soslayo.

Elspa asiente con la cabeza.

—¡Claro que sí!

—Espera —digo yo.

Mi madre sonríe.

—A mí me necesitas, querida. Claro que iré. —Se acerca a Elspa y le da un apretón en los hombros—. No permitiría que fuera de otra manera.

—¡Pero esto podría ser excesivo para ti! ¿Quieres que te acompañemos todos? ¿Estás segura? —le pregunto a Elspa, esperando que cambie de opinión.

—Sí —contesta ella. Coge una cucharada de helado y se la lleva a la boca, sonriendo—. Ahora me siento mejor. Mucho mejor.

27

Sólo se pueden hacer planes hasta cierto punto. A la larga, uno tiene que actuar

Pero yo no me siento mucho mejor. Estoy inquieta, quizá más que en ningún otro momento desde que todo esto empezó, y no creo que este viaje por carretera en plan familiar vaya a tranquilizarme precisamente. Sin embargo, da igual cómo me sienta yo. Elspa, llena de esa nueva y extraña confianza que no acabo de comprender, telefonea a sus padres y consigue que nos inviten a su comida familiar del domingo en Baltimore.

El domingo por la mañana, sólo dos días más tarde, entro en la cocina temprano con mi bolsa de fin de semana. Espero que sólo pasemos una noche fuera. Además, ¿cómo lo organizaremos? ¿Compartiré habitación con todas las mujeres, o sólo con mi madre y con *Bogie*, a quien ella ha insistido en llevar? ¿Cabremos todos en el coche? Este temor me asalta cuando mi madre sale del lavabo tocada con un sombrero enorme, como si fuera a las carreras de caballos, y cuando veo a Eleanor, que está sentada a la mesa de la cocina con una maleta voluminosa y un bolso descomunal a los pies, tomándose un café.

John entra en la cocina y se sirve una taza.

—Bien, señoras, ¿estamos listos para irnos? —pregunta.

Mi madre se ajusta el sombrero.

—Desde luego.

Entonces entra Elspa. Va vestida como siempre, con unos tejanos, una camiseta negra y los tatuajes a la vista. El *piercing* del labio es más grande y la raya de los ojos más negra de lo habitual, como si se hubiera arreglado para una ocasión especial. Me vuelvo hacia John. Él me mira a mí y luego a Elspa. Mi madre suspira y Eleanor tose, el código para «tenemos un problema». Nadie le había aconsejado que llevase un atuendo adecuado para ir a reclamar a su hija, porque era algo obvio para todos menos para Elspa.

—¿Qué pasa? —pregunta ella.

—Sólo tardaremos un minuto —digo yo.

—¿Qué? —me pregunta Elspa.

—Tienes que disfrazarte para representar tu papel.

La tomo de la mano y la conduzco al dormitorio de los invitados.

Una vez dentro, saco uno de mis conjuntos de ropa de trabajo: una blusa, una rebeca y unos pantalones de vestir.

—¿Pantalones de vestir? ¿No te parece un poco cruel? —pregunta Elspa.

—¿Qué tienen de malo los pantalones de vestir?

—Ella se dará cuenta. Mi madre. No se la puede engañar.

Le limpio parte del delineador de los ojos, le cepillo el pelo puntiagudo y le doy unas gafas de sol rectangulares. A continuación, le indico que se quite el pendiente del labio. Ella resopla, pero me obedece y se guarda el aro en un bolsillo.

Retrocedo un paso para contemplar mi creación.

—No está mal.

Elspa se mira en el espejo. No se la ve muy convencida.

—Parezco estreñida.

—Pareces una persona digna de confianza. Eso es lo que pretendemos.

Segundos más tarde, estamos de vuelta en la cocina, plantadas delante de John, Eleanor y mi madre. Pero no hay exclamaciones de sorpresa ni de admiración, y me doy cuenta de que esto me decepciona. Mi madre y Eleanor se muestran conformes, pero John está un poco desconcertado. Se queda mirando fijamente a Elspa.

—¿Dónde está Elspa? —pregunta.

—Está ahí dentro —respondo—. Si no nos damos prisa, llegaremos tarde.

Nos dirigimos a la puerta principal. Eleanor avanza con dificultad, arrastrando su voluminoso equipaje.

—Creo que esa *yuppie* se la ha comido —comenta John refiriéndose a Elspa.

—No tiene gracia —respondo yo.

—¿No parezco estreñida? —pregunta Elspa.

Vamos deprisa hacia el coche. Elspa ocupa su lugar en medio del asiento trasero, un poco desanimada, pero lista para partir. Por alguna razón, *Bogie*, que hoy lleva un suspensorio verde con ribetes de ganchillo en el lomo, se ha acomodado en su regazo. Acariciarlo le servirá para mantenerse ocupada. John introduce las bolsas de viaje en el maletero de mi coche. Cuando admití que no tengo sentido de la orientación, él se ofreció como conductor y ya le he dado las llaves del coche.

Eleanor y mi madre discuten sobre quién irá delante, en el asiento del copiloto. Se trata de una disputa acalorada en la que mi madre, con su estilo pasivo-agresivo, jamás menciona la distribución de los asientos, pero en cambio se extiende en una elaborada explicación sobre sus problemas de vejiga.

Yo soy la única que permanece inmóvil en el jardín delantero de la casa. Soy la única que no se ha despedido de Artie. Sé que él quiere que vaya; de hecho, me ha obligado a prometerle que iría, pero, aun así, no he conseguido decirle adiós cara a cara.

Uno de los enfermeros se quedará con él las veinticuatro horas del día, por si acaso. La verdad es que a Artie nunca le ha gustado estar solo, lo que no constituye ninguna sorpresa. Levanto la mirada hacia la casa y veo al enfermero a través de la ventana del dormitorio de Artie. Sé que debería haberme asomado a la puerta para decirle un rápido «nos vemos luego», pero no he podido. Cada vez que veo a Artie, se me corta la respiración. Sin embargo, tengo que decirle algo antes de marcharme. Abro el móvil y telefoneo a casa.

Contesta el enfermero.

—Residencia de los Shoreman.

—Quiero hablar con Artie. Soy yo, Lucy.

—¿Ya os habéis ido?

El enfermero aparece en la ventana, me mira y me saluda con la mano.

Yo le devuelvo el saludo.

—¿Puedes decirle a Artie que se ponga?

Oigo que el enfermero le explica a Artie quién lo llama.

Artie coge el auricular.

—No podías irte sin despedirte.

—No te mueras durante los dos próximos días —le pido.

—No lo haré. Te lo juro por mi maltrecho corazón. —Ahora está frente a la ventana, descorriendo las cortinas con una mano. Hacía mucho que no lo veía levantado—. Soy demasiado mala persona para morirme en este momento.

—¿Mala persona?

—¿Te has dado una vuelta por aquí últimamente? ¿No has notado el odio hacia mí que flota en el ambiente?

—¿Dejaste plantada a Eleanor cuando empezaste a salir conmigo?

—¡Me enamoré locamente de ti! —exclama él, un poco a la defensiva—. En realidad, fue una buena decisión porque habría sido peor que siguiera viéndola, ¿no?

Me siento protectora hacia Eleanor, aunque, en este caso,

yo era «la otra». Me revienta que Artie le hiciera daño. Odio que su capacidad para hacerle daño formase parte de su capacidad para hacerme daño a mí.

—Volvamos a lo mala persona que te sientes ahora. Prefiero ese tema.

—Pues es la verdad, pero no quiero hablar sobre ello —replica Artie. Se produce una larga pausa—. Me siento como un tipo despreciable.

Pienso en la tablilla sujetapapeles de Eleanor, en el gráfico de las siete etapas del duelo por sus infidelidades.

—¿Estás desesperado?

La línea se queda en silencio. Contemplo a Artie, al otro lado de la ventana. Se cubre los ojos con una mano. Me pregunto si está llorando. Entonces oigo un sollozo inconfundible.

—Empiezo a desesperarme —admite Artie—. No llevo bien la desesperación. Va en contra de mi naturaleza.

No puedo mirarlo. Me doy la vuelta y poso la vista en el seto perfectamente podado del vecino.

—Creo que puede ser bueno para ti.

Artie carraspea.

—Lo sé, lo sé —dice—. Supongo que tienes razón.

—Quizá sea mejor de esta manera.

—¿De qué manera?

—Por teléfono. No he afrontado muy bien nuestra situación en persona. Quizá se me dé mejor por teléfono. Tenemos que hablar.

—De acuerdo, hablemos. De la manera que tú quieras.

—Te llamaré.

—Eso suena bien.

Tengo la impresión de que estoy dejando a Artie otra vez. En esta ocasión es distinto, pero no puedo negar la realidad ni el hecho de que, de una forma extraña, me produce cierta satisfacción, como si el deseo de irme estuviese escrito en mis genes. En realidad, lo está.

—Quizá soy mi padre —le comento.

—Dudo que me hubiera casado con tu padre —comenta Artie. Está acostumbrado a mis ocasionales y bruscos cambios de conversación.

—Me voy otra vez. —Es posible que Artie no sea la versión freudiana de mi padre, pero yo sí. Quizá mi subconsciente no me haya engañado después de todo—. Me voy, como mi padre.

—No —contesta Artie—. No como tu padre, porque tú volverás, ¿verdad? —Su voz refleja una vulnerabilidad que ya he percibido unas cuantas veces desde que regresé a casa. Se trata de una vulnerabilidad nueva, que se ha colado junto con la enfermedad.

—Así es —le respondo—. Volveré. Pronto.

Artie se queda callado por un instante.

—Te quiero —murmura al cabo.

—Yo no sé por qué sigo queriéndote. Supongo que, en cierto sentido, me va lo absurdo —le digo, y no espero su respuesta.

Me sorprende haberle hecho esta confesión. Corto la comunicación y me dirijo al coche, subo y doy un portazo. Eleanor, mi madre y John me imitan y cierran las otras tres puertas.

—¿Estáis listas? —pregunta John.

Por un momento, me siento desorientada.

—¿Para qué? —le pregunto.

—Para irnos —responde él.

—No tenemos por qué —dice Elspa en voz baja. Quizás esté cambiando de idea.

—¡Vámonos! —mascullo—. Tenemos que ir.

28

El impulso de sobornar puede ser algo genético

El viaje desde las afueras de Filadelfia hasta Baltimore debería durar, como mucho, dos horas, pero topamos con un atasco. Al estar parados, deja de correr aire dentro del coche. John enciende el aire acondicionado. Yo lo observo con disimulo. ¿Estará pensando en el beso? ¿Se habrá preguntado si significaba algo? ¿Habrá intentado arrumbarlo en su mente como un recogedor?

Es él quien rompe el silencio.

—El coche está lleno de Artieólogos —comenta—. Deberíais darme un curso intensivo.

Eleanor suelta un gruñido, pero no se opone a la idea. Ha conseguido sentarse en el asiento de delante, lo que atestigua su fuerza de voluntad y su habilidad magistral para discutir en el lenguaje que domina mi madre, la agresión pasiva. Yo voy sentada en el asiento trasero, con Elspa y mi madre, quien lleva un buen rato enfurruñada.

Para aligerar el ambiente, planteo un desafío.

—Muy bien —anuncio—: veamos quién cuenta la mejor anécdota sobre Artie. John será el juez.

—De acuerdo —dice Elspa.

—Dale más potencia al aire —pide mi madre quitándose el sombrero y abanicando con él su pintarrajeada cara.

Empiezo yo, relatando una historia del retatarabuelo de Artie, que llegó a Estados Unidos como prisionero. Había robado unos cuantos barriles de licor, lo pillaron y no le gustó la alternativa: morir ahorcado en Inglaterra.

—Provienes de una larga estirpe de ladrones —le digo a John.

—Por suerte, en la rama de mi madre son todos unos puritanos —comenta John con sarcasmo.

—¿Cómo es tu madre? —pregunta mi madre inclinándose entre los dos asientos.

—Es todo un personaje —contesta John con un suspiro de resignación.

—¿Y la del perro que lo mordió en el culo cuando era un niño? —tercia Elspa—. ¿La conoces? —me pregunta a mí.

—Sí —le respondo.

A estas alturas, ya debería haberlo superado. Debería haber superado que Artie le contara historias a Elspa, que tuvieran una relación íntima, incluso que se acostara con ella. El único motivo por el que Artie le habría referido ese incidente es que ella le hubiese visto la cicatriz. Está claro que tanto Elspa como yo le hemos preguntado: «¿Cómo te la hiciste?» No lo he superado, y Elspa lo nota. Se contiene.

—Cuéntala tú —me ofrece.

—No, te toca a ti.

—En realidad, no hay mucho que contar. Un perro le hincó los dientes en el culo. Era un terrier. Y no lo soltaba. Artie empezó a dar vueltas sobre sí mismo y el perro giraba en el aire con él. Por eso le dan miedo los perros.

—Procedo de una estirpe de ladrones volteadores de perros —interviene John—. Tomo nota.

—¿Eleanor? —pregunto yo, un poco temerosa de la historia que ella vaya a relatar, aunque, por otro lado, estoy deseando oírla—. ¿Tienes alguna anécdota?

—Nada que queráis oír —replica ella jugueteando con la pinza plateada con que se sujeta el pelo.

—John tiene que conocer lo bueno y lo malo de Artie —señalo.

Ella guarda silencio por unos segundos.

—Me llevó a bailar.

Todos guardamos silencio por unos instantes. No se puede decir que sea una gran historia; ni buena ni mala. Miro a Eleanor, con la sincera esperanza de que el relato no acabe aquí.

—Yo no bailo —agrega—. Nunca he bailado. —Seguimos esperando que la historia continúe. Eleanor se quita la pinza plateada, como si se le clavara en la cabeza, se frota la nuca y prosigue—. Es por la pierna, ¿sabéis? Nací con la cojera. Así que nunca asistí a clases de ballet. En todas las fiestas y bailes escolares, yo me quedaba sentada. Debería haber bailado, lo sé, pero mi madre lo descartó por completo. A mí nunca se me ocurrió. Hasta que un día Artie me llevó a bailar. —Mira por la ventanilla. El pelo suelto y largo le enmarca el rostro—. ¡Fue increíble!

—Es una bonita historia —comenta Elspa, y me alegro de que lo diga, porque yo me he quedado sin palabras.

La historia es tan sencilla, y al mismo tiempo tan emotiva, que se me ha hecho un nudo en la garganta.

—Pero su belleza... —añade Eleanor—, bueno, es un ejemplo de cómo un momento bonito puede hacerte daño más tarde. —Se pone tensa y endereza la espalda—. Es tu turno, Joan —le dice a mi madre.

—Yo intenté sobornar a Artie para que no se casara con Lucy —declara mi madre sin el menor atisbo de emoción.

—¿Qué? —le grito, volviéndome de golpe hacia ella.

John, que iba conduciendo despacio, da un frenazo; no es-

231

toy segura de si es una reacción a la noticia, a mi explosión o al tráfico. Todos sufrimos una fuerte sacudida hacia delante y luego hacia atrás.

—Lo siento, ha sido culpa mía —se disculpa John.

—Él no aceptó el soborno —asevera mi madre, como si acabara de darnos una noticia estupenda.

—No me imagino a Artie aceptando un soborno por nada —observa Elspa.

—La verdad es que, en aquel momento, mi marido era un hombre muy bien situado —explica mi madre—, así que, para como están los sobornos, aquél era muy generoso.

Todos la miramos fijamente, incluso John, a través del espejo retrovisor.

—Es una historia bonita de Artie —añade mi madre, un poco a la defensiva—. ¿Qué estáis mirando?

—Puede que, técnicamente, lo que has contado encaje en la categoría de historias bonitas de Artie, pero no es una historia maternal bonita —le aclaro, haciendo acopio de paciencia.

—Bueno —dice mi madre, enfadada—, sólo intento participar en el juego. ¡No sabía que las normas fueran tan complicadas!

Entonces, Eleanor suelta una risita.

—«Así que, para como están los sobornos, aquél era muy generoso» —murmura y acto seguido sucumbe a un ataque de hilaridad, con el tronco presa de unos espasmos incontrolables.

Luego Elspa también se echa a reír, y, después, John. Ahora mi madre sonríe, como si los demás hubieran entendido al fin su chiste. Había intentado sobornar a Artie, y «para como están los sobornos, aquél era muy generoso». Al final, a mí también se me escapa la risa. El coche vibra con las carcajadas estentóreas de todos.

Cuando llegamos al otro lado del puente Delaware Memorial, el tráfico se hace más fluido y recuperamos algo del tiempo perdido. Justo entonces, mi madre anuncia que tiene que ir al lavabo. Paramos en una gasolinera que hay junto a la carretera. Mientras se dirige con rapidez al aseo, mi madre, con *Bogie* en brazos, saca el móvil.

—Llamaré al enfermero. Sólo para asegurarme de que todo va bien.

Antes de que pueda decirle que ya llamo yo, ella marca el número. Y supongo que es mejor así. Le he prometido a Artie que mantendríamos una conversación de verdad. Mientras mi madre y Eleanor se dirigen a los lavabos, yo compro, por pura costumbre, todas las chucherías de rigor para los viajes por carretera: patatas fritas, chicles, bebidas isotónicas... Cuando regreso al coche, John está poniendo gasolina. Está sudoroso y tiene los ojos entrecerrados. Lleva una gorra de los Red Sox calada en la cabeza. Busco algún rasgo de Artie en su postura, en su cara, en su mirada, pero sólo lo veo a él, con una mano en el bolsillo, los pantalones ligeramente arrugados y su forma relajada de tomarse la vida. Tiene la nariz un poco torcida, pero esto sólo le confiere un aspecto todavía más auténtico.

Elspa aparece a mi lado.

—Él no es Artie, ¿sabes? —me dice.

Aunque no percibo el menor asomo de mala fe en su comentario, me descoloca e intento adivinar con qué intención lo ha dicho.

—Lo sé —respondo con un poco de recelo.

—No puedes convertirlo en Artie.

—No tenía planeado hacerlo. Pero ¿a qué demonios viene eso?

—Por nada —contesta Elspa—. He estado pensando. En ciertos aspectos, Artie ha sido como un padre para mí, pero quizá también lo ha sido para ti.

—Ha sido una mala figura paterna para mí. ¡Como si yo necesitara que, después de que mi padre real me traicionara, también lo hiciera la figura paterna que yo había elegido! —Es la primera vez que expreso con palabras este sentimiento, precisamente una de las razones por las que la traición de Artie me duele tanto y me resulta tan familiar—. Mi padre eligió vivir con otra familia. Como en el juego de mesa Life, cogió su figurita de plástico azul y la puso en otro coche de plástico.

Intento hacerme la graciosa, pero mi voz todavía refleja cierta emoción, un trasfondo de rabia que me sorprende. Me interrumpo durante unos segundos. A veces Elspa me da miedo por su habilidad para destapar las situaciones incómodas.

—¿Qué hizo Joan? —pregunta Elspa.

—Lo reemplazó por otra figurita de plástico azul, y después por otra, y por otra... Yo no pienso repetir sus errores.

Elspa mira a John, que está pasándole una escobilla limpiacristales al parabrisas.

—Artie ha sido una buena figura paterna para mí. John es más... Yo diría que tiene la capacidad de asombro de un niño.

—¿Eso es bueno o malo? —pregunto.

—Las dos cosas, supongo. Nuestros aspectos positivos sólo son la otra cara de la moneda de los aspectos negativos. Como te pasa a ti.

—¿A mí? —digo.

—Tú eras sensible. Tenías los sentimientos a flor de piel. Ésa era tu fuerza y tu debilidad. Amabas al pajarillo.

—¿Qué pajarillo? —le pregunto, irritada.

—Aquel al que le abriste la ventana. Amabas al pajarillo y amabas a Artie por tenerle miedo. Esto convertía a Artie en un ser de carne y hueso.

—¿Cuáles son las caras de la moneda de Artie?

—Él ama demasiado. No sabe cómo evitarlo.

Elspa se dirige al coche y sube a la parte posterior. Yo me quedo allí, de pie y confusa. Por alguna razón, me entran ganas de recordarle a Elspa que Artie sigue vivo y que yo sigo siendo su esposa. Pero lo único que conseguiría sería dar la impresión de que intento convencerme a mí misma, no a ella.

Eleanor y mi madre pasan junto a mí tan felices mientras las orejas de *Bogie* ondean al viento.

—Artie está bien —informa mi madre.

—¿Vienes? —me pregunta Eleanor.

—¿Qué te pasa? —pregunta mi madre.

—Nada —le contesto.

No sé si enfadarme con Elspa o no.

John está acabando de llenar el depósito de gasolina. Nos congregamos todos alrededor del coche, pero todavía no queremos subir, porque Elspa está dentro, con la puerta abierta, hablando por el móvil con sus padres.

—Sí. Estará bien —dice—. No lo sé. Un poco. Es importante. Nos alojaremos en el Radisson. Os llamaré en cuanto estemos más cerca. —Pasa de estar encorvada sobre el móvil a reclinarse en el asiento. No encuentra una postura cómoda—. Sí, como ya te he dicho antes, son decentes y muy serios. —Me mira y pone los ojos en blanco pero, inmediatamente, me sonríe con dulzura. Los ojos se le humedecen un poco. Sin embargo, cuando habla por el teléfono con su familia, emplea un tono distinto, más suave e inseguro, como el de una niña—. Son buena gente. Los mejores amigos que he tenido nunca.

Esto último lo dice en voz más alta, para que todos podamos oírlo. Como es lógico, ninguno de nosotros hace comentarios acerca de su afirmación de que somos buena gente y todo eso, pero cuando Elspa corta la comunicación, se respira una nueva camaradería entre nosotros. Todas las ventanillas están entreabiertas. *Bogie* va sentado sobre el regazo de mi madre, sacando la nariz por el resquicio entre el cristal y el marco. El viento sopla en el interior del coche y nos despeina. Pienso que quizás estas personas sean también los mejores amigos que yo he tenido nunca y, entonces, se me ocurre que tal vez yo sea la mejor versión de mí misma que he sido en mucho tiempo. Y quiero que eso dure.

29

Los barrios residenciales son lugares peligrosos. Cuidado con el puritano blanco de clase alta

Para llegar a la casa de sus padres, Elspa nos guía por una zona gris y deprimente de Baltimore. Muchas de las casas adosadas tienen puertas y ventanas cerradas con tablones y letreros de «prohibido pasar» clavados en la puerta. Los porches son lúgubres. Unos niños corren por la acera y desaparecen por el estrecho pasadizo que separa dos de las casas. Tres jóvenes están reunidos delante de una tienda de licores, en una esquina. Una mujer mayor de aspecto irascible está junto al bordillo, hurgando en los bolsillos de su bata.

Mi madre baja el seguro de su puerta. John y Eleanor también, pero Elspa mira alrededor con atención por entre los asientos ergonómicos.

—Yo pasé mucho tiempo en esta parte de la ciudad —explica, de repente muy nerviosa—. Ve más despacio.

Eleanor recoge su bolso del suelo del coche y se lo pone sobre las rodillas, yo creo que de forma instintiva. Mi madre utiliza su sombrero para taparse la cara, como si fuera una persona famosa.

Conforme nos acercamos a los restos de una casa quemada y entablada que hay a la derecha, Elspa se inclina hacia la ventanilla y la contempla como si fuera un monumento de algún tipo. Su mente parece estar muy lejos.

—¿Tus padres saben lo que vienes a pedirles? —pregunta Eleanor con una actitud pragmática.

—¿Lo de Rose? No. Se imaginarán lo peor, que vengo a pedirles dinero para comprar droga.

—Estaremos a tu lado, querida. Espero que podamos ayudarte —intenta animarla mi madre.

—Mi madre tiene razón —intervengo yo—, podrías ofrecerles un soborno algo generoso... para como están los sobornos.

Elspa asiente con la cabeza.

—Vamos allá.

Los barrios de Baltimore cambian más deprisa que los de la mayor parte de las grandes ciudades. Los barrios pobres están tocando a las casas millonarias y, a veces, sólo los separa una bocacalle.

Elspa sigue guiándonos.

—Por aquí. En el próximo semáforo, a la izquierda. Ya estamos cerca.

Entramos en una urbanización apartada. Mi madre comenta lo bien cuidado que está el jardín de uno de los vecinos. Eleanor se muestra de acuerdo, como si estuvieran dando un paseo turístico por el barrio.

—Ya estamos. Es allí —dice Elspa.

Señala, al otro lado de la calle, una casa realmente magnífica, blanca, con una enorme extensión de césped. Cara y lujosa. En la entrada del garaje hay dos Volvos aparcados y, frente a la casa, un monovolumen y un Saab descapotable.

—¿Se celebra una fiesta o algo parecido? —pregunta John.

—La comida familiar de los domingos —explica Elspa—. Espero que os gusten las creps de cangrejo.

—¿Y a quién no le gustan las creps de cangrejo? —pregun-

ta mi madre—. ¡A *Bogie* le encantan las creps de cangrejo!
—Y le da unas palmaditas en su huesuda cabeza.

—A mí me dan náuseas —afirma Elspa.

John aparca detrás del Saab. Yo no sé qué decir, así que no digo nada. Salimos del coche y nos arreglamos como podemos, nos alisamos la ropa, nos enderezamos la cintura del pantalón o la falda... Todos menos Elspa.

Me agacho y echo un vistazo al interior del coche. Elspa respira hondo, coloca una mano en la manija de la puerta, la abre, apoya un pie en el suelo y contempla la casa.

—Sólo son gente. Personas y nada más —la tranquiliza John.

—Con un gusto exquisito —oigo que murmura mi madre, lo que no mejora mucho las cosas.

Sujeto a Elspa por las solapas, le sacudo la chaqueta de punto con la mano y le subo las gafas de sol por el caballete de la nariz.

—Te contaré mi secreto. Lo perfeccioné después de dejar a Artie. Es el siguiente: tienes que desapegarte emocionalmente. Sólo un poco. Sólo de forma temporal. Así podrás superar este trago. Si demuestras que no los necesitas, es más probable que ellos crean que te necesitan a ti.

Entonces le propino un puñetazo en el brazo.

—¡Ay! —exclama Elspa.

—Respuesta equivocada —señalo, y le arreo otra vez.

Ella hace una mueca de dolor.

—No es suficiente —le digo—. No tienes que reaccionar. —Y le doy otro puñetazo.

—Éste me ha dolido de verdad —se queja ella, frotándose el brazo.

—Hummm... —comenta John—, ¿qué tal si dejas de pegarla?

—De acuerdo, olvídalo —cedo yo—. Hazlo lo mejor que puedas.

Nos dirigimos todos a la puerta principal. Elspa se pone

las gafas sobre la frente, lo que le atiesa el pelo ligeramente. John alarga el brazo y toca el timbre.

—Sólo son personas —le recuerda a Elspa.

Una mujer alta, de aspecto atlético y con una melena corta y canosa abre la puerta. Es la madre de Elspa. Nos mira a los cinco y observa, con especial dureza, a *Bogie* con su atuendo de gala. Entonces se vuelve de nuevo hacia Elspa.

—Las creps se han enfriado, y la tónica se ha quedado sin gas. De todas maneras, entrad.

Antes de apartarse para dejarnos pasar, clava la vista en su hija, la coge por los hombros y nos mira de nuevo a los demás.

—Así que le has pedido ropa prestada —le dice a Elspa, señalándome con la cabeza—. Muy considerado por tu parte. —Entonces nos hace pasar—. ¿Quiénes son estos amigos tuyos? Preséntamelos.

—Te presento a Lucy, John, Eleanor, y Joan. Ésta es mi madre, Gail.

—Bienvenidos —nos saluda ella, indicándonos con gestos que crucemos el recibidor—. ¡Las creps se han enfriado, y a la tónica se le ha ido el gas!

—Pues a mí me gustan las creps frías —comenta John.

La cocina es de última generación, con unos electrodomésticos cromados más propios de un restaurante de lujo. Un san bernardo viejo y enorme duerme en un rincón. Es el tipo de perro que elegiría una persona adinerada. Y está allí, tumbado, como una alfombra cara de piel de oso. Recuerdo uno de los dichos de mi madre que más le gustan a Artie: «Un perro nunca debería ser más grande que un bolso.»

Gail empieza a servirnos bebidas en vasos de tubo. Elspa y yo miramos por la ventana. Veo a su hermano y a su hermana en el jardín trasero, con sus respectivas familias. Un hombre que, a juzgar por su edad, debe de ser su padre, está sentado en una tumbona. En un rincón del fondo, hay un cenador. Macizos de flores bordean el jardín. Los niños se persiguen, jugando, y, en medio de todo ello, hay una niña de tres años. Me percato de que Elspa la contempla. Rose es muy bonita. Me provoca ese tipo de dolor que suelen causarme los niños hermosos. He deseado tener un hijo propio desde hace tanto tiempo... Pero también siento dolor por Elspa. Se come a la niña con los ojos.

Gail nos tiende a cada uno un plato con creps y guarnición.

—Tomad. Con mis disculpas. Vaya, ahora voy y me disculpo por vuestra tardanza. Esto no tiene sentido.

—El tráfico estaba imposible —explica mi madre—. Y yo necesito parar de vez en cuando, ya sabes a qué me refiero.

Gail decide no participar en este pequeño momento de complicidad con mi madre.

—Salgamos al jardín —dice, sonriendo amablemente.

La seguimos al exterior, donde un joven se acerca corriendo y recibe a Elspa con un gran abrazo. Ella se lo devuelve, estrechándolo con fuerza.

—¡Estás fantástica! —exclama él, y se vuelve hacia el resto de nosotros—. ¿Tengo que disculparme ya por algo que Gail haya dicho? Os ofrezco una disculpa general.

—Gracias, Billy —contesta Elspa, y nos presenta a su hermano, pero no aparta la mirada de su Rose, que, de cerca, es todavía más bonita que de lejos. Tiene los ojos muy vivos y lleva un elegante traje pantalón con un estampado de flores.

—Está hecha un hacha —le asegura Billy—. Ya domina bastante bien la ironía y tiene un sentido de la injusticia muy desarrollado. Como su madre.

Le comento a Elspa lo guapa que es su hija. Y todo el mundo me da la razón.

—Es guapa de verdad. Y mira por dónde, salió de ti —dice John.

Elspa sonríe.

—No con esa ropa.

Más tarde, merodeo por el cenador. Elspa está jugando con Rose, la levanta en brazos cuando tropieza con la pelota de fútbol. Mi madre pasea por el jardín, sin duda tomando nota mental de todo. Ha dejado en el suelo a *Bogie*, que olisquea el césped.

John está cerca, hablando con Rudy, el padre de Elspa, que tiene pinta de jugar al golf y luce un elegante polo de color lima.

—Bueno, ¿y a qué te dedicas, John?

—A las ventas. Soy empresario.

—¡Ah! El último novio de Elspa también era empresario. ¡Así que se ha liado con otro traficante de poca monta! Al último casi le pego un tiro en su culo de maricona.

Me choca un poco oír la expresión «culo de maricona» de su boca, pero si John está sorprendido, no lo demuestra. Aun así, Rudy se explica:

—Hemos aprendido la terminología.

—Yo no soy su novio. Soy el propietario de una tienda de camas y colchones.

—Ajá —murmura Rudy—. Comprendo.

Yo regreso a la cocina. No hay nadie, de lo que me alegro mucho. Empiezo a amontonar platos en el fregadero. Aparece Gail con más. Aprovecha este momento a solas conmigo para soltármelo directamente:

—Que sepas que harías mejor en encaminar tus esfuerzos en otra dirección. Hace un año y medio que Rose está con nosotros, y deberíamos haberla acogido nada más nacer. —Señala con un gesto de la cabeza a Elspa y a Rose, a través de la ventana—. A la edad en que la mayoría de los bebés aprende a sostener la cabeza recta, Rose tuvo el placer de desengancharse de la heroína.

—Ahora Elspa es una persona diferente.

—Estuvo a punto de morir en el incendio de un fumadero de crack. Estaba embarazada de siete meses.

Oímos a Elspa y al resto de la familia en el jardín trasero. Se oyen unos gritos de entusiasmo. Alguien debe de haber marcado un gol. Dejo a Gail lavando los platos en el fregadero.

Antes de que nos demos cuenta, la comida del domingo llega a su fin. Las otras familias se van. Billy le da a Elspa un abrazo cálido y triste, antes de coger en brazos a su hijo. Su esposa sólo se despide con la mano.

Gail se vuelve hacia mi madre.

—Entonces, ¿tú misma confeccionas la ropa para tu perro? Es muy, muy... original.

—La verdad es que sí —contesta mi madre.

Yo siento vergüenza ajena mientras mi madre le informa sobre la desgracia que supone para *Bogie* el hecho de estar demasiado bien dotado; en varias ocasiones, intercala en su relato la palabra «pene» pronunciada en susurros bien audibles. Me alejo, simulando interés por los árboles milenarios.

John se me acerca. Me sobresalto al verlo de repente tan cerca. Huele bien, a cóctel y a algo que contiene canela.

—¿Quieres contarme algo? —musita.

—¿Contarte algo?

—Tengo la sensación de que tienes algo que decirme y que no me lo dices, y quería darte la oportunidad de decírmelo, si quieres. Pero si no quieres...

—O si no tengo nada que decirte...

—Eso es, exacto. Entonces no pasa nada.

—Bien.

—¿Eso significa que tienes algo que decirme, que no quieres decírmelo o que no tienes nada que decirme?

Yo estoy hecha un lío.

—Sí.

—¿Sí, qué?

—No sé.

—Podríamos intentar plantearnos esto como una conversación —sugiere John—. Yo digo algo. Tú dices algo. Y así sucesivamente. Primero habla uno y el otro le responde.

—El beso es un recogedor —le susurro—. Ahora no es más que eso. No significa nada para mí. De verdad. A mí ya me está bien así. ¿Y a ti?

—¿Un recogedor?

—Sí —le contesto.

Él se queda callado, mirándome desconcertado.

—Esto es una conversación. Yo digo algo. Tú dices algo.

—¿Un recogedor? —repite John.

—Primero habla uno y luego el otro le responde. Una conversación —insisto.

—Está bien, de acuerdo, se supone que el beso es algo que ni siquiera existe. Ése era el trato. Te lo prometí.

—Pero ¿tú piensas en esa cosa que no existe?

—Sí —asiente él.

Y yo sé que quiero que piense en ello, quiero que le haya dado mil vueltas al tema, como yo. Pero en cuanto me percato de que me alegro de que él piense en el beso, sé que no debería. Ni siquiera debería habérselo preguntado.

—Está bien, entonces —digo—. Es todo lo que quería saber.

—Déjame añadir, ahora que el beso inexistente digamos que casi existe, que no pienso en él como en un recogedor.

—Está bien —contesto—. Yo lo he intentado, pero creo que de todas maneras no me ha funcionado. —Y me vuelvo hacia mi madre, que sigue parloteando sobre *Bogie* y su cruz.

Gail parece confusa. Su cara ha empezado a arrugarse con acritud. Por suerte, en ese momento, Rose intenta coger un trozo de pastel que está demasiado alto para ella.

—¡Mamá! ¡Mamá! —grita.

Elspa se levanta para ayudarla, pero Gail se le adelanta moviéndose con rapidez. En realidad, Rose la está llamando a ella.

—Yo se lo daré —dice Elspa.

Gail levanta a Rose en brazos.

—Es su hora de la siesta.

Rose echa la cabeza hacia atrás.

—¡No quiero hacer la siesta!

—Yo la subiré al dormitorio —se ofrece Elspa.

—Es mejor seguir la rutina —asevera Gail y se aleja con Rose.

Elspa, aunque decepcionada y nerviosa, intenta mantener la calma.

—Supongo que deberíamos irnos —comenta.

Rudy nos acompaña hasta la puerta principal.

Mientras cruzamos la casa suntuosamente amueblada, yo me inclino hacia Elspa.

—Concierta otra cita para hablar. En un lugar neutral.

Oigo que John le dice en voz muy baja:

—Venga, tú puedes.

Elspa nos mira con nerviosismo y asiente con la cabeza.

El tiempo que tardamos en atravesar la casa, cruzar la puerta principal y llegar al jardín delantero, el padre de Elspa lo dedica a despedirse de nosotros y estrecharnos la mano.

—¿Vendrás mañana? Nos encantará verte —le dice a Elspa.

—Quiero hablar con vosotros.

—Ya sabes que no podemos darte más dinero y también sabes perfectamente que hemos asistido a clases sobre cómo tratar a los hijos con adicciones. ¡Maldita sea, fueron humillantes para tu madre!

—No es dinero lo que quiero. No es de dinero de lo que quiero hablaros.

Elspa empieza a amilanarse y a recular. Yo sacudo la cabeza, deseando que se mantenga firme. Elspa se detiene y mira hacia la casa. Cruza los brazos y se los aprieta con fuerza. Desde mi posición, veo que se toca la zona en la que la golpeé, intentando armarse de valor.

—Mejor quedamos en un restaurante. Y mañana quiero pasar el día con Rose.

Su padre alza la vista hacia el piso de arriba, donde Gail está acostando a Rose.

—De acuerdo, me parece razonable.

—Sólo quiero llevarla al parque o al zoo. Algo así.

—Nunca habíamos intentado algo parecido hasta ahora. ¿Estás segura? ¿Tú sola?

—Es posible que también vayan mis amigos.

—¿Una visita corta al zoo?

—Hace mucho tiempo que estoy limpia. Voy a llevar a mi hija al zoo, tengo todo el derecho a hacerlo.

Él asiente con la cabeza.

—Vale. —Rudy da un paso hacia Elspa. No se sabe exactamente con qué fin, aunque podría ser para abrazarla.

Elspa le da la espalda y echa a andar a toda prisa hacia el coche.

Una vez que estamos todos dentro, seguimos conteniendo el aliento por unos instantes.

—Esa casa es la guarida de unos cuantos puritanos blancos despiadados de clase alta —comenta John.

—Con un gusto exquisito —puntualiza mi madre.

—Pero tendremos que volver a verlos en otro lugar —digo yo.

—¡Has estado fantástica! —exclama Eleanor—. Dura como el acero.

Esto, viniendo de Eleanor, parece el mejor de los cumplidos.

—¿De verdad? —pregunta Elspa.

—De verdad —responde Eleanor.

30

Somos las historias que contamos
y las que no contamos

De pie frente al mostrador de la recepción del Radisson, en el centro de Baltimore, en un vestíbulo pretencioso con estatuas de leones y todo, no logramos decidir cómo distribuirnos en las habitaciones. Para gran enojo de la recepcionista, una joven muy maquillada —mi madre diría que va «extremadamente pulida»—, barajamos diversas posibilidades.

—Madre e hija —dice mi madre, visiblemente inquieta y con la mirada huidiza. En el hotel no se admiten mascotas. *Bogie* está en el coche, y tendremos que introducirlo a escondidas. Mientras habla, mi madre reconoce el terreno.

—Pero yo quiero ayudar a Elspa a prepararse para el encuentro, así que quizá... —aventuro yo.

—Si sirve de algo, yo puedo dormir sola... —interviene Eleanor.

—¡No seas tonta! —exclama mi madre sudando con nerviosismo.

—Voy a pedir una habitación para mí —comenta John.

—Bueno, pero tú no deberías pagar —digo yo.

No estoy segura de cómo deberíamos arreglarnos, pero

tengo la impresión de haberlo metido yo en este jaleo y sé que, en estos momentos, John no dispone de mucho dinero.

—No, no —replica él.

Al final, Elspa y yo acordamos compartir habitación. Eleanor y mi madre dormirán juntas en otra y John dormirá solo. Después de discutir durante unos minutos más sobre qué tarjetas entregar en recepción para que carguen los gastos —pues John no me permite pagar por él—, entramos en el ascensor.

En cuanto éste da la primera sacudida y empieza a subir, Eleanor comenta:

—Siempre me han gustado los ascensores. Incluso de niña.

Yo me vuelvo hacia ella y le lanzo una mirada cargada de ira. Es con ella con quien Artie me confundió en una de aquellas notas de amor numeradas y sujetas por una pinza de plástico a un descomunal ramo de flores.

—¿Qué pasa? —me pregunta Eleanor.

—Nada —le contesto.

Aquello ya es agua pasada. No debería importarme, pero, aun así, no puedo evitar que me afecte. Me molesta el pequeño recordatorio de las infidelidades de Artie.

Salimos todos juntos del ascensor, pues mi madre ha insistido en que nos acomodaran en la misma planta por una cuestión de seguridad, y nos vamos caminando en distintas direcciones.

En cuanto Elspa y yo nos instalamos en la habitación, empiezo a escribirle un guión en el papel de cartas del Radisson. Le anoto algunos trucos sobre el arte de la persuasión. Ella está tumbada en una de las camas dobles, mirando al techo, con las manos cruzadas sobre el pecho.

—Oye, tienes que acordarte de que no has renunciado a la custodia legal. La niña es tuya. Claro que no conviene llegar al extremo de tener que emplear este tipo de lenguaje. Más vale venderles la idea de que eres una buena madre. ¿Me estás escuchando?

—Estoy rezando.

—No sabía que fueras religiosa.

—No lo soy.

Elspa tiene los ojos cerrados con fuerza y los puños apretados.

—Será mejor que te deje sola. Quizá me vaya con los otros a comer algo. —Me levanto y cojo el bolso—. ¿Quieres venir?

Ella niega con la cabeza.

—¿Quieres que te traiga algo?

—Una ensalada —responde.

Llamo a la puerta de la habitación de Eleanor y mi madre. No obtengo respuesta. Me pregunto adónde habrán ido. Me dirijo a la habitación de John. Quizás él lo sepa. Llamo a la puerta. Oigo que alguien se acerca arrastrando los pies. La puerta se abre. John está de pie frente a mí, despeinado y somnoliento. Tiene el torso desnudo y lleva puestos unos tejanos holgados que, evidentemente, se acaba de poner.

—¿Estabas durmiendo?

—No del todo —contesta él intentando sonar despabilado.

—¿Estabas echándote una siesta o posando como modelo?

—Qué graciosa.

—He llamado a la habitación de mi madre, por si ella y Eleanor querían ir a cenar, pero no me han contestado.

—Ya se han ido. Me han preguntado si quería acompañarlas, y a vosotras no os han avisado para no molestaros. Pero ahora sí que tengo hambre.

—Ah —digo mientras me doy cuenta de que no le he preguntado si quiere bajar a cenar, aunque podría haberlo hecho—. Bueno, sólo iba a comprar algo, cualquier cosa. También podemos pedir algo al servicio de habitaciones.

—No, no —contesta él—. Dame sólo un minuto. Salgamos a la calle y comamos algo como Dios manda. Pasa, sólo tengo que ponerme una camisa.

Entro en la habitación y dejo que la puerta se cierre sola. Ahí está John, poniéndose una camiseta y, encima, una camisa. No debería ser una situación violenta. En realidad se está vistiendo, y no lo contrario. Aun así, estamos juntos en la habitación de un hotel. Y hay ropa de por medio. Me pongo a charlar para distraer mi mente.

—Bueno, supongo que, entonces, cenaremos los dos solos. Elspa está rezando —le cuento—. Quiere que le llevemos una ensalada.

—No sabía que fuera religiosa —comenta John mientras introduce su cartera en uno de sus bolsillos.

—No lo es.

Estamos sentados en una marisquería. La parte alta de las paredes está decorada con remos, redes, y cañas de pescar. Ojeamos las cartas plastificadas. El camarero se acerca. En lugar de con manteles de tela, las mesas están cubiertas con un papel grueso. El camarero saca su bolígrafo.

—Soy Jim, su camarero —se presenta.

Entonces se inclina sobre la mesa y escribe J-I-M en letras mayúsculas en el mantel de papel.

John alarga la mano y, con toda naturalidad, Jim le entrega el bolígrafo.

—Yo soy John. —John escribe su nombre en su parte de la mesa y me tiende el bolígrafo.

—Bueno, pues entonces yo soy Lucy —digo, y también escribo mi nombre. Acto seguido, le devuelvo el bolígrafo al camarero, que parece un poco desconcertado.

—¿Qué os pongo?

Pedimos las especialidades y una botella de vino. Después

nos quedamos solos allí sentados, un poco rígidos e incómodos.

—¿Tienes un bolígrafo? —me pregunta John.

—Sí, claro. —Hurgo en el bolso y extraigo un bolígrafo—. ¿Para qué lo quieres?

—Te voy a contar una historia de mi infancia.

—¿De verdad? ¿Nada de *Los nuevos ricos*?

—No. Te la relataré y la dibujaré.

—No sabía que fueras un artista.

—En tercero de primaria, era el mejor dibujante de la clase, pero perdí el interés cuando me rechazaron en los círculos artísticos de Nueva York.

—¡A veces son tan caprichosos...!

John esboza una figura. Se trata de una mujer con el pelo abombado.

—La culpa la tiene mi profesora de tercero. La señora McMurray no encauzó mi carrera en la buena dirección —explica John.

—¿Ésta es la señora McMurray? —pregunto, señalando el dibujo.

—No —contesta él—. Ésta es Rita Bessom. Es mi madre.

—Tenía el cabello muy voluminoso.

—Es partidaria del cabello voluminoso. Creo que es ahí donde esconde sus objetos de valor. Todavía lo lleva así, aunque ahora lo tiene un poco más ralo. Pero este dibujo es de cuando era joven. Cuando me tuvo, era sólo una niña.

Ahora John dibuja a un hombre.

—¿Se trata de una historia de amor?

—En realidad, no. La verdad es que mi madre no es una persona romántica. Probablemente, uno de sus objetos de valor es su corazón, así que lo ha mantenido siempre escondido en su inmensa cabellera.

—Es una imagen inquietante.

—Se me acaba de ocurrir —asegura—. Soy un artista provocador.

—¿Y éste es el joven Artie Shoreman? —le pregunto mientras bebo un sorbo del vino que nos acaban de servir.

—No —responde John—. Éste es Richard Dent.

—¿Y quién es Richard Dent? —inquiero.

Ahora, al otro lado de Richard Dent, John traza la figura de otro hombre, con charreteras y una maleta.

—Y éste es Artie Shoreman vestido de botones.

—Ah —digo—. Comprendo. —Pero no lo comprendo—. ¿Quién es Richard Dent?

John le dibuja a Dent un macuto y una gorra militar.

—Es un soldado.

—¿Qué tipo de soldado? —pregunto yo.

Jim, el camarero, llega con nuestras ensaladas.

—¿Queréis pimienta recién molida?

—No —contesta John, y me lanza una mirada inquisitiva. Yo niego con la cabeza.

El camarero se va.

Vuelvo a formular la pregunta, porque es como si nos hubiéramos quedado congelados en este momento.

—¿Qué tipo de soldado es Richard Dent? ¿Del ejército de tierra, de la armada, del cuerpo de guardacostas?

—Es del tipo de soldado que se muere —responde John—, sin importar si alguien está enamorada de él o no. —Añade un vientre prominente a la figura de su madre y tacha la de Richard Dent con una equis—. El tipo de soldado que engendra a un hijo y se muere. Encierra el dibujo de su madre en un círculo, hace lo mismo con el de Artie y une los dos.

De repente, lo capto.

—¿Richard Dent es tu padre? —le pregunto—. ¿Es eso lo que intentas decirme?

John asiente con la cabeza.

—Sí.

—Entonces, Artie Shoreman no es tu padre —señalo.

—No, Artie Shoreman no es mi padre.

—¿Tu madre le mintió a Artie? ¿Lo hizo para que mantuviera a su hijo, o sea a ti?

—Sí. Es el truco más viejo de la historia.

—¿Por eso nunca has llamado «papá» a Artie? —Empujo mi silla hacia atrás y me levanto, aunque tengo las piernas entumecidas. Mi servilleta de tela cae al suelo—. ¿Sois unos estafadores? Desangrasteis a Artie y le mentisteis durante todos estos años, y ahora... y ahora, ¿pretendes embolsarte de nuevo un montón de pasta? ¿Primero tu madre, y ahora tú?

—No —replica John—. Yo no. Yo nunca.

Pero ya me he dado la vuelta y echo a correr con pasos temblorosos. Siento náuseas. No sé si John me sigue o no. No puedo mirar atrás. Esquivo mesas, paso a toda prisa junto al confundido camarero y allí, justo al lado del letrero que indica: «Por favor, espere a que lo acompañen a su asiento», John me agarra del codo.

—Lucy —dice—, espera.

Con un movimiento rápido, le propino una bofetada. Nunca antes había abofeteado a nadie, y me impresiona el ruido y el escozor que produce. Me pica la mano. Las lágrimas me nublan la vista. John me suelta, y yo corro hacia la noche.

31

La diferencia entre desmoronarse y abrirse a veces es tan leve que resulta imperceptible

Estoy de pie, frente a la puerta de mi habitación del hotel. No quiero desahogar con Elspa toda esta rabia y confusión. Intento recuperar la compostura. Saco una polvera ovalada. El maquillaje se me ha corrido y tengo la piel manchada. Me limpio el rímel húmedo con un pañuelo de papel que saco del bolso, lo que no hace más que empeorar las cosas. Me froto los ojos más a conciencia. Me tiembla la mano, la misma con que he abofeteado a John. Aunque sé que está mal, desearía haber abofeteado a más personas en mi vida. Recuerdo el rostro de mi padre cuando nos dejó, tan campante, un mes después de mi cumpleaños. Me acuerdo de Artie, sentado en el borde de la cama y envuelto en una toalla, confesándome más cosas de las que yo quería saber. Me imagino a mí misma abofeteándolos, sintiendo aquella sacudida eléctrica, aquel ardor hormigueante.

¿Cómo puede John Bessom haberme engañado durante todo este tiempo? ¿Cómo puede haber engañado a Artie, a Eleanor, a mi madre, a Elspa?

Elspa. Me recuerdo a mí misma que el motivo de este viaje no soy yo. Y, desde luego, tampoco lo es el hecho de que a Artie lo engañaran cuando era joven, mientras trabajaba como botones, ni que le hayan estado robando dinero durante décadas. Hemos emprendido este viaje única y exclusivamente por Elspa y Rose. Ellas tienen que ser mi único foco de atención.

Deslizo la tarjeta-llave por el lector de la puerta. Se oye un chasquido y una lucecita verde parpadea. Entro en la habitación, y la puerta se cierra detrás de mí.

Elspa no está en la cama. Y tampoco en el lavabo.

—¿Elspa? —la llamo inútilmente.

Su macuto sigue al lado de la cama, pero ella no está.

Alguien llama a la puerta.

—¿Elspa?

Corro hacia allí para abrir, pero justo antes de llegar, oigo la voz de John al otro lado.

—Lucy, soy John. ¿Me permites explicarme? —También tiene la respiración entrecortada.

Permanezco inmóvil por un momento. No me apetece oír ninguna explicación, pero Elspa no está y presiento que algo no va bien. Quizá necesite la ayuda de John.

Abro la puerta. John tiene la mejilla enrojecida. Veo que le he hecho un arañazo con una uña cerca del ojo y que le ha sangrado un poco, pero no me siento en absoluto culpable. Por un breve instante, al ver que he accedido a abrirle la puerta, John parece aliviado, pero su alivio no dura mucho.

—Elspa ha desaparecido —le informo.

—¿Qué me estás diciendo?

—¡No está aquí!

Lo empujo a un lado para dirigirme a la habitación de mi madre, situada a cuatro puertas de la mía. Doy unos golpecitos con los nudillos. Eleanor aparece en el umbral, y, tras ella, mi madre, con un montón de papel higiénico mojado, aplastado y amarillento en la mano.

—*Bogie* se ha meado —dice mi madre a modo de explicación—. Es un sitio nuevo para él. Se ha desorientado. ¡Pobrecito mío!

—¿Elspa está con vosotras? —pregunto.

—No —me responden al unísono.

—Quizás haya ido a buscar hielo —aventura mi madre.

Entonces, las dos se fijan a la vez en John, en su mejilla roja y en el arañazo junto al ojo.

Mi madre se acerca para examinarlo.

—¿Qué te ha pasado? —le pregunta con nerviosismo.

Eleanor me mira con suspicacia. Yo sigo sin sentir ni pizca de culpabilidad.

—He tropezado con una puerta —contesta John, intentando librarse de las atenciones de mi madre—. Estoy bien. —Entonces se vuelve hacia mí—. Antes, en el vestíbulo, te he devuelto las llaves del coche —dice—. ¿Están en tu habitación?

Doy media vuelta y regreso corriendo a mi habitación. Las llaves no están.

—Elspa se ha ido —anuncio.

Mi madre y Eleanor están preparadas para salir. Se han deshecho del papel empapado en pipí. *Bogie* se queda en la habitación. Ellas han cogido sus bolsos. Nos dirigimos a toda prisa hacia el ascensor.

Mi madre dice que ella y Eleanor esperarán en el vestíbulo.

—En este tipo de situaciones, siempre tiene que quedarse alguien en el lugar.

—Le diré al conserje que llame a un taxi —me ofrezco, aunque no tengo ni idea de adónde le pediré que nos lleve.

—Yo iré a la calle a echar un vistazo —dice John—. Para asegurarme de que el coche no está allí.

Todos salimos corriendo del ascensor. John se detiene al final del toldo de la entrada del hotel. Desde allí ve que el coche no está y nos lo indica con una sacudida de la cabeza. La buena noticia es que, en la entrada, hay un taxi, del que sale una pareja que parece haber asistido a una boda.

John habla con el taxista. Eleanor y mi madre se quedan paradas delante de las puertas automáticas, ocasionando que se abran y se cierren una y otra vez.

—¿Crees que deberíamos telefonear a alguien? —pregunta mi madre.

—¿A quién íbamos a telefonear? —objeta John.

—¿Adónde iréis? —inquiere Eleanor—. La ciudad es bastante grande.

—Deberíamos tener fe en ella —observa mi madre—. ¡Estoy segura de que tomará buenas decisiones!

John y yo nos acomodamos en el asiento trasero del taxi. John le indica al conductor que se dirija a Charles Village, la zona cercana al edificio quemado. El taxista acelera y se sumerge en el tráfico.

John intenta atraer mi mirada.

—No sabía cómo decírtelo, y, si dejas que te lo explique, entenderás por qué.

—Ahora no —le suelto—. Ahora mismo no puedo enfrentarme a nada de eso.

¿Qué queda por decir? John ha estado haciéndose pasar por el hijo de Artie durante toda su vida y nos ha mentido a Elspa, a mi madre, a Eleanor y a mí para beneficiarse. No quiero que me cuente todo eso. De las confesiones de Artie aprendí que más vale no hacer demasiadas preguntas. Una traición es una traición. No es necesario conocer los detalles.

—De hecho, en cuanto encontremos a Elspa podrás irte a tu casa.

—¿Irme a mi casa?

—No hay dinero para ti. No eres el hijo de Artie. Se acabó.

—Esto no tiene nada que ver con el dinero —replica John.

—¿Sabes qué podrías hacer que me ayudaría de verdad?

—No.

—Mañana por la mañana, cuando me despierte, sería fantástico que ya no estuvieras aquí —le digo.

—¿Es la única opción que me das?

Asiento con la cabeza.

—De momento, quiero centrarme en Elspa y tú me distraes, eso es todo. ¿Me harás el favor de marcharte?

Él exhala un suspiro y se reclina en el asiento apoyando las manos en sus rodillas.

—Está bien. Si no tengo otra opción... —responde.

—Gracias.

Se inclina hacia delante y le da indicaciones al taxista.

—Gire por aquí —le dice.

—No recojo a prostitutas drogadictas —explica el taxista, muy serio.

—No, sólo estamos buscando a alguien que se ha perdido.

«¿Perdido?» Elspa no se ha perdido. No es una niña. ¿Nos habrá abandonado? ¿Habrá abandonado todo el proyecto? ¿Habrá abandonado de nuevo a su hija pero de una manera distinta, rindiéndose?

Recorremos varias manzanas en silencio. Mi vista pasa de un coche al siguiente, de una figura borrosa a otra.

—¿No es ése tu coche? —pregunta John de pronto.

Lo es. Lo vemos doblar una esquina y enfilar una calle ancha en dirección a la carretera. Vislumbro el contorno del pelo puntiagudo de Elspa. John le pide al taxista que la siga. Hacemos todo el trayecto de vuelta hasta el hotel. Elspa aparca el coche.

Cuando el taxi se detiene, yo bajo enseguida, pero de golpe me quedo inmóvil. ¿Qué voy a decirle a Elspa? ¿Estoy enfadada con ella o sólo aliviada? Mientras ella se dirige a la entrada del hotel, Eleanor y mi madre, que estaban pendientes, salen a recibirla a la puerta.

Elspa me tiende las llaves del coche.

—Siento haberme llevado tu coche sin pedírtelo —dice, como si esto fuera lo único de lo que tiene que disculparse.

Atraviesa las puertas automáticas y entra en el hotel.

Los demás intercambiamos una mirada de aturdimiento y la seguimos hasta el ascensor. Elspa ha pulsado el botón de llamada. Nos quedamos todos esperándolo.

—¿Adónde has ido, querida? —pregunta mi madre.

—Tenía que acercarme —explica Elspa.

Sé que se refiere a que tenía que acercarse a su adicción, ponerse a prueba, asegurarse de que es fuerte. A veces yo me siento así en relación con Artie. La mayor parte del tiempo, soy consciente de mi debilidad y de que tengo que guardar las distancias. Los demás deben de estar interpretando las palabras de Elspa a su manera. Estamos callados. Las puertas del ascensor se abren. Entramos todos.

—Nos tenías preocupados —le digo a Elspa, aunque me contengo, pues temo que mis palabras suenen excesivamente maternales y recriminatorias.

—Yo también estaba preocupada —afirma ella.

Salimos del ascensor y la seguimos hasta nuestra habitación. Elspa no encuentra su llave, así que todos aguardamos por unos instantes. No quiero que se libre de esto tan deprisa.

—¿Cómo puedo venderles a mis padres la idea de que soy una buena madre si ni yo misma estoy convencida? —dice Elspa al fin—. Ni siquiera puedo plantearles la cuestión. No soy una persona fuerte.

Rompe a sollozar, y mi madre la abraza. Yo introduzco la tarjeta en la cerradura magnética y entramos en la habitación. John está visiblemente incómodo, inseguro respecto a su papel en estos momentos. ¿Debería quedarse? ¿Debería irse?

Mientras tanto, yo me pregunto adónde me ha llevado mi fortaleza. A ningún lado; sólo a sentirme aislada, desconectada. Elspa es la más fuerte de todos nosotros.

—Olvídate de todas mis estrategias —le digo, con un nudo en la garganta—. Olvida todo lo que te he dicho. Habla desde el corazón. Diles lo que quieres. Cuéntales tus temores. Cuéntaselo todo. Con sinceridad. No te encierres en ti misma. Siente. ¡Siéntelo todo! —Por alguna razón, estoy furiosa. Me entran ganas de tirar el televisor por la ventana y volcar los muebles—. ¿De qué sirve no sentir nada? Las personas te mienten y te decepcionan. —Ahora estoy gritando, con los párpados apretados—. De repente descubres que el hijo de puta de tu marido es un adúltero en serie y, por si fuera poco, te enteras de que va a abandonarte, a estirar la pata, sin más. Si no sientes esto, entonces jamás volverás a sentir nada. Ni bueno ni malo. Nunca más. ¡Así que a la mierda, siéntelo! ¡Siéntelo todo!

Cuando abro los ojos, caigo en la cuenta de que debo de haberme deslizado hacia abajo contra la pared de la habitación, porque estoy sentada en la moqueta. Todos me miran atónitos. Se produce un momento de silencio.

—Está bien —dice John—. Cambio de planes. Siéntelo todo.

Su comentario rompe la tensión. Yo me sueno la nariz y casi sonrío. Elspa se ríe con nerviosismo.

—¿Podrás ir allí mañana y enfrentarte a ellos? —le pregunto.

Ella asiente con la cabeza.

—De acuerdo —dice mi madre.

—Bien —añade Eleanor.

Después de aquel torrente de sentimientos, de aquella explosión de odio, amor y traición desencadenada por un golpe al corazón, murmuro:

—Cambio de planes.

Cuando Elspa se duerme, me acerco a los ventanales y contemplo las inquietas luces del puerto. He estado en esta ciudad un montón de veces por negocios, pero sólo una vez con Artie. Fue una excursión de un día que hicimos hace unos dos años. Pasamos casi todo el día en el minizoo, observando a las venenosas ranas flecha azul y a las tímidas ibis coloradas. Artie discutió de política con el loro de cabeza amarilla del Amazonas que, a pesar de sus inversiones en el medio ambiente, era un malvado republicano, al menos según Artie. El tití pigmeo que, en opinión de Artie, era calcado a su tío Victor, nos miró fijamente, ladeando la cabecita, hasta que nos convencimos de que éramos nosotros los que estábamos en exhibición y él era el observador. Después, alquilamos un patín a pedales y dimos una vuelta por el puerto. Nuestros muslos se entrelazaron y, al final, acabamos pegándonos el lote en el fondo de la barca, como unos adolescentes, mientras ésta cabeceaba.

Telefoneo a Artie, suponiendo que el enfermero descolgará el auricular, pero es Artie quien contesta.

—¿Lucy? —pregunta.

—¿Me estabas esperando despierto? —le pregunto en voz baja.

—Sí.

—Me siento diferente —le digo sin saber cómo explicárselo.

—¿Diferente en qué sentido?

—He estado muy equivocada.

Y quisiera añadir «sobre muchas cosas». Me acuerdo de la bofetada que le propiné a John Bessom, pero no puedo contarle a Artie las mentiras de John. No me corresponde a mí desvelar este secreto.

—¿Por qué? ¿Qué ha pasado?

—De un tiempo a esta parte, he intentado ser pragmática en relación con mis emociones, no dejarme llevar por ellas... Pero no funciona. No puedo superar todo esto y, al mismo tiempo, seguir esforzándome por sentir todavía menos. Eso acabaría conmigo. Tengo que sentirlo todo.

—Vale —dice Artie—. Un momento: ¿si vas a sentir más, significa que vas a odiarme más?

—Es posible, pero puede que también te quiera más.

Se produce una pausa. Artie está asimilando mis palabras.

—Cuando te dije que estaba desesperado, era, sobre todo, por ti. Todas las demás formas de desesperación son minúsculas comparadas con la que siento por ti —me explica Artie—. Y, si puedo hacer algo para ayudarte a quererme otra vez, dímelo.

—¿Aceptas que has hecho daño a muchas mujeres a lo largo de tu vida? Me gustaría saberlo.

—Nunca me resignaré a aceptar que te hice daño, que soy el tipo de persona que te haría daño. Nunca me resignaré.

Pero yo sé que los hombres son unos mentirosos. Y por si yo lo había olvidado por una fracción de segundo, por si había sufrido un lapsus y había vuelto a confiar en un hombre, John Bessom me ha sacado de mi error. Aun así, quiero creer a Artie. Me echo a llorar. Es un llanto silencioso; sólo lágrimas que me resbalan por las mejillas. Por desgracia, en cierto sentido, le creo. Sé que me ama, que siempre me ha amado. Quizás esté experimentando una especie de alivio, una extraña forma de aceptación de Artie, de los hombres en general.

—¿Te acuerdas del tití pigmeo del minizoo? —le pregunto.

—Claro, ¿por qué?

—Por nada. Es sólo que me viene a la cabeza aquel viaje que hicimos y aquel tití que tú creías que era tu tío.

—He decidido que quizá crea en la reencarnación —comenta Artie—. Cuando te estás muriendo, te tomas este tipo de cosas más en serio. Tal vez aquel tití era mi tío Victor de verdad. Yo quiero reencarnarme en tu perrito faldero.

—Son muy escandalosos.

—Yo no. Te lo prometo. Seré uno de los pocos chihuahuas que hagan un voto de silencio. Seré un chihuahua monástico, o quizá mudo. Ni siquiera me restregaré contra las piernas de tus invitados.

Yo suelto una risita.

—Ahora me estás haciendo promesas que sabes que no podrás cumplir.

—Cuéntame algo más. Cualquier cosa. Sólo quiero oír tu voz un rato más.

—Tengo que colgar. Eso era todo lo que quería decirte, lo de sentir más.

—No cuelgues. Cuéntame algo. Una historia. Un cuento de buenas noches para un chihuahua faldero. Invéntate algo.

Pienso en las primeras frases del tema principal de la serie *Los nuevos ricos*: «... la historia de un hombre llamado Jed». De repente, siento que he perdido mucho y que voy a perder todavía más. Me duele la garganta.

—O cántame una nana —insiste Artie—. Me conformo con una nana.

—Durante todo este tiempo, te he echado de menos —le digo.

—¿Esto forma parte del cuento?

—No —le contesto—. Esto es la verdad.

—Yo también te he echado de menos durante todo este tiempo.

—Buenas noches —le digo.

—Buenas noches.

32

Lo que sueñas despierto puede parecer menos real que los sueños mismos

Elspa y yo esperamos en el césped de la entrada mientras Gail fija el asiento para niños en la parte trasera de mi coche. Rudy sostiene en brazos a Rose y la bolsa de los pañales.

Eleanor y mi madre no querían ir al zoo. Mi madre me llevó aparte y me dijo que quería pasar un tiempo a solas con Eleanor, para hablarle de su experiencia como viuda.

—Sé lo que es estar enamorada de un difunto —me aseguró—. Y ella sigue queriendo a Artie. Le va a doler mucho cuando se muera.

Confío en mi madre para ciertas cosas. Y sé que a Eleanor le sentará bien hablar con ella.

Además, John se ha ido.

Deslizó una nota por debajo de la puerta de mi habitación antes de que Elspa y yo nos despertáramos. Iba dirigida a las cuatro. En ella nos contaba que se había producido una crisis laboral en su negocio, que tenía que irse en tren y que lo sentía muchísimo.

Al principio, la nota me tranquilizó, pero después me imaginé a John sentado en un tren, con la cara arañada, y me pregunté qué tipo de explicación había querido darme. Lo cierto es que no quiero oírla. De verdad que no. Sé que tengo que sentirlo todo, pero sólo puedo experimentar una emoción a la vez. Y no puedo evitarlo, estoy harta de los hombres que mienten.

Pero de pronto lo percibo todo desde un punto de vista diferente. En este caso, Artie no era el hombre que mentía, sino el hombre al que habían mentido. Él ha sido la víctima de toda esta broma, ¿no? Durante todos estos años, mientras se aprovechaba de las mujeres, arrastraba el dolor de no poder ver a su único hijo, que, al final, ha resultado no ser su hijo. Artie ha estado manteniendo al hijo de otro.

Entonces, ¿por qué se ha pasado John Bessom tantas horas intentando conocer a Artie? ¿Ha sido por amabilidad o es que iba detrás del dinero desde el principio? ¿Mintió cuando dijo que siempre quiso que Artie estuviera presente en su vida? ¿Formó siempre parte del engaño y ha seguido formando parte de él para intentar sacar una última tajada?

—En la bolsa hay Cheerios —le indica Gail a Elspa— y rodajas de manzana pelada para que coma algo, y una taza con cañita y una muda, por si se hace pipí en sus pantalones de niña mayor.

Hay algo tierno e íntimo en la expresión «pantalones de niña mayor» que despierta en mí por primera vez cierta simpatía hacia Gail. Pero entonces ella se aparta del coche y coge a Rose de los brazos de Rudy.

—¿Estás preparada para ir al zoo con la tía Elspa y sus amigas? —le dice—. ¡Todo irá bien! ¡Ya lo verás!

Y sus palabras me hacen suspirar. ¿Por qué tiene que llamarla «tía Elspa»? ¿Y por qué tiene que decirle que todo irá bien, como si Rose hubiera estado retorciéndose las manos durante toda la mañana preguntándose si iría bien o no?

Rose es un encanto. Sonríe con timidez e intenta escabullirse de los brazos de Gail para subir al coche y sentarse en su sillita.

—¿La habéis visto? —señala Gail—. He intentado enseñarle a ser prudente, pero se me escapa de los brazos y se marcha con cualquiera. En serio, se lanza a cualquier aventura. Como su madre, supongo.

Está claro que Gail está provocando a Elspa, que, feliz de llevarse a Rose de paseo, parece no reparar en ello. Está casi eufórica.

—Nos vemos a las seis en Chez Nous para cenar —dice Elspa—. El día pasará volando.

Subimos al coche. Elspa se sienta detrás, con Rose. Cuando arrancamos, Elspa se vuelve para despedirse de su madre, pero Gail ya ha dado media vuelta y se dirige a la casa con paso decidido.

Hace un día despejado y luminoso. Yo no había estado en un parque zoológico desde que era una niña. Elspa ata un globo a una de las muñecas de Rose. Le enseña a andar como un pato frente al estanque de los pingüinos. Elspa y yo nos acuclillamos con Rose para buscar hormigas delante de la jaula de los leones. Comemos cacahuetes. Rose se hace pipí cerca de las jirafas. Elspa camina con Rose, que ahora lleva puestos unos pantalones limpios, señalando las aves que ven.

Yo empiezo a rezagarme. Me entretengo observando las llamas y, al final, me siento culpable por John. No por el tortazo, no, sino porque se está perdiendo todo esto pese a que, al fin y al cabo, él también estaba implicado en este viaje, ¿o no? Al menos hasta cierto punto. ¿Y qué hay de todo el tiempo que pasó con Artie, del suave murmullo de sus voces? ¿Todo eso también fue fingido? Fue él quien consiguió que Eleanor se mostrara más comunicativa, haciéndole preguntas sobre su relación con Artie. Recuerdo cómo escuchó todas las anécdotas que le conté acerca de Artie y de mí, y cómo se comportó cuando encontró a aquel niño perdido en el corazón gigante. ¿Fue todo una farsa? ¿Es posible que lo fuera?

Rose se tambalea hacia mí. Elspa corre detrás de ella, la atrapa, la levanta en volandas y la hace reír. A continuación, vuelve a dejarla en el suelo. El sol se está poniendo. Rose avanza unos pasos y enseguida se distrae con el globo que lleva atado a la muñeca.

—Si no tuviera más remedio —dice Elspa—, me conformaría con esto. Quizá sea lo único que consiga, algún que otro momento como éste.

Sus palabras me hacen pensar en Artie. Lo único que me queda de mi vida con él es algún momento que otro. Estoy lista para regresar a casa.

Rose se acerca a Elspa con su caminar bamboleante.

—¡Cógeme en brazos!

Elspa la coge en brazos y la aprieta contra su pecho. La lleva a uno de los bancos del parque y se sienta. Saca la bolsa de Cheerios. Elspa le da de comer en la boca a Rose y Rose le da de comer en la boca a Elspa.

En cuanto entramos en el aparcamiento de Chez Nous, un Mercedes nos hace luces.

—Es su coche —susurra Elspa.

Rose está profundamente dormida, con la cabeza ladeada apoyada en el respaldo de su sillita. Guardamos un silencio tenso.

De repente, me asaltan toda clase de temores. ¿Y si el encuentro no sale bien? ¿Y si Elspa no consigue llevarlo a buen término? Por otra parte, ¿qué pasará si sale bien? ¿He pensado siquiera cómo será mi vida con Rose en ella? ¿Estoy preparada para todo esto? ¿De verdad es capaz Elspa de ser una buena madre, no sólo en el zoo y en un día precioso, sino todos los días, con las complicaciones diarias que supone sacar adelante a una familia?

El Mercedes se detiene a nuestro lado. La ventanilla se abre con un zumbido. Al otro lado está Rudy. Gail es una figura desdibujada que permanece totalmente inmóvil en el asiento del copiloto.

—¡Buenas noches a todas! —exclama Rudy—. ¿Cómo ha ido todo?

—¿Qué ocurre? —pregunta Elspa al notar algo que yo no acabo de percibir.

—Tenemos que cancelar la cena. Tu madre sufre una de sus jaquecas.

Gail nos mira apretándose la sien con dos dedos, como si esto constituyera una prueba suficiente de su estado.

Rudy baja del coche sin apagar el motor.

—¿Cómo? —pregunta Elspa.

Su padre abre la puerta trasera de mi coche.

—Rose está dormida —explica Elspa—. ¿No podría pasar la noche conmigo? Así no habría que molestarla ahora y luego otra vez cuando llegarais a casa.

Suelto una tosecilla para recordarle a Elspa que estamos aquí para conseguir algo más que pasar una noche con Rose.

—¿Rose está dormida? —pregunta Gail, escandalizada. Entonces también ella baja del coche y se acerca para comprobarlo por sí misma—. ¡Se le habrá desajustado totalmente su horario de sueño!

—Tengo que hablar con vosotros —dice Elspa.

—Ya hablaremos mañana —replica Gail—. Ahora llevaremos a esta niñita a dormir a casa. ¡Pobrecita!

Elspa se vuelve hacia mí con los ojos desorbitados y una expresión de terror.

Yo la agarro del brazo, intentando tranquilizarla.

—No te rindas ahora —le susurro—. ¡Vamos!

Ella me mira fijamente por un instante y, a continuación, asiente con la cabeza. Sale del coche y se planta allí, frente a Gail y Rudy, formando con ellos un triángulo entre los dos coches.

—Tengo que hablar con vosotros ahora mismo.

Yo clavo la mirada en mi regazo para darle intimidad a Elspa, pero la levanto una y otra vez, pues también quiero estar presente, para brindarle apoyo.

—Tenemos que llevárnosla a casa —dice Gail.

—Yo soy su madre. Su casa es donde esté yo.

—¡Te avisé que nos saldría con algo así! —le espeta Gail a Rudy.

—No lo hagas —le pide Rudy a su hija.

A Elspa se la ve alta y fuerte, con la espalda erguida.

—¿Queréis que finja que no soy su madre? ¿«Tía Elspa»? ¿A quién se le ha ocurrido eso?

—No nos pongamos desagradables —farfulla su madre.

—Mañana me voy, y Rose vendrá conmigo —declara Elspa.

—No puedes cuidarla, Elspa —contesta Gail con ansiedad—. Ya hemos hablado de esto. ¡Hemos hablado de esto hasta la saciedad!

—Sí, pero ahora sí que puedo cuidarla. He cambiado. He empezado desde cero.

—Voy a dejártelo muy claro —dice Gail inclinándose un poco hacia delante—. No voy a entregarte a la niña. No voy a permitir que un error se convierta en dos.

—¿Yo soy un error? —pregunta Elspa—. ¿Es eso lo que piensas de mí?

—Que tú eres incapaz de criar a una niña es evidente —asevera Gail—. Hemos asistido a terapia, y conocemos todos los desastrosos desenlaces posibles.

Rudy le toca el brazo a Gail.

—No sigas, Gail —le pide.

—¡No me toques, Rudy! —grita Gail—. ¡Sé lo que hago! ¡No se llevará a la niña!

Elspa apoya una mano en el techo del coche para estabilizarse y, casi sin darme cuenta de lo que hago, bajo del coche.

—Ahora mismo lo importante no es lo que penséis de Elspa —les digo a sus padres—, sino cuáles son sus derechos. Vosotros no tenéis la custodia y, si intentáis llevaros a Rose, estaréis llevando a cabo un secuestro.

—¡No me amenaces! —exclama Gail.

—No perdamos el control —dice Rudy, que intenta sonreír mientras nos mira alternativamente a una y otra, nervioso.

—Necesito que mi hija forme parte de mi vida —afirma Elspa, y ahora se ablanda, como si se hubiera acordado del nuevo plan, el de sentirlo todo—. La necesito tanto como ella me necesita a mí. Tengo miedo, desde luego que tengo miedo. Pero he cambiado. Y ahora quiero tener una motivación para ser la mejor Elspa posible. Y esa motivación es Rose, porque la mejor Elspa posible es la que es madre de Rose. Todos los días. —Se interrumpe por un momento. Los demás guardamos silencio—. No lo haré todo a la perfección, como vosotros. Cometeré errores, pero serán los míos propios. Tenéis que darme esa oportunidad.

Gail se queda helada, lívida. Se agarra del hombro de Rudy y mira en torno a sí con los ojos muy abiertos.

—Me esforcé por que mis hijos tuvieran la mejor infancia posible —murmura—, pero a ti te fallé.

—No, no me fallaste —contesta Elspa.

—¿Por qué siempre me llevas la contraria en todo? Te fallé —insiste Gail con los ojos empañados en lágrimas.

Elspa da un paso hacia su madre con la intención de abrazarla, pero Gail levanta una mano para detenerla.

—No —dice—. No puedo pasar por esto. —Entonces se vuelve hacia Rudy—. Ya está. Me advertiste que esto pasaría algún día. Dijiste que tendría que separarme de ella. Y tenías razón. ¿Es esto lo que querías oír? —Se encamina hacia su coche—. Será mejor que cortemos por lo sano.

—No tenemos por qué cortar por lo sano —dice Elspa—. Cada uno debe seguir su propio camino, eso es todo. Espero que no sea una ruptura total.

Gail se para en seco.

—Te estoy ofreciendo todo lo que puedo ofrecerte —dice. Sube a su coche y cierra de un portazo.

Rudy continúa allí, con la mirada fija en Elspa. Por un instante, parece aturdido y, entonces, rompe a llorar. Se frota los ojos intentando recobrar la compostura. No puede. Nos da la espalda, mostrándonos sus hombros temblorosos. Cuando se vuelve de nuevo hacia Elspa, le acaricia el pelo y, a continuación, la besa suavemente en la mejilla.

—¡He esperado este momento durante mucho tiempo! Sabía que vendrías a buscarla cuando estuvieras preparada. Lo he dicho siempre.

—¿De verdad? —pregunta Elspa en voz baja.

Él asiente con la cabeza.

—Ya me ocuparé yo de tu madre. —Vuelve a prorrumpir en llanto, pero al cabo de un momento se sosiega y carraspea—. Necesitamos poder ver a Rose. A menudo. Ella también es nuestra niñita. La queremos.

—Lo sé —responde Elspa—. Nunca podré pagaros lo que habéis hecho por mí. Ella también necesita a sus abuelos. Lo sé. Vendremos a veros con frecuencia. Esto no es una despedida. Díselo a mamá. Dile que esto podría ser el principio de una nueva relación. De una buena relación.

Rudy tiene los ojos húmedos y, cuando sonríe, las lágrimas le resbalan por las mejillas. Da media vuelta, regresa al coche y sube a él. El vehículo se queda inmóvil por unos instantes, como si se hubiera calado, y después se aleja.

Elspa y yo permanecemos quietas durante un rato.

—¡Lo has hecho! —le digo—. ¡Has estado increíble!

—Eso creo yo también —responde Elspa un poco aturdida.

Entonces nos volvemos y contemplamos a Rose, que sigue profundamente dormida.

Más tarde, en la habitación del hotel, Elspa tiende a Rose en su cama. Le quita los zapatos sin despertarla. He llamado a mi madre y a Eleanor, para que vengan a vernos. Ambas llegan, mi madre con *Bogie* bajo el brazo.

—No puedo creer que la niña esté aquí —susurro.

—¡Lo has conseguido! —exclama Eleanor—. ¡Lo has conseguido de verdad!

Mi madre sonríe con serenidad.

—Es preciosa.

Yo me siento en mi cama, completamente agotada. Ha sido un día con muchos altibajos, locamente impredecible. Y no sé si es porque ahora mismo tengo las defensas bajas o porque la sinceridad absoluta parece lo más adecuado en estos momentos, pero, sin pensarlo, suelto:

—John no es el hijo de Artie. —No había planeado decir una palabra sobre esto, pero ya está hecho.

Elspa abre los ojos como platos y después sonríe.

—Así que vino con nosotras porque está enamorado de ti.

No tengo ni idea de cómo llega Elspa a esta extraña conclusión.

—Me mintió, Elspa. Nos mintió a todos.

—Sí, pero lo hizo porque está enamorado de ti.

—Eso es ridículo —replico—. Quita, quita.

Vuelvo la vista hacia Eleanor y mi madre en busca de apoyo, pero ellas sólo me miran y sacuden la cabeza con una leve sonrisa.

—¿Me estáis tomando el pelo? ¿Estáis de acuerdo con ella?

—Hummm... —murmura Eleanor—. Yo sí.

—Elspa tiene razón, querida —dice mi madre—. Y si se ha ido ha sido también por ti. Por cierto, ¿fuiste tú quien le hizo ese arañazo?

—No tengo por qué responder a esa pregunta —me planto.

Incluso *Bogie* me mira como si sospechara de mí.

Elspa se encoge de hombros.

—Es lo único que cuadra. Es pura lógica. —Aparta unos mechones de pelo empapado en sudor de la frente de Rose—. ¿Tú también lo quieres?

—No —le contesto—. Es un mentiroso. Además, no me quiere.

Me siento aturdida porque no estoy segura de estar diciendo la verdad. ¿Es posible que John me quiera? ¿Y yo a él? Claro que no. Querría añadir: «Es el hijo de Artie, ¿cómo iba a enamorarme de él?» Pero no es cierto. Nunca lo fue.

—Quiero disfrutar de este momento —digo, señalando a Rose, que parece un ángel—. ¡Miradla!

Elspa la arropa con las sábanas y se acurruca a su lado.

—No puedo creer que sea mía —declara mientras contempla cómo duerme su hija.

Desliza un dedo por sus facciones, como si esculpiese su carita de niña.

33

Y, a veces, recobras tu propio ser, entero

Después de desayunar en el hotel, emprendemos el camino de regreso a casa. El desayuno acaba siendo más pegajoso y empalagoso de lo normal debido a Rose. Le encanta su comida, no sólo el sabor, sino también la consistencia esponjosa de la tostada, la textura gomosa de los huevos y la grasa del bacón.

Una vez en el coche, Elspa la distrae leyéndole en voz alta, cantando y jugando a entrelazar un cordel entre los dedos. *Bogie* también le sirve de distracción. A Rose le gusta imitar sus jadeos, y es como si estuvieran desarrollando un lenguaje propio perro-niña: tantos jadeos quieren decir sí, tantos otros quieren decir no. Sé que Rose nos aportará el espíritu desenfadado y juguetón que necesitaremos para sobrellevar la siguiente fase con Artie. Rose nos ayudará a superarla.

Cubrimos el trayecto en dos horas, de una tirada, sin topar con un solo atasco. En cuanto llegamos, entro en la casa.

Uno de los enfermeros de Artie me hace señas desde la cocina.

—Tiene visita —me informa.

No me imagino quién puede ser. ¿Uno de sus amores? Subiré y le pediré que se vaya. Tengo que hablar con Artie en privado.

—Gracias —le digo al enfermero, y, sin más, subo las escaleras.

Sé que podría inventarme una excusa para justificar la repentina desaparición de John Bessom de su vida, pero he decidido que será mejor contarle todo lo que sé. Él querrá saberlo, aunque le duela. No sé cómo se lo tomará.

La puerta del dormitorio está cerrada. Llamo con suavidad y la abro ligeramente. Artie está incorporado en la cama. Parece más delgado, y me percato de que, cuando no estoy con él, tengo una imagen mental de él que me he negado a actualizar; la imagen de un Artie más sano, más robusto, no del todo sano, pero sí mucho más vigoroso, una versión de Artie casi curado. Por eso me impacta un poco verlo tan demacrado, pálido y encogido. Los tubos de oxígeno siguen en su sitio; mi mente los había eliminado.

—Estoy al tanto de toda la historia —dice Artie.

—¿De qué historia? —le contesto mientras me pregunto cómo demonios se ha enterado antes de que yo se lo cuente.

—Tienes que escucharlo —me asegura.

—¿A quién? —le pregunto.

Abro la puerta del todo y allí está John Bessom, sentado en una silla, junto a la ventana. Parece exhausto, como si no hubiera dormido. Sus ojos denotan cansancio. El arañazo sigue ahí y tiene peor aspecto.

—¿Qué haces tú aquí? —le pregunto.

—He venido para confesarlo todo —contesta John.

—¿Qué? —digo.

—Te diré lo que va a ocurrir ahora. Tú, Lucy, te vas a sentar en el sillón —indica Artie—, y el chico va a hablar mientras tú lo escuchas. Eso es todo. Punto final. ¿Lo comprendes?

—Pero...

275

—No —me interrumpe Artie—. Te sentarás en el sillón y el chico hablará.

Me acerco lentamente al sillón y me siento.

—Adelante —lo anima Artie.

John carraspea. Está nervioso y juguetea con el borde de la cortina.

—De niño, siempre creí que Artie era mi padre —explica—. Mi madre me contó que él vivía muy lejos y que no podía visitarme porque era un hombre extremadamente importante y ocupado.

—Y soy extremadamente importante —lo interrumpe Artie en tono de broma, intentando quitar hierro al asunto. Sé que debo de parecer confundida y más que descolocada—. En eso no le faltaba razón.

—Cuando tenía cerca de doce años, encontré unos cuantos sobres correspondientes a los pagos mensuales de Artie en un cajón y, por el remite, me enteré de que no vivía muy lejos de nuestra casa, así que me pasé todo el verano espiándolo. Siempre que podía, cogía el autobús que llevaba a su barrio y me escondía detrás de los arbustos de sus vecinos. Lo observaba mientras segaba el césped, hablaba con los vecinos o preparaba barbacoas. Incluso me compré una libreta y anoté todo lo que hacía y lo que le oía decir. Después, tras volver a casa, repetía sus frases e intentaba imitar su forma de andar.

Intento imaginarme a John Bessom como a un niño de doce años, escondido entre unos arbustos y pasándose el verano aprendiendo a actuar como Artie. Tengo que admitir que resulta sumamente enternecedor, a pesar de que, en estos momentos, no quiero reconocer la ternura de John en ningún sentido. John mira a Artie.

—Lo que no sabía es que, durante todos aquellos años, Artie también me espiaba a mí, de forma ocasional.

Artie asiente con la cabeza.

—Así es.

—Pero también fue duro —prosigue John—. Lo veía entrar y salir de la casa con otras mujeres. —Lanzo una mirada a Artie, que se encoge de hombros, avergonzado—. Me sentía destrozado porque él no quería estar conmigo ni con mi madre. Lo admiraba con locura. Al final, mi madre me descubrió y me soltó así, sin más, que Artie no era mi padre y que mi padre había muerto. «Deja de espiar a ese pobre tipo —me dijo—. No es más que un desconocido.»

Da la impresión de que John está reviviendo aquel momento en su mente, y yo casi odio a Rita Bessom, no sólo por engañar a Artie —un acto cruel aunque, a la larga, le estuvo bien empleado, porque, en cierta forma, equilibró la balanza de la justicia—, sino porque privó a su hijo de la presencia de Artie en su vida.

Miro a Artie y luego a John. No estoy segura de cómo reaccionar. Saber esto no mejora las cosas. Durante todos estos años, John Bessom ha sido el cómplice de su madre y, lo que es peor, le ha mentido a Artie en su lecho de muerte.

—Siento lo que te ocurrió —declaro—, pero eso no quita que me hayas mentido. Y durante todas esas tardes que pasaste aquí charlando con Artie, también le mentiste a él. Sólo para sacarle dinero.

—Nunca me movió el dinero —se defiende John—. Supongo que tenía dos razones para hacerlo. —Entonces se vuelve hacia Artie, como pidiéndole permiso.

Artie asiente con la cabeza.

—Continúa.

—En primer lugar —explica John—, yo nunca tuve un padre, así que, ¿por qué no Artie? ¿Por qué no buscar consejo en este momento tan terrible de mi vida? Nunca nadie me había dado consejos, consejos paternos. —Entonces se interrumpe.

Artie le sonríe.

—Por otro lado, yo nunca tuve un hijo —declara éste—,

como he descubierto recientemente. Así que, ¿por qué no ahora, en este momento tan terrible de mi vida?

—Así que decidimos... —continúa John.

—Hicimos un pacto —interviene Artie—. Él es mi hijo.

—Y él es mi padre.

Hay algo tan triste en todo esto, tan sumamente triste, que resulta conmovedor. Me doy cuenta de que John por fin lo ha hecho, por fin ha llamado «padre» a Artie. Yo no esperaba que sucediera así, no esperaba descubrir que Artie no era su padre y, a continuación, enterarme de que, en cierto sentido, sí que lo era. Me tomo unos instantes para asimilarlo. Esto es lo que yo quería... este momento... para Artie y para John.

Miro alrededor. Deslizo rápidamente la vista por los frascos de pastillas de Artie, el marco roto de la fotografía de Artie y de mí en Martha's Vineyard, la máquina de oxígeno que sigue zumbando en el rincón de la habitación. Quiero saber cuál es la segunda razón. Quiero saber si Elspa está en lo cierto. ¿Será John capaz de confesar algo así delante de Artie?

—¿Cuál es la segunda razón? —pregunto.

—La segunda es más complicada. He venido y le he contado a Artie toda la historia, y ésta es la pura verdad. —John se vuelve otra vez hacia Artie para obtener su aprobación y, entonces, las palabras salen de su boca con rapidez—: Me enamoré de ti.

Noto una presión en el pecho. Clavo los ojos en Artie. No está enfadado, aunque se aprecia cierta ansiedad en su rostro, levemente crispado. Me percato de que ha alcanzado una nueva fase en la aceptación de su muerte, de que ha comprendido que mi vida continuará y él tiene que dejar que así sea, aunque esta toma de conciencia le cause dolor.

—Me atrajiste desde el primer momento en que te vi, cuando me encontraste durmiendo en la tienda, pero después, durante el recorrido por la vida de Artie... bueno, me enamoré de ti —explica John.

—No —digo yo, y cierro los ojos.

—Sí —dice él.

Yo sacudo la cabeza.

—Ya no sé cuándo los hombres dicen la verdad y cuándo mienten.

—Eso, en parte, es culpa mía —admite Artie.

—Yo también he colaborado —añade John.

—Pero tú querías el dinero, ¿no? —pregunto.

—Yo no quiero el dinero —contesta John, pero, acto seguido, hace una mueca—. La verdad es que lo necesito. Mentiría si no lo reconociera, pero no estoy aquí por el dinero.

—Deberías aceptarlo —digo yo, poniéndome tensa—. Te daré todo el dinero del fondo que Artie mantenía para ti. Te vendrá de perlas.

—Yo no quiero estar de perlas. Eso no sería ceñirse al nuevo plan. Se supone que tengo que sentirlo todo.

—Artie —digo—. Artie, ¿qué quieres que haga?

—Nada —contesta Artie—. Él no te está pidiendo nada.

John posa en mí sus ojos cansados.

—No te estoy pidiendo nada. No sé explicarlo —asegura—. Es como si tú me hubieras despertado de un sueño. Y yo no lo sabía, pero tú eras el sueño que yo había estado soñando.

Continúo sentada por unos instantes. Nadie se mueve. Intento sentirlo... sentir este tipo de amor. Al principio, lo comprimo hasta formar un nudo en mi pecho, pero no funciona. El nudo se afloja, y ahí está otra vez, desatado, totalmente deshecho. Me siento como si hubiera recuperado una parte esencial de mí misma: el amor. Es posible que ame a John Bessom. ¿Puedo permitirme sentir algo tan intenso otra vez?

—Artie —digo—, ¿y tú? ¿Qué puedo hacer por ti?

—Yo tampoco te estoy pidiendo nada.

Ahora que he sentido amor, o algo parecido, por John, noto que puedo volver a respirar. Y sé que estoy en condiciones de ofrecerle este amor a Artie. Necesitamos amarnos otra vez, con todo lo que el amor implica, incluidos los aspectos más difíciles, como el perdón y la aceptación. No sé si desde el punto de vista lógico tiene mucho sentido que un amor reavive otro, pero eso es lo que ocurre.

34

Una familia puede estar unida
por una serie inverosímil de nudos

Reina por toda la casa el maravilloso e increíble caos que genera una niña de tres años. La nevera está adornada con dibujos realizados con lápices de colores, las encimeras están pegajosas por los zumos de fruta derramados, el estampado de amapolas del sofá del comedor se ha convertido en pasto de una manada de ponis con crin de color rosa; en el aseo de la planta baja, hay un orinal, y, junto al lavabo, un taburete; hay juguetes que, por lo visto, cantan y parpadean solos. *Bogie* ha aprendido a esconderse debajo de un extremo del sofá y a pedir que lo levanten en brazos para subir las escaleras. La habitación de los invitados se ha convertido en el cuarto de una niña pequeña, con todo y una cama con dosel de Bessom's Bedding Boutique. El motivo decorativo son las ranas; idea de Rose. Hay sábanas con ranas estampadas, una lámpara de noche en forma de rana, y ranas de peluche que, mira por dónde, se llevan muy bien con los ponis de crin rosa. Y, en medio de todo esto, está Rose, balbuceando animadamente, cantando, bailando, dando patadas en el suelo, arrugando la nariz, riéndose, gritando. Es una criatura a quien dejan ser ella misma, una criatura llena de vida.

Al mismo tiempo, un hombre se está muriendo en el dormitorio de arriba.

Durante los días siguientes, conforme Artie se debilita, todos permanecemos a su lado, intentando que se sienta cómodo hasta en los menores detalles: refrescándole las muñecas con trapos húmedos, mulléndole las almohadas, metiéndole en la boca trocitos de hielo. La máquina de oxígeno calienta la habitación, así que encendemos el aire acondicionado.

John y yo colaboramos con un solo objetivo. Lo que se dijo en la habitación de Artie, cuando estábamos los tres, no cayó en saco roto. Sigue existiendo. Pero, en este momento, todo nuestro amor, el amor que procede de todas las fuentes y reservas que hay en nuestro interior, se lo entregamos a Artie. No sobra nada. Al menos ahora. Todavía no.

Aun así, a veces me sorprendo a mí misma preguntándome cómo sería mi vida con John Bessom, del mismo modo que, en el pasado, me había preguntado cómo sería la vida con Artie. Pero ahora no soy tan inocente para pensar sólo en las cosas buenas, como las vacaciones en la playa o las fiestas de cumpleaños. Pienso en múltiples posibilidades. Pienso en el principio, cuando desperté a John mientras hacía de modelo encima de un colchón; en la continuación, de la que quizá formen parte las playas y los cumpleaños; y también pienso en el final. Los finales entrañan una emoción tan intensa, al menos el de Artie, que, en medio de la tristeza y el sentimiento de pérdida, surge una belleza exuberante. Cuando pienso en la vida con John Bessom, Artie sigue vivo. Él es el complejo mecanismo que ha hecho posible ese futuro. En un momento dado siento como si me hubieran arrancado el corazón y, al instante siguiente, se me inunda de amor; hasta tal punto que se forma en mi interior una corriente incontrolable, una marea continua.

Me sigue gustando el turno de noche. Le canto a Artie todas las nanas que conozco y, cuando no se me ocurre ninguna más, entono canciones de Joan Jett con voz suave y melodiosa.

Estos últimos días son, todos y cada uno de ellos, como una especie de recapitulación final. Esto tengo que agradecérselo a John. Le cuento a Artie la historia del pajarillo y la ventana de la casa de los invitados de nuestro amigo, la de cuando me propuso matrimonio, con las canoas deslizándose por el río Schuylkill, y la del tití pigmeo, en el minizoo. Le recuerdo aquella vez que rezamos por nuestro futuro juntos en la vieja iglesia de pescadores de ballenas, en Edgartown. Y, a veces, cuando está demasiado cansado para escuchar mis relatos, lo tomo de las manos y rezo. Y, cuando rezo, siempre pido abundante grasa de ballena, no riqueza material, sino abundancia de felicidad.

Ya hace tiempo que he dejado de rezar para pedir más tiempo. Sé que no se nos concederá.

Artie me pregunta si mi madre tiene algún dicho acerca del alma que nunca haya cosido en un cojín.

Oigo a Rose parlotear en la planta baja con la televisión, en la que está viendo un programa sobre gatos en la cadena pública.

—No lo creo —le contesto a Artie.

Cada vez le cuesta más articular palabras. Proyectar su voz constituye para él un tremendo esfuerzo, así que me susurra:

—¿«Un alma nunca debería ser más grande que un bolso»? —me pregunta mirando a *Bogie*, que duerme a los pies de su cama.

—¿«Nunca permitas que tu alma ceda ante la gravedad»? —le sugiero—. No querrás presentarte en el cielo con un alma fofa.

Quiero saber si Artie ha aprendido algo sobre sí mismo y

su alma. Tengo la sensación de haber experimentado un aluvión de cambios, pero sin duda él ha pasado por muchos más.

—¿Y bien? —le pregunto—. ¿Lo harás?

—¿Que si haré qué?

—Presentarte en el cielo con un alma fofa.

—¿Se me ve gorda el alma en este cuerpo? —Pretende hacerse el gracioso, ya que no hay nada gordo en Artie en estos momentos. Está demacrado. Los pómulos le sobresalen marcadamente de la cara. Oigo a Rose dando sonoras palmadas en la planta de abajo, y ahora Elspa corea la melodía del programa.

—Supongo que quiero saber... No estoy segura. Querría saber si has aprendido algo.

En ese mismo momento, Eleanor entra en la habitación, sosteniendo una bandeja con comida que Artie sólo picoteará.

—A mí también me gustaría saberlo —comenta Eleanor—. Si no te importa.

—¿Tú has aprendido algo? —le pregunta Artie.

Ella deja la bandeja sobre la mesita de noche de madera, y se oye un breve sonido metálico.

—Yo no estoy aquí para aprender nada, sino para enseñarte algo.

—¿De verdad? —inquiere Artie—. Entonces pierdes el tiempo.

—Escucha, eres tú quien...

—¿Qué quieres de mí, Eleanor?

Yo me levanto para irme.

—Tengo que...

—No, no pasa nada, Lucy —dice Eleanor—. Sé lo que quiero. Quiero que el mundo sea diferente. Quiero que los hombres sean más amables. Quiero sinceridad y honestidad. Quiero poder creer en las personas. Un poco de confianza no nos hará daño.

—Bueno —responde Artie con toda naturalidad—, yo te quiero, Eleanor.

—No seas gilipollas —le espeta ella.

—Te quiero, Eleanor —repite Artie.

Entonces, arrastrada por el influjo del momento, yo también lo digo.

—Te quiero, Eleanor.

Ella nos mira horrorizada.

—¿Qué demonios estáis haciendo?

No estoy muy segura de cuál es la respuesta a esta pregunta, pero, por suerte, Artie sí.

—Te estamos dando la oportunidad de volver a creer en las personas. Si quieres; si no, no —explica Artie.

Ahora entiendo con exactitud su razonamiento.

—No se puede hacer gran cosa respecto al mundo, los hombres y la falta general de sinceridad y confianza —digo—, pero en cuanto a la última cosa que has mencionado...

—Esto es de idiotas —contesta Eleanor. Entonces se da la vuelta impulsando su pierna tiesa hacia delante, avanza con paso decidido hacia la puerta, se detiene y golpea el marco con el puño—. ¡Maldita sea, yo también os quiero! ¿Vale? ¡Pues ya está! —Y sale de la habitación.

—Una declaración realmente sincera —opino.

Artie se muestra de acuerdo conmigo.

Una noche, Artie se despierta sobresaltado. Ahora su respiración es tan pesada que para exhalar tiene que hacer fuerza con el estómago. Le administran grandes dosis de morfina para aliviar el agudo y profundo dolor que siente en el pecho. La máquina de oxígeno de la esquina despide calor, y yo, a petición de Artie, mantengo la ventana un poco abierta, de modo que la humedad parece deslizarse por la habitación como si fuera niebla. Soy la única que está con él, sentada en el borde de la cama. No he podido pegar ojo. Estoy sentada en el mismo lugar en que estuvo Artie, tiempo atrás, con una toalla alrededor de la cintura y champú en el pelo, cuando me lo confesó todo.

Ahora se encargan de él las enfermeras de la sección de enfermos terminales del hospital. Le ponen inyecciones de morfina y le dan pastillas. Pero hacen mucho más que esto. Ellas son, quizá, las personas de trato más exquisito que he conocido nunca. Me han dicho que no tardará mucho.

Entre una respiración y otra, Artie me dice:

—Escucha. —Alarga el brazo y yo le cojo la mano—. Me temo que... —Los ojos se le llenan de lágrimas—. Me temo que lo único que habría hecho habría sido romperte el corazón de nuevo.

Entonces caigo en la cuenta de que yo también lo sé, de que quizá lo he sabido desde hace mucho tiempo. Artie habría vuelto a engañarme. Hay algo en su interior de lo que él no podía fiarse. ¿Lo que realmente querría yo ahora, al final de su vida, es una gran regeneración que nunca pudiera ser puesta a prueba por las tentaciones de la vida real? ¿Es esto lo que he estado esperando todo este tiempo?

No. Artie ha aceptado la verdad acerca de sí mismo y me ha hecho una confesión encomiable, la de que, de haber seguido con vida, sin duda me habría vuelto a romper el corazón. Prefiero la verdad.

—Lo sé —le contesto—. Ahora ya no importa.

Artie pronuncia mi nombre.

—Lucy.

Y yo pronuncio el suyo.

Es un acto tan íntimo, puro y simple como un intercambio de votos matrimoniales.

Y, entonces, cierra los ojos. Se ha ido.

El funeral, que yo dejé por completo en manos de mi madre, es, como cabía esperar, un funeral como Dios manda. Mi madre sabe de funerales. Ha elegido las flores adecuadas, que están maravillosamente dispuestas; la urna, pues Artie pidió que lo incineraran; y la fotografía de Artie en la playa, moreno y con el cabello alborotado por el viento. Aun así, todo me parece más que un poco surrealista. Artie se ha ido. Esto lo comprendo. Lo he aceptado, más o menos (la aceptación me viene por rachas). Sin embargo, el funeral se me antoja fuera de lugar, como si estas ceremonias tuvieran que reservarse para los muertos de verdad. Artie nunca estará realmente muerto, al menos para mí.

Y, como prueba viviente de que Artie sigue vivo, aquí están todos sus amores. Al principio, llegan con cuentagotas, de una en una, mezclándose con los colegas de trabajo de la cadena de restaurantes italianos de Artie. Pero conforme pasa el tiempo, llegan más seguidas. Se forma una multitud, y ahora la iglesia está atiborrada de gente.

Ahí está Marzie, vestida con un traje de corte masculino, y con su casco de moto. Acude con una mujer que tiene más o menos su misma edad y lleva el pelo largo y despeinado por el viento. Se sientan juntas en uno de los bancos, de la mano. La actriz pelirroja que una vez hizo de monja en una representación de *Sonrisas y lágrimas* del sindicato de actores llora de forma teatral agarrada a la barandilla del banco para mantener el equilibrio. También se presenta la señora Dutton, la antigua profesora de álgebra de Artie, del brazo de su anciano y ceñudo marido, el señor Dutton, supongo, que lleva una flor arrugada en el ojal. La madre y la hija que, para su sorpresa, se encontraron en el salón de mi casa, llegan por separado y se sientan en extremos opuestos de la iglesia. También está la morena sonriente del primer día, sentada al lado del siempre tenso Bill Reyer. Ella lo mira con el rabillo del ojo.

Primavera Melanowski. Espero durante largo rato a que llegue, pero no aparece, ni siquiera para quedarse merodeando al fondo de la iglesia. Por alguna razón, esto me decepciona.

Y hay muchas otras mujeres que no conozco, viejas y jóvenes, altas y bajas, de distintas razas y nacionalidades. De hecho, la tercera fila parece una reunión femenina de las Naciones Unidas. Nunca creí que me alegraría de ver una avalancha de amores de Artie, pero me alegro. Me alegro de que estén aquí, aportando cada una de ellas una porción de amor (además de cierta dosis de arrepentimiento razonable, e incluso un par de rencores merecidos; Artie también se los ganó a pulso).

Y, desde luego, hay amores de Artie que se han convertido también en amores míos: Elspa, con un vestido holgado de lino negro que deja a la vista sus tatuajes; Eleanor, sentada con corrección y formalidad, aunque se le ha corrido el rímel; y John Bessom, el hijo elegido por Artie, que había encontrado por fin a su padre y ahora sufre, aunque su sufrimiento es de los buenos, de esos que sólo experimenta quien ha querido a alguien de verdad. Está sentado a mi lado. A veces, mi codo roza el suyo. Se ha mostrado sereno y paciente, aunque, como al resto de nosotros, lo que está ocurriendo lo consume. Todos estos amores míos están sentados conmigo y con mi madre en el primer banco. Pero también sé que John espera algún tipo de respuesta por mi parte, algún indicio sobre cuáles son mis sentimientos. Yo también lo estoy esperando.

Y allí está Rose, sentada en la falda de Elspa, con sus zapatos de charol, pásandole un cepillo de plástico de Barbie por el lomo a una rana de peluche. Me encantan sus manos blanditas y regordetas, la forma en que sujeta con suavidad la cara de la rana entre sus manos y le pide disculpas en susurros por los tirones.

Lindsay también ha venido. Llega tarde y se sienta en la parte de atrás, pero me hace señas para saludarme. Su traje chaqueta le queda de maravilla, como si, por fin, se hubiera comprado uno a medida. Se la ve adulta, más alta incluso, y me encanta verla; es como contemplar una parte de mí misma que no quiero perder.

Así que esto es el funeral; hay vestidos negros, flores, una urna, y todo va bien hasta que el director de la funeraria empieza a soltar uno de esos panegíricos prefabricados. Luce un tupé en lo alto de la cabeza, ondulado como un bollo de canela. Habla sobre vivir la vida plenamente. Habla sobre Artie, a quien no conocía, pero a quien admira por «el legado de amor que nos ha dejado».

Son gilipolleces, claro. Echo un vistazo por encima del hombro a la sala repleta de amores y algún que otro hombre de negocios, y advierto que, como yo, nadie se lo traga. Miran con los ojos entornados al encargado del funeral y murmuran entre sí. Veo más de una mirada hostil. Artie era Artie. Los asistentes han venido para presenciar una ceremonia honesta y sincera.

Mi madre me da unas palmaditas en la rodilla y me sonríe con tristeza como aconsejándome: «También deberías sonreír con tristeza, querida. Haz lo mismo que yo.» No es culpa suya. Intenta enseñarme a desenvolverme en el mundo con su mejor intención. El problema es que me enseña a desenvolverme en el mundo que ella conoce. Y ese mundo a mí me resulta desconocido.

En este momento, John, que está sentado a mi lado, hombro con hombro, se inclina hacia mí.

—Lo que hace falta aquí es un bar irlandés —me dice.

Y tiene razón, desde luego. ¿Cómo no se me ha ocurrido a mí? Esto no tiene nada que ver con Artie. Nada en absoluto.

Cuando el director de la funeraria termina su rutinario discurso, le doy un codazo suave a John.

—Invita a todo el mundo al pub irlandés —le pido.

—¿Ahora? —me pregunta.

Yo asiento con la cabeza.

El problema es que no sé cómo se organiza un velatorio. No tengo un programa para repartir entre los presentes, ni tablas, ni gráficos, ni un PowerPoint de presentación. Los amores están aquí. Lejos de la solemnidad del tanatorio, ya no tienen que guardar silencio, de modo que están armando un buen barullo, pidiendo bebidas y charlando entre sí, con el camarero y con los hombres que han venido a pasar la tarde mirando un partido de baloncesto en el televisor que cuelga del techo.

Eleanor, mi madre, John y yo estamos sentados a una mesa con Rose, que dibuja con unos lápices que John le ha pedido prestados a la camarera. Elspa no está. Cuando llegamos, nos dijo:

—Me he olvidado algo. Tengo que ir a buscarlo. ¿Podéis vigilar a Rose entre todos?

—¿Va todo bien? —le preguntó Eleanor.

—Sí, sí. Es sólo que me he dejado algo importante. No sabía que el día iba a dar un giro como éste. —Y sonrió.

Le dijimos que se tomara su tiempo, que Rose estaría bien con nosotros, y ella salió disparada por la puerta. La observé a través de la ventana, mientras corría calle abajo hacia su coche. No tengo ni idea de qué ha olvidado, pero es verdad que el día ha dado un giro inesperado. El funeral de Artie se está convirtiendo en otra cosa.

—Esto se parece más a como tiene que ser —comenta John.

Se ha quitado la chaqueta y se ha aflojado la corbata. Se lo ve cansado —estas últimas semanas han sido duras para todos— y lleva la ropa arrugada, como cuando lo conocí.

Sin darme cuenta, me pongo a dibujar en las hojas de papel de Rose. Estoy nerviosa. «Esto se parece más a como tiene que ser.» No había vuelto a este bar desde el día que conocí a Artie. Sigue siendo exactamente el mismo sitio que guardo en la memoria: un pub inconfundiblemente irlandés. Recuerdo cómo me sentí aquella noche, hace todos esos años, contemplando a Artie mientras contaba la historia de la persecución del conejo en aquel barrio de las afueras. Y cómo me sentí después, al estar sentada a su lado. ¡Irradiaba tanta energía...!

John ha ido a buscar una ronda de bebidas. Ha pedido para Rose un Shirley Temple, con la cereza de rigor. Ella bebe un sorbo.

—¡Se me han metido las burbujas en la nariz! —exclama, frotándose las mejillas.

No sé por qué, pero en estos momentos todo me emociona profundamente. El comentario de Rose acerca de las burbujas en su nariz me parece una elevada reflexión sobre la vida; un comentario optimista, conmovedor y simple.

—¿Qué se hace en un velatorio? —le pregunto a John.

—No lo sé —me responde—. Supongo que alguien se pone a hablar y ya está.

Me vuelvo hacia mi madre.

—¿Qué pasa? —pregunta ella.

—Tú siempre tienes algo que decir —señalo—. ¿Por qué no empiezas tú?

—¿Quieres que hable sobre Artie? —pregunta—. ¿Que diga algo agradable de él?

—Algo verdadero —interviene Eleanor.

—Lo que sea —digo yo—, sólo para romper el hielo.

Mi madre se levanta, se dirige al centro del bar y silba entre dientes como un estibador. Levanta las manos y todo el mundo se vuelve hacia ella.

—Esto es un velatorio. Debo decir que tengo por norma

evitar las muestras sinceras de emoción. Personalmente, prefiero los funerales clásicos, pero me han pedido que dé comienzo al acto pronunciando unas palabras acerca de nuestro Artie. —Me mira y me sonríe, como diciendo: «¡De momento, todo va bien!»—. En esta etapa de mi vida, soy partidaria del feminismo salvo, claro está, cuando se me exige que no use sostenes. La pregunta que quiero formularos a todos es la siguiente: ¿por qué lo quisimos? ¿Seguirá habiendo individuos como él? En la sociedad actual, ¿es Artie una especie de fiera encantadora en vías de extinción? ¿La siguiente generación de mujeres aguantará tanta tontería masculina? —Se interrumpe, como si de verdad esperara una respuesta. ¿De quién? ¿De Rose? ¿Es ella la representante de la siguiente generación? Después de una breve pausa, mi madre continúa—: No creo que importe. Amamos a quienes amamos, incluso cuando los odiamos. El corazón hace lo que quiere. Y todos nosotros quisimos a Artie, cada uno a su manera.

La verdad es que a Artie le habría encantado este discurso. Está plagado de dichos que mi madre nunca bordó en un cojín, pero que son auténticas perlas.

De pronto, me percato de que estoy llorando de una manera totalmente nueva en mí.

John alza su jarra.

—¡Por Artie! —grita.

Todo el mundo levanta su vaso y bebe, y así es cómo empieza el velatorio. Los amores cuentan historias sobre Artie: la ocasión en que aguantó sentado toda la fiesta de cumpleaños de un perro, tocado con un gorro puntiagudo ribeteado en piel (la idea de una fiesta de cumpleaños para un perro sin duda le había repugnado a Artie); la ocasión en que Artie se dio un chapuzón nocturno, desnudo, en una piscina comunitaria; y Eleanor rememoró el primer baile de su vida, con Artie. Me sorprende que Eleanor narre este episodio, pero sé que es más importante para ella narrarlo que para los demás oírlo.

Y quizá sea así como funciona en los velatorios; todo el mundo desempolva sus viejas historias y se libera de ellas.

John se pone de pie.

—Artie Shoreman se convirtió en mi padre en su lecho de muerte —dice—. Pero, incluso mientras se moría, era la persona más llena de vida que yo había conocido. —Está guapísimo, con un nudo en la garganta, pero sonriendo. Tiene los ojos llorosos, aunque no llora—. Lo quise con toda mi alma.

Elspa aparece mientras uno de los amores de Artie cuenta que, en una ocasión, Artie fingió saber tocar el piano mientras aporreaba las teclas y declaraba su profunda admiración por un nuevo compositor llamado Bleckstein. Elspa me tiende una caja alta de cartón que todavía conserva las etiquetas del envío.

—¿Qué es esto? —susurro.

Ya hemos bebido unas cuantas rondas. Tengo las mejillas enrojecidas y doloridas de tanto reír. Y estoy bastante achispada.

—Ábrelo —me indica ella.

El objeto del interior está envuelto en papel de periódico. Hurgo un poco y saco un extraño objeto de color azul. Se trata de una escultura redondeada en la base, cilíndrica y algo inclinada hacia arriba. Tardo unos segundos en reaccionar.

—Es Artie —explica Elspa—. Una parte de él. Una vez me dijiste que querías verla. He tenido que telefonear a unas cuantas personas para seguirle la pista y conseguir que me la enviaran.

Me echo a reír. La escultura del pene de Artie. Aquí está.

—Es abstracta —comento—, pero creo que has captado algo de Artie en ella. Algo de su esencia.

Y esta palabra, «esencia», me resulta todavía más divertida que la escultura.

A Elspa también se le escapa la risa.

—Sí, algo de su esencia, desde luego.

Eleanor, mi madre y John nos miran.

—¿Qué os pasa? —nos preguntan.

Yo sostengo en alto la escultura para que la vean, como si fuera un Oscar.

—Artie —digo—. Es Artie, en abstracto. Quizás ésta sea su mejor faceta.

Me acerco a Elspa y la abrazo. Hemos recorrido un largo camino juntas. Esta escultura parece demostrar lo lejos que hemos llegado.

Rose nos enseña su dibujo.

—¡Mirad! ¡Mirad! —exclama.

Elspa lo coge.

—¿También es abstracto? —pregunta.

Bajo la vista hacia el dibujo que he hecho yo, unos retratos esquemáticos de Elspa, Rose, mi madre y Eleanor. También he dibujado a Artie, de nuevo en su uniforme de botones, tal y como John lo esbozó en el mantel de papel del restaurante, con charreteras y una maleta. También nos he dibujado a John y a mí.

John escucha a la mujer que habla en el centro del bar. Ella también está un poco borracha; a estas alturas, casi todos lo estamos. Arrastrando las palabras, habla sobre Artie y dice que los velatorios son en realidad para los vivos. Yo doblo mi dibujo por la mitad un par de veces y me lo guardo en el bolsillo.

Miro a John. Él lo nota y se vuelve hacia mí. Acerco mi silla.

—Hola —suelto sin más, y deslizo mi mano en la suya, que es cálida y suave.

Él sonríe y me da un ligero apretón en la mano.

—Hola —me contesta.

Más que un final, esto parece un principio. Sé que, en algún momento en el futuro, le entregaré el dibujo, una nueva versión de un futuro posible. Paseo la mirada entre los que están sentados a la mesa: John, mi madre, Eleanor, Elspa y Rose. Llego a la conclusión de que parecemos una familia o, al menos, algo muy similar.

No sé qué diré cuando me toque hablar. ¡Tengo tantas historias que contar...! Sin embargo, creo que en realidad da igual cuál elija. Todos decimos lo que tenemos que decir, y pasamos la larga tarde llorando y riendo al mismo tiempo, hasta que yo ya no sé cuál es la manifestación de duelo más auténtica.

Agradecimientos

Uf, son tantas las personas a quienes quiero dar las gracias por ayudarme a cruzar las aguas pantanosas... Justin Manask, gracias por aparecer con el desfibrilador para devolverlo todo a la vida. Frank Giampietro, hacía ya mucho tiempo que te debía un agradecimiento; me encanta tu profunda comprensión de la psique femenina. Tengo una deuda, una enorme deuda contigo. Nat Sobel, ¡eres un genio! Gracias por tus ánimos y tus sabios consejos, como siempre. Swanna, gracias por tu inquebrantable defensa de este libro. Gracias, Caitlin Alexander, por tu buen ojo y por tu trato amable hacia los personajes. Gracias, Universidad Estatal de Florida. ¡Ánimo, Seminoles! Como siempre, les doy las gracias a mamá, a papá, y a los críos, mi encantadora e inteligente tripulación. Y a Dave, mi Starsky, te agradezco todo lo que tengo con todo lo que tengo.

Índice

(Dichos que tu madre nunca bordó
en un cojín)